2

転生令嬢が国王陛下に溺愛されるたった一つのワケ

アルト

Illustration
ひろせ

Contents

The only reason why a reincarnation daughter is drowned by His Majesty the King

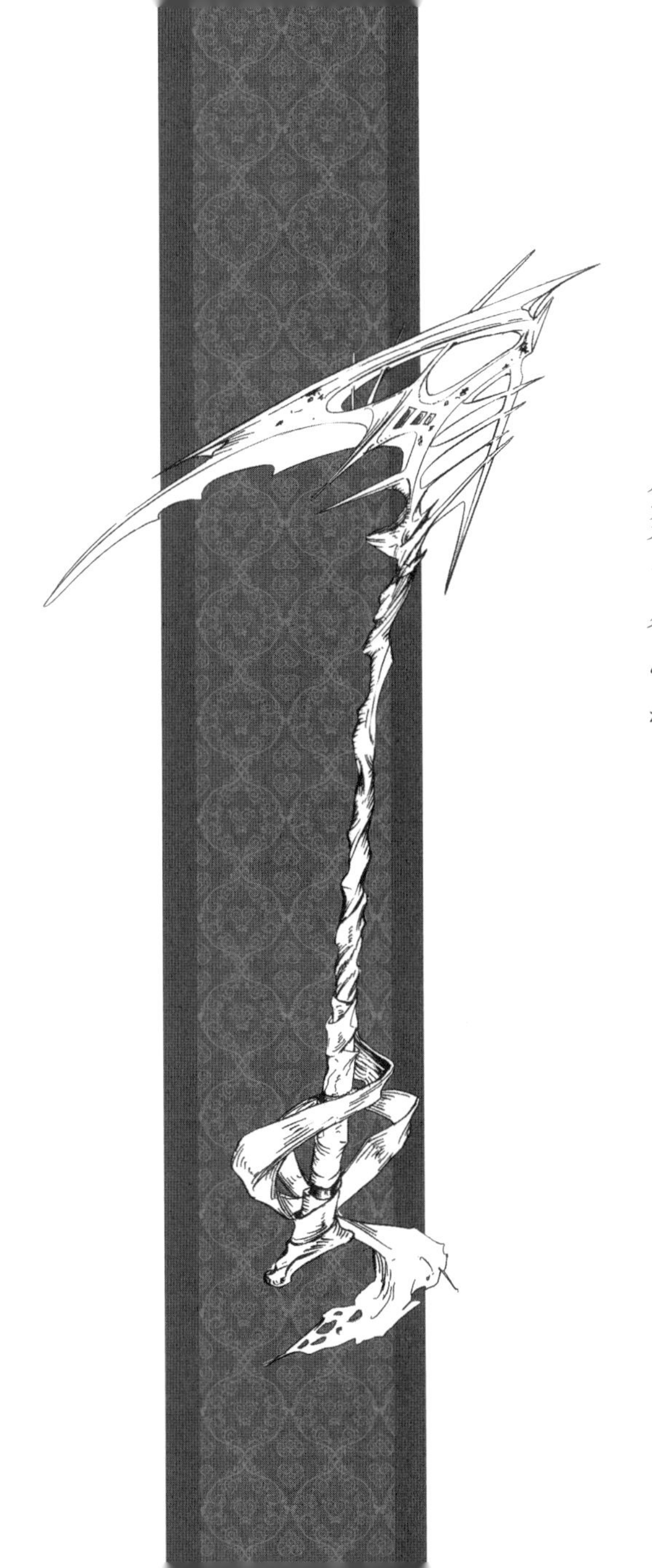

あらすじ

“鬼才”と称されるほどの天才女騎士でありながら、
自身を二流と思い込んでいたアメリア・メセルディア。
王位継承をめぐる政争に巻き込まれ、
第三王子を守って命を落とした彼女は
普通の貴族令嬢フローラ・ウェイベイアとして転生する。
最後まで守り切ることが出来ないまま死んだことに負い目を感じ、
現国王となった当時の第三王子ヴァルター・ヴィア・スェベリアに
近づかないようひっそりと生きていたが、
偶然の出会いからその国王陛下の「護衛」を直々に申し付けられてしまった。
前世のことなど誰にも話していないのに、と困惑するフローラ。
そして、次々と課される護衛としての試練を、
前世の経験と類稀な才能を活かして乗り越えていく。
ヴァルターに付き従い訪れた隣国サテリカでフローラは、
女と見くびった貴族子息を返り討ちにし、
盗賊行為をはたらいていた元トラフ帝国将軍“鬼火のガヴァリス”を
ヴァルターらとともに討伐したのだった。

The only reason why a reincarnation
daughter is drowned by His Majesty the King

女騎士アメリア・メセルディアとしての前世の記憶をもち、ひょんなことから国王ヴァルターの護衛を務めることになった伯爵令嬢。アメリアゆずりの剣術の腕とマナを操る才能をもつ。

かつてアメリアに命を救われたスェベリア王国の現国王。スェベリア最強と称される実力者で、フローラを見出すまで護衛や側仕えを拒み続けていた。特に魔力の察知能力では右に出るものはいない。

規格外の強さから“鬼才”と称される女騎士だったが、本人にその自覚はなかった。かつて政争でヴァルターを守るために命を落とし、フローラとして転生する。

アメリアの兄。メセルディア侯爵家現当主にして騎士団長も務める。武人気質な性格で、臣下でありながらヴァルターのことを「ヴァル坊」と呼ぶ。

ルイス・ハーメリア

ハーメリア公爵家現当主で、財務卿として政務の面から長年にわたりヴァルターを支えている。破天荒なヴァルターの行動に気苦労の絶えない常識人。

フィール・レイベッカ

フローラと10年以上家族ぐるみの付き合いのある友人。フローラとは互いを「ローラ」「フィー」と呼び合う仲。

シャムロック・メセルディア

アメリアやユリウスの父。武門のメセルディア侯爵家でも歴代最強と称される。ユリウスを通してフローラに家宝「無銘の剣」を与えた。

ハイザ・ボルセネリア

かつてアメリアの上司を務めていた騎士。平民の出身ながら東南戦役の英雄として貴族位を与えられるほどの実力者だが、アメリアとは犬猿の仲だった。

一話

事の始まりは、私の下（もと）に届いた手紙。

その内容を破棄しないで律儀に読んでしまったことを一時間後の私は後悔することになる。

ヴァルターの側仕えをするようになって早半年。

偶（たま）に会いに来てくれるフィーこと、フィール・レイベッカと以前と変わらず親交を深めながらも、王宮生活に馴染み始めていたそんな頃。

私の下に一通の手紙が届いた。

差出人の名はユベル・ウェイベイア。

つまり、フローラ・ウェイベイアとしての父からであった。ぺりぺりぺりっと封を開け、手にする一枚の羊皮紙。

そこに不穏な気配を感じ取ったのは言わずもがな。

ヴァルターの側仕えに指名されるや否や、二つ返事で了承し、娘を売り渡すようなクソ親父である。そこで私の意思が第一とでも言ってくれていたならば印象は変わっていただろうが、それどころか諸手を挙げて喜んでいたようなヤツである。警戒するなと言う方が無理な話だ。

『大切な話がある。近いうち、迎えにいく』

実に長ったらしい手紙であったが、それを簡単に要約するとそんな感じ。

正直、嫌な予感しかしなかった。

＊　＊　＊　＊　＊

「――――で、なんですけども。大切な話って何だと思います？」

「いや、完全に聞く人間を間違ってんだろ嬢ちゃん……。なんで俺に聞くんだよ……」

この手紙を見なかった事にしようか。それとも馬鹿正直に父の迎えを待つべきか。

堂々巡りに陥りながらも部屋を後にする私であったのだが、運がいいのか悪いのか。

ちょうどばったりとユリウス・メセルディアに出くわした為、これ幸いと尋ねていた。

「偶々いたからですけど」

「……あー、そうかい」

ユリウスに尋ねたかったわけではなく、誰かしらにこの悩みを打ち明けたかっただけだと知るや否や、彼はひときわ大きな溜息を吐いた。「そういうのはヴァル坊に言ってやれよ」と何故かユリウスは文句のような言葉を漏らしていたけど、なんでここでヴァルターが出てくるのか。

私にはさっぱり理解が出来なかった。

「というか、嬢ちゃんは親父さんと仲が良くねぇのか?」

「………」

つい、言葉に詰まる。

特別仲が悪いというわけではないが、あれを仲が良いとは間違っても言わないだろう。

そんな考えを巡らせ――最終的に出した答えは、

「微妙、だと思います」

そんな曖昧な回答であった。

実に不明瞭である。

「微妙、微妙……ねぇ。……あー、分かった。何となくだが理解した」

言葉の裏に隠された事情を察しでもしたのか。

どこか訳知り顔で苦笑いを浮かべながらユリウスはそう述べるけれど、彼が細かい事情を知っているはずがない。

実際は、世界有数の武家で育った私(アメリア)が突然、文官の家に転生し、全くタイプの違う家族とどう接すれば良いのかが分からず、私がひとり孤立。

その差異に悩んでいたせいで家族との折り合いもあまり良くはなく……といった背景がある。

彼がどのような事情を酌み取ってくれたのかは知り得ないけれど、納得してくれてるのならそれで良いかと私は取り敢えず割り切る事にした。

「だから困ってるってわけか。特別仲の良いわけでもねぇ親父さんからの突然の手紙。ちょっとどころじゃねえ厄介事の匂いがするぞ、と」

「……ええ」

「……これまでの嬢ちゃんの境遇やら、現状やらを踏まえた上で、多分ドンピシャにちけぇ……いや、多分間違いなくこれって答えが思い浮かんだんだが」

……かく言う私も薄々は気付いてる。

でもその答えから逃避をしたくてあえて鈍そうというか、偶々出会ったユリウスに聞いたのに、なんでこんな時だけ勘が良くなるんだよ。

「……一応聞きます」

元々、父からの命でミシェル公爵閣下の婚約者探しのパーティーに参加した私。

しかし、その目論見はかなわず、それどころか、ひょんな事からこれまで誰一人として従者を受け入れてこなかったヴァルターの側仕えとして王宮で働く事になってしまった。

周りからすれば何でこいつが！　みたいな感情が燻(くすぶ)っているだろうがそれも一部に限った話。

そしてこれまた別の一部の人間は考えるのだ。

私を利用すれば、ヴァルターとお近づきになれるのでは、と。

権力の高い者からの圧力に屈しやすい父の性格を踏まえれば、もう答えは出たも同然。

「それってよ、多分、嬢ちゃん宛の縁談――」

「さようなら」

にべもなく吐き捨て、私はユリウスに背を向けた。求めていたのはその答えに対する否定であって、ド直球ストレートな答えは要らないんだよ。

「おいおいおい、その態度はいくら何でもねぇだろっ!?」

私から聞いておきながら望んだ答えではなかったからという理由だけでもう知らんと背を向ける。

我ながら自己中な行動であると思うがこればかりは仕方がない。

それだけは言うなよと、私が無言の圧を込めた眼光を向けていたのにそれを目敏く察せなかった
ユリウスが悪いのだ。私は悪くない。

「でもよ、案外悪くない話かもしれねぇじゃねえか」

スタスタと足早に去ろうと試みる私の足をどうしてか、ユリウスはそんな言葉で止めようと試み
ていた。

頭ごなしにそう邪険にしなくてもいいではないか、と。

「玉の輿ってやつかもしれねえぜ?」

「結構です」

私は即答。

揶揄うような口調で問い掛けてくるユリウスの言葉を一刀両断する。

「そりゃまたどうして?」

「……結婚なんて生き辛そうじゃないですか」

ややあって、私は言葉を濁した。

貴族の家に生まれたからには割り切らなければならない部分もある。それは流石の私も自覚して

る。

ただ、出来る事ならば避けて通りたい。それが私の本音。

「ユリウス殿は違うんですか？」

それは暗に、お前も独身でしょ？　と指摘してるも同然の言葉であった。

「……なんでそれを嬢ちゃんが知ってんだ」

「結婚とか煩わしく感じそうな人だなあって思ってただけですよ」

「……カマかけただけかよ」

勝手に自滅したユリウスは苦々しい表情を浮かべる。この反応を見る限り、周りからは結婚しろだなんだと言われているのかもしれない。

後々、何かの役に立ちそうな気もしたのでこの情報はインプット。

「まぁ、多少の違いはあるが……俺も大方、そんなとこだ」

ユリウスの場合、侯爵家当主である為、さぞ、縁談には苦労させられてきた事だろう。これ以上は聞いてくれるなと言わんばかりの面持ちのお陰で胸中で必死に留めているであろう心の叫びが手に取るように分かってしまう。

そんな、折。

「事情は分かった。それで、親父さんが来るのはいつって書いてんだ」

「……助けてくれるんですか？」

「タイミングが上手く嚙み合えばの話だけどな」

なんの心境の変化なのだろうか。

ユリウスが助けてくれるとは夢にも思っていなかった私は少しばかり驚愕しつつも手にしていた手紙に視線を落とす。

数秒ほど文字を目で追い、発見する日時。

「えっ、と、今から丁度一ヶ月後、ですね」

「一ヶ月、か。……まぁ、こっちにも予定があっただろうし、一ヶ月後なら寧(むし)ろ丁度いいくらい、か」

ぶつぶつと言葉を呟くユリウスであるが、小声でひとりごちているせいで何を言っているのか上手く聞き取れない。

「親父」「ヴァル坊」「痺れを切らす」という不穏な気配を漂わせる単語が途切れ途切れに私の鼓膜を揺らしていたけれど、聞こえていないことにしよう。

そう思っていた次の瞬間、

「なぁ、嬢ちゃん」

平淡な声音で紡がれる言葉。

私を父から守ってくれるのかと淡い期待を抱かせてくれたユリウスの口から発せられたのは
――、

「少し前から俺の親父が嬢ちゃんに会いたいって言って――」

メセルディア家への片道キップ(地獄)プレゼントという全く嬉しくないお誘いだった。

最早、そこから先の発言は一切覚えてない。

何故なら私の頭が断固として拒んだから。

前門の虎後門の狼。

なんか向こうは私の事を気づいてるっぽいけど、きっと干渉する気はないんだろうとたかを括っていた私の甘い考えは見事に瓦解した。

こんな事になるならユリウスに話を打ち明けるんじゃなかったと、私は数分前の己の行動を心底後悔した。

……とはいえ。

別に私はアメリア・メセルディアとしての父——シャムロック・メセルディアの事が特別嫌いというわけではない。

ただ、会い辛い。

その一言に尽きるだけ。

勿論(もちろん)、父には多大な恩を感じている。

騎士だなんだと自由勝手気ままに生きることが出来たのも、父のおかげ。私自身、問題児扱いを受けていた事もあり、その後始末等の事を考えると負い目のようなものもある。

けれど。

「私はもう、アメリア・メセルディアじゃない」

私は、フローラ・ウェイベイアだ。

本来であれば接点の無いシャムロック・メセルディアに会わなければいけないと、義理立てをする必要は無いと思えた。……もっとも、それはユリウスからメセルディアの家宝を私が受け取っていなければだけど。

「って事を見越して渡してきたんだろうなぁ……」

思わず頭を抱えた。

これがただの偶然なのか。伊達に十年近く共に過ごしてきたワケではなかったという事なのか。

確証は何も無いのに、私はきっと後者なんだろうなぁとユリウスに聞こえない程度の声量で呟いた後、ため息を吐いた。

ユリウスと別れ、私がやって来ていたのは王宮内にある図書館の中。

急にため息を吐いたり、項垂(うなだ)れたり、頭を抱えたりと私が起こす行動はまさしく変人のソレなのだが、幸運な事に図書館は極めてひと気が少ない場所。

見咎められる事はないので、気兼ねすることもない。

「あー、面倒臭」

何よりも自分の性格が面倒臭い。

幼少の頃の経験は中々頭から離れないとはよく言ったもので、なまじ、武家で育てられていたからか、私自身が『義理』というものをそれなりに重んじてしまっているのだ。

ヴァルターの時も然り。

私はアメリア・メセルディアではないと割り切って尚、罪悪感に駆られる程の負い目があったからこそ、義理立てをした。

本当に、面倒臭い性格をしていると自分の事ながら思う。

ただ、それら全てを無視して厚顔無恥に生きていこうと思っても、それはそれで自身に腹が立つ。

結局、私には肯く事しか選択肢はないのだ。

他でもない私が選択肢の幅を狭めているから。

「ヴァルターに……あー……」

恐らく、ヴァルターはシャムロックの教えを受けている。サテリカにて剣を合わせた際、その片鱗を感じ取る事が出来ていた。十中八九、手解きを受けたのだろう。

ならば、この件をヴァルターに相談する事は悪手としか言いようがない。

だから私は途中で言葉を打ち切った。

結局、どうしたものかと悩み続ける羽目になり、それが続く事一時間。

「……何をしてるんだアイツ」

偶々図書館にやって来ていた騎士――ライバードにその奇行を目の当たりにされ、その後当分の間、距離を取られる事になるのだが、彼の存在にフローラは最後まで気付く事はなかった。

＊　＊　＊　＊　＊

「あの、陛下。これ、は……？」

　結局その後、何の収穫も得られないままその場を後にした私は執務室へと赴き、ヴァルターの政務の手伝いをしていたのだが、その時、一枚の招待状のような紙を見つけた。

　私がそれに目を惹かれた理由は、記載されていた日時。それが丁度、一ヶ月後に控えた最悪の一日と同じだったから。

　そして勿論、欠席のところに丸が付けられている。政務嫌いを地で行くヴァルターに今日も揺らぎはない。流石の一言である。

「……ん？　あぁ、それか。ミスレナ商国で開催されるイベントの招待状だ」

　背もたれに身体を預けながら、ヴァルターは机に落としていた視線を私へと向ける。

　ミスレナ商国。

　それは文字通り、商業の街として知られる国であり、世界で唯一、商人が仕切っている国であった。ミスレナに王は存在せず、三人の豪商と呼ばれる者達が国を取り仕切っている。

　流石にその者達の名前は覚えていないけれど、あまりの珍しさに私も思わず興味を抱いてしまった時期があったのだ。

　故に、その国の事は記憶に残っていた。

「商業の国だからな。年がら年中催しをやってるぞ。大方、人を呼び込みたいんだろ。いつも断ってるにもかかわらず、こうして毎度の如く俺の下に招待状を送ってくる。実に商魂逞しい奴らだ」

どうせ向こうもヴァルターが来るとは毛程も思っていない。何かの拍子で来る事になればラッキー程度なのだろう。

ヴァルターの口からは断るのが当たり前と言わんばかりの言い草が聞こえて来た。

「……で、それがどうかしたか？　お前が興味を惹かれる内容ではないと思うが」

記載されている内容は——武闘大会。

あー、死んでも参加したくないね、これは。

という言葉が喉元まで出かかったが、すんでのところでゴクリとのみ込む。

剣は嫌いじゃないけれど、私自身が見世物になるのは死ぬ程嫌い。だから、ヴァルターのその言葉に肯定しかけてたけど、これを逃してしまえば、前世か今生どちらかの父に会わなければならないという地獄展開が待ち受けている。

悲しい事に、安易にそうですと返事が出来なかった。

私がしなければならない事は大きく纏めて二つ。

望んだ事ではないにせよ、家宝(剣)を譲って貰った事に対する義理立て。

そして、ユベル・ウェイベイアが持ってくるであろう縁談から逃れる事。

後者に関しては特にこれといった義理はないので三十六計逃げるに如(し)かず。

逃げるが勝ちである。

「そうなんですけど、ね……」

だったら、メセルディアの方に向かえばいいじゃないかと一瞬、思ってしまうのだが、だとしてもユベルと鉢合わせする可能性は排除できない。

何故ならば、私の帰る場所といえば王宮か実家であるウェイベイアしかないからだ。会いたくないのであれば、是が非でも、遠くに逃げる必要があった。

……本当にユリウスの奴、厄介な事をしてくれたものである。

「……ん」

あからさまに言い淀む私の姿を見てヴァルターは何かを察してくれたのか。

数秒ばかり私の顔を注視。

「……ま、偶の慰安も必要か」

「……良いんですか？」

「語りたくない事の一つや二つくらい、誰にでもあるだろうさ」

つまり、事情を聴く事もなく、私を送り出してくれる、と。

なんという事だろうか。

正直、ヴァルターがここまで物分かりの良い人とは思ってもみなかった。

「陛下……」

感動したと言わんばかりの視線をヴァルターに向けながら、心の中で感涙にむせぶ。

「それでは、側仕えの件についてはハーメリア卿に私から――」

これでも一応、私は一国の王の側仕え。

数日とはいえ、離れるからにはこの事を誰かに伝えなければならない。

ああ、そうだ。ハーメリアにこの事を伝えて代理を立ててもらおう。そう思っての発言だったのに、何故かヴァルターは首を傾げている。

いや、なんで。

「……どうしてそこでルイスの名前が出てくる」

「え、いや、だって――」

そこでようやく気づく。

そういえば、ヴァルターは側仕えの存在を嫌っていたではないか、と。

嗚呼(ああ)っ、そうだった。

すっかり失念していた。

これは私の配慮が足らなかったと後悔をした数秒後。私が先(さつき)の言葉に対する謝罪をするより早く、言葉がやって来た。

「何を勘違いしてるのかは知らんが、俺もついていくに決まってるだろう」

ちょっと何を言ってるのか意味が分からなかった。私の耳がおかしくなったのかもしれない。

「……そもそも、これは俺宛の招待状なんだが」

招待された人間の護衛だけ向かうなど、そんなおかしな話があるかと言い咎められる。

……言われてもみればその通りであった。

「まぁ、お前がミスレナに行きたいと願う気持ちは分からんでもない」

呆れ混じりにため息を一度。

そんなヴァルターの手にはいつの間にやら、一枚の手紙のようなものが摑まれていた。

それは何処かで見た事あるような封筒。そして見覚えのある字。極め付きにウェイベイア伯爵家の家紋の印。

……おいコラ。と、声が出かかった。

私の込み入った事情をお前も知ってるのかよと。

「俺の下にも届いていてな。まぁ何と無くだが……察した」

「……お気遣いありがとうございます」

とはいえ、考えてもみればそれが道理であった。私の今の立場はウェイベイア伯爵家の子女ではなく、国王であるヴァルターの直臣という立場。たとえ父親であれ、伺いを立てる事は必須であるだろう。

「……助けてやろうか」

にやりと笑みを深め、悪役さながらの笑みをヴァルターは浮かべている。

後々、この事をダシに恩着せがましい態度を取られるであろう事は考えるまでもない。

だがしかし。

たとえそんなロクでもない未来がやってくる事になろうとも、通りたくない道というものは存在しているのだ。そして、現在進行形で悪どい笑みを浮かべるヴァルター(コイツ)は間違いなくそれを知った上で宣(のたま)っている。

……やっぱりこいつ、性格がひん曲がってると、そう思わずにはいられなかった。

「……対価はなんですか」

観念したように私は言う。

ヴァルターが無償の奉仕をするなぞ、天地がひっくり返っても恐らくはあり得ない。

無論、ギブアンドテイク。

故に私は代わりに一体何をすれば良いのかと問うていた。

「流石はフローラだ。話が早くて助かる」

「半年も側で過ごしていれば嫌でも分かります」

「それもそうか」

どうしてかヴァルターは私の返答に対し、どこか嬉しそうに笑んでいた。

普段より、私がヴァルターに何かをして貰った場合はその対価として彼は例外なく、私に何かを求めてくる。

けれどそれは菓子を作れだとか、何かを買ってこいだとか、そんなパシリみたいな頼み事ばかり。

てっきり、出会った当初に剣を扱えるかどうか聞いてきたくらいだから、そういった任務を主だって押し付けられるのかと思っていたけれど、荒事は〝鬼火のガヴァリス〟の一件以降、一度とて命じられる事はなかった。

一ヶ月ほど前だったたか。

その日は、とある頼み事の対価として、私に買ってこいとヴァルターがパシリを命じておきながら、一欠片だけ食べ「……甘過ぎる」とかいって私に全部押し付けてきたデザートをむしゃむしゃと食していた時の出来事。

偶然、側を通りかかった〝財務卿〟であるハーメリアに、その事について尋ねた事があった。しかし、ハーメリアはといえば、私の手元に並ぶデザートと私の顔を交互に見比べ、

――――何言ってんだこいつ？

と言わんばかりの表情を私に向け、「僕の口からは何とも……」とか言ってそそくさと逃げた。

ユリウスに至っては、「嬢ちゃんは気にしなくてもいいと思うぜ」である。

二人して役に立たないにも程がある。

「それで対価なんだが……一つ、お前に手伝って貰いたい事がある」

「手伝い、ですか」

私は懐疑に目を細め、首を傾げた。

……何か厄介事でも抱えていたのだろうか。

そんな回答が脳裏を掠める。

「とは言っても、その場合は一人、会って欲しい人物がいる。恐らくだがフローラとは面識のない人間だ」

面識のない人間、と言うからにはユベルではないのだろうが、もしやこいつまでシャムロック・メセルディアに会わせようとしているのかと、一瞬身構えてしまったが、

「――――〝北の魔女システィア〟」

出てきた言葉は、私ですら知った名前。

「そいつに少し、借りがあってな。ミスレナに向かう際は声を掛けろと前々から言われてる」

「……前々から、ですか」

ふと、疑問に思う。

商魂逞しい奴らと言ってミスレナに赴く事を拒んでいたヴァルターにとっての〝前々〟。それは一体いつの話なんだろうか、と。

「ま、五年くらい前の話なんだがな。向こうも頼んだ事すら忘れてるとは思うが、俺にも通さないといけない筋ってもんがあるんだ。実に面倒臭い事この上ないがな」

先程、少しの借り、とヴァルターは言っていたが殆ど風化しているような言いつけを守りに向かうあたり、恐らく彼にとってそれなりに大きな恩が〝北の魔女システィア〟にあるのだろう。

〝北の魔女〟。

それは卓越した魔法使いであったが故に贈られた異名の一つ。十七年前の時点で既に百歳を超える老獪なんて噂があったが、はてさて実物はどんな化け物なのやら。

「だから、会って貰いたい。なに、無理難題に近い頼まれごとをされるだけだ。そう気負う必要はない」

……気負う要素しかないんだけど。

私はその発言を耳にし、急にどっ、と押し寄せた疲労感を顔に滲ませながら「はぁ」と頷いた。

＊　＊　＊　＊　＊

そうと決まれば早速会いに行くと言って、出かける支度を数分で整えたヴァルターに案内されたのは王宮から随分と離れた郊外に位置するこぢんまりとした一軒家。

ヴァルター曰く、――小さめの家が欲しいと言うからくれてやった。という事らしい。

そんな話を聞いた私は、ヴァルターとシスティアは一体どんな関係なのだろうかと、疑問に思わざるを得なかった。


「――いらっしゃい。待ってたよ。陛下と……混ざりもののお嬢さん」

躊躇(ためら)う様子は微塵もなく、我が物顔で設(しつら)えられたドアを引き開けるや否や、鼓膜を揺らす抑揚のない平淡な声音。

ドアの向こう――視線の先には、不健康そうなくまを目の下に拵(こしら)えた白髪の女性が椅子に腰掛けていた。見た目の年齢は、三十程だろうか。

「待ってた……？」

まるで私達が彼女の下を訪ねる事をさも、知っていたかのような言い草である。

誰に知らせるまでもなく、此処(ここ)へ向かったというのに、一体どうやって知り得たのか。

そんな事を疑問に思っていると、

「……〝北の魔女〟は伊達じゃないという事だ」

呆れ混じりにヴァルターが言う。

……そうだった。

彼女は〝魔女〟という異名を付けられる程の魔法のスペシャリスト。

常人にとって理解の埒外であある現象であったとしても、システィアにとってそうとは限らない。

何故ならば、彼女は〝北の魔女システィア〟であるから。

「人様をおかしな奴呼ばわりするの、やめて欲しいなあ」

「お前を尋常の人と思った事は一度としてない」

「だろうねぇ。じゃなきゃ、五年前、ワタシにあんな頼み事を持ち掛けてくる筈がない」

けらけらとシスティアは楽しそうに笑う。

しかし、その反面、ヴァルターは心底鬱陶しそうに眉間に深い皺を刻んでいた。

見る限り、ヴァルターとシスティアの性格の相性は最悪を極めている。

話の内容から察するに、五年前にヴァルターがシスティアに頼み事をしたのだろう。

流石にその内容までは分からない。

けれど、こうして筋を通そうとする行動を見る限り、彼にとって相当大きな借りだったのだろう。

想像に難くない。

「本当、当時は驚いたよ。一国の王であろう者がこんな胡散臭い魔法使いにあんな頼み事を持ちかけるなんて」

「無駄話がしたいだけなら帰らせてもらうが」

「あぁっ、待って待って。ワタシが悪かったから」

もう知らんとばかりに踵(きびす)を返すヴァルターを、慌ててシスティアが引き留める。

ヴァルターの場合は脅しでもなんでもなく、冗談抜きで本当に帰る。それを知っていたからだろう。彼女の表情には焦燥が端々に散りばめられていた。

……そんなに焦るくらいなら、そもそも揶揄わなければいいのに。

思わずそんな感想を私は抱いた。

「五年前の約束の件を覚えてくれてたんだよねぇ？　流石は陛下。義理堅い王様は嫌いじゃないよ」

「……チッ」

軽く舌を打ち鳴らす。覚えてたのかクソ、みたいな。

「丁度、そろそろワタシが出向かなきゃまずいかなって思ってたところなんだ」

間延びした特徴的な口調でシスティアは言葉を続ける。

「それでミスレナの近くにフォーゲルって山があるのはご存じ？」

「名前だけはな」

「なら話は早いねぇ。ミスレナに行くついでに、そこに自生する〝千年草〟って薬草を採ってきて欲しいんだ。数は……うーんと、十束くらい」

そう口にした。

聞いた事もない薬草名である。

私が特別疎いだけかと思ってヴァルターの表情を窺ってみると、ヴァルターも私と同様に難しそうな顔をしていた。

記憶を探ってはいるが、思い当たる節はなかったのだろう。

「ま、現地の人なら〝千年草〟の事を知ってると思うし、聞けばいいと思うよ。多分、親切な人なら教えてくれるから」

あえて親切の部分を強調する理由は何なのだろうか。あまりに不自然な物言いに、不信感が湧いた。

「……分かった」

不満気ではあったが、ヴァルターはそう言ってほんの少しだけ首肯を見せる。

「帰るぞフローラ」

会って欲しい、と言っていたものだからてっきり私が彼女と話すのかと思えば、蓋を開けてみるとただの付き添い。しかも、会話は数分で終わるという驚異の速さ。

本当に、義理立てしに来ただけと言った具合である。

「それじゃあ宜しくねぇ。陛下と混ざりもののお嬢さん」

ヴァルターのその態度に対し、言い咎める気は無いのだろう。息つく暇なく背を向けたヴァルターに向けて、システィアはといえば軽く手を振っていた。

足早にその場を離れていくヴァルターの姿を見失わないようにと私は慌ててシスティアに一礼を

してから、視界に映る背中を追いかける。

そんな折、ふと、疑問に思った。

そういえば、彼女が私に向けて言っていた「混ざりもの」とは一体何なのだろうか、と。

二話

「――――なぁ。一ついいか。なんで俺が付いいてく羽目になってんだ」

「文句があるならルイスに言え。ユリウスを連れて行くか騎士十人連れて行くか選べと言ったのはアイツなんだからな」

〝北の魔女システィア〟との邂逅から早、二週間。

人が三人通れるかどうか程度の幅しかない獣道を歩く人影が三つ。

私と、ヴァルターと、現在進行形で不貞腐れ、ぶーたれるユリウスの姿がそこにはあった。

――――友好国であり、隣国であったからこそ、前回は何も言いませんでしたが、ミスレナともなれば話は変わってきます。メセルディア卿を連れて行くか、僕が選ぶ騎士を十人連れて行くか。好きな方をお選び下さい。

ミスレナに向かうと告げるや否や、かつてない程の威圧感と共にハーメリアの口から発せられたその言葉。

しかし、これまで私という例外を除き、ただ一度として自身の護衛という存在を許容してこなかったヴァルターにとっては馬の耳に念仏ならぬ、ヴァルターに縁談話――――かと思われたのだが、ここで思わぬアクシデントに見舞われた。

そんな事知るかと一蹴せんと試みたヴァルターにではなく、何故か私に向かって、ハーメリアは言葉を発していた。

『時に、フローラ殿。ウェイベイア卿は御壮健でしょうか』と。

初めは言葉の意味がわからなかったけれど、続く言葉で全てを察した。

『もし、帰省する事があればウェイベイア卿に言伝を……あぁっ、おっと失礼。そういえばウェイベイア卿は近く、此処へお越しになられるのでしたね』と。

……つまり、ハーメリアは私を脅してヴァルターに護衛をつけさせようと考えたらしい。要するに手段は選んでられない、と。

ふざけんなボケ。

思わずハーメリアに話したんかお前、と言わんばかりにヴァルターをキッと睨め付けるも、んなわけあるかと彼は即座に否定した。

私が抱えるこの厄介ごとの詳細を知る人間は私本人とヴァルターを除けば、諸悪の根源たる父、ユベル・ウェイベイア。もしくは――――、

『……ユリウス殿ですか』

私は答えに辿り着く。

その言葉に対し、ハーメリアは――笑みを顔に刻み、にっこりと微笑んだ。

犯人判明。

下手人はユリウス・メセルディアである。

その瞬間、今後の方針は決まった。

どうせ、誰かを連れて行かなきゃいけないならユリウスを巻き込もう。馬車馬の如くこき使おう。

私の胸中にて、全会一致でそう決まった。

故に。

「自業自得です。恨むならその自分の軽い口を恨んで下さい」

ユリウスに向ける慈悲はない。

「……おいおい、辛辣過ぎるだろ」

ぷい、と私は顔を背けて先頭を歩くヴァルターを足早に追い掛ける。道幅の狭い獣道ともあって、縦に一列で歩み進めていた。

並びはヴァルター、私、ユリウスの順。

スェベリア王国からミスレナ商国に向かう場合、馬車などを使うよりこの細い獣道を通った方が早いらしい。

「今回ばかりはお前が悪い」

「ったく、あの眼鏡め。厄介ごとを俺に押し付けやがって……」

ヴァルターにまで責め立てられた事で、これ以上は何を言っても仕方がないか、とユリウスは燻る怒りの矛先をお冠の私から他の人間へ変えていた。

眼鏡とはルイス・ハーメリアの事である。

どうにもユリウスとはあまり反りが合わないらしく、ハーメリアの悪態を吐く時は決まってユリウスは彼の事を眼鏡と呼ぶのだ。

くしゃりと前髪を掻きあげ、掻き混ぜる。

次いで肩を竦め、「あいつにはもう何も話してやんねぇ」とユリウスは口を尖らせた。

「にしても、陛下が認めるだなんて意外でした。てっきり、こそっと出て行くものかとばかり」

「向かう先がミスレナでなければ間違いなくそうしてた。が、今回は事情が違う」

護衛嫌いの国王陛下。

故に、ハーメリアからの提案をはね除けるのかと思えば、縁談の件をネタに脅される私を見兼ねてか、いともあっさり頷いていたのだ。

「ミスレナに向かうって話だったからまさかとは思ってたが、アレか。今回は〝北の魔女〟の依頼絡みって事かよ」

「ご存じなんですか？」

「そりゃな。嬢ちゃんは知らねぇかもしんねぇが、あいつ一応、スェベリアじゃ、貴族扱いされてっからな。一代限りの名誉貴族ってやつ」

訳知り顔でユリウスは言う。

「スェベリアは実力主義。能力のあるやつは悪人でない限り誰だろうと抱え込む。当然だろう？」

「……ヴァル坊の言う事はあんま信用しねぇ方が身の為だぜぇ。ヴァル坊のやつ、〝北の魔女〟になにやら借りを作ってたらしく、てめぇが王の間は自分を名誉貴族にしてくれって言われてたからな。抱え込みって言や、聞こえはいいがありゃ実際は――――」

「……ユリウス」

「おーっと。こえぇ、こえぇ。つい、まぁた口が滑っちまうところだったぜ」

いや、もうほとんど言っちゃってるし。

手遅れ過ぎるから。

などと思ったが、黙っていた方が良さそうだ。先人は偉大な言葉を遺してくれた。つまり、沈黙は金である。お口チャック。

とはいえ、ヴァルターの言葉が信用出来ない事なんてサテリカでのやり取り等で身に染みて分かっている。平然と嘘をつくあの態度に何度、時は残酷と思わされた事か。

「まぁ、そうだな。言っちまえばアレだ。〝北の魔女〟からの依頼は人手が幾らあっても足んねぇようなもんばっかりなんだ。だから、今回は特例で俺の同行を認めざるを得なかったって事なんだろうよ」

「はぁ」

聞いた限り、〝千年草〟と呼ばれる薬草を採ってきて欲しいというお使い染みた頼み事のように思えたが、違うのだろうか。

「ま、覚悟はしといて損はねぇと思うぜ」

何せあいつは〝北の魔女〟なのだから。

おっかねぇ奴の頼み事はおっかねぇと相場が決まってる。と、ユリウスは言葉を締めくくる。

「あ、そうだ」

何かを思い出したのか、突としてユリウスが発言。

「あれから口にする機会がなくてつい、忘れてたんだが、前に言ってた親父の件」

「げっ」

私は盛大に顔を引きつらせ、流れるような動作にて、両手で耳を塞いだ。

「んな身構えなくとも、そう悪い話じゃねえよ」

それは嘘だ。私だからこそ、言い切れる。それは絶対に嘘だと。

縁談は嫌だからと助けを乞い、〝なら、その日はメセルディアの家に来いよ〟というユリウスの提案を次の日、〝ミスレナに行く事にしたからやっぱ無しで〟と言った私の事を怒っていないはずがない。

私がその立場なら多分キレてると思うし。

「縁談から逃げる為に他国に逃げようとする馬鹿がいると聞いて親父の奴、腹抱えて笑ってたぜ。思ってた通りの面白い奴だ、ってよ」

「……そうですか」

「それと、会いたいって言ってた件についてはどうやらもう良いらしい。というか、親父が勝手に出向いて来るらしくてなぁ」

ほら。ほらほら！　やっぱり悪い話じゃん。

こうなっては最早、私に逃げる術はない。

人知れず私は絶望をした。ジーザス。

「ま、一度くらいは会ってやってくれ。その剣を渡したのは俺だが、渡せと言い出したのは親父だったんでな」

そんくらいの義理は通してくんねえかとユリウスは言う。

……分かってる。

嫌だ嫌だと表面上は言っているけど、家宝を譲り受けたからにはちゃんとその礼を言わなきゃいけないとは思ってた。

「……ご心配なさらずとも、少なくとも一度は此方から出向かせて頂くつもりでした」

「おー、そうか。そりゃ親父も喜ぶ。んじゃ、その時は頼むぜ」

「……ええ。分かりました」

ちょうど今も腰に下げている無銘の剣を受け取ってしまった時点で、避けては通れなくなった道。

一体私はどんな顔をして会うべきなのだろうか。そんな事を今から考えていると心が病んでしまいそうだったので取り敢えず頭の隅に追いやる。

きっと、未来の私が上手くやってくれる事だろう。…………多分。

スェベリア王国からミスレナ商国までは馬車を使う場合、道の関係上必然、遠回りをしなければならなくなり、約三日程時間を要する。

しかし、徒歩なり走るなりすれば、馬車を使う場合の距離の約半分以下になるらしい。

所謂、ショートカットというやつだ。

幾ら半分とはいえ、人の足でその距離を一日で踏破しようと試みる者がいたならば、そいつは間違いなくアホである。

そして、どうして野宿する為の道具をヴァルターも、ユリウスも持ってないんだろうと疑問に思いながら、ちゃんとしたワケがあるんだろうと勝手に自分の中で納得をして言葉にしなかった私も
――――アホであった。

「……はぁ、はぁ、は、ぁ……」

必死に肩で息をする。

気温が低かった事が幸いし、あまり汗はかかなかったものの、体は熱湯を注がれたかのように熱い。

空からは、茜色の斜陽が照らしつけていた。

「おー。流石にヴァル坊の護衛は伊達じゃねえなあ」

数時間前、既に息を切らし始めていた私を見て、「おぶってやろうか?」などと笑いながらほざいてくれたユリウスが平気な顔をして宣った。

ヴァルターもユリウスも、恐らく私が数ヶ月前までただの貴族令嬢だった事実を綺麗さっぱり忘れてやがる。

体力が数ヶ月やそこらでつくワケないじゃん!

抗議してやりたい気持ちでいっぱいだったけど、今はそれをする体力すら惜しいので口籠る。

「そういえばサテリカの時もこんなだったな」って今更私の体力の無さを再認識してるそこの性悪陛下！　……まじで覚えとけよ。

「で、これからどうするよ」

「まずは招待状送ってくれた奴に会いに行く。些か早く着きすぎた気もするが、まぁ、他にも用事があるからそこは問題ない」

道理でこんなにも早く出発したワケだと今更ながら理解をする。

数時間程ぶっ続けで走らされた結果、日暮れ前にして漸く、ミスレナ商国らしき場所を私達は視界に捉えていた。

「ん。なら、日が落ちるまではもう少しばかり時間もあるし別行動といくかぁ」

ユリウスの同行は〝北の魔女システィア〟の依頼の為のようなもの。

だから現状、別行動を取られてもあまり問題は……と思っていた矢先。

「じゃ、そういう事なんで、嬢ちゃんは適当にぶらぶらしといてくれ。やる事がなくなったらリッキーってヤツが営んでる酒場に――――」

「……おい。普通逆だろう」

私が指摘するより先にヴァルターが半眼でユリウスを見詰めながら突っ込んだ。

……どうやら、ユリウスが一人行動をするのではなく、私が一人行動であったらしい。

「全員ならまだしも、なんで俺がわざわざユリウスと二人で行動しないといけないんだ。そもそも俺の護衛は」

私だけだぞとヴァルターが言いかけて、

「んぁ？　いや、だってよ。多分嬢ちゃんはミスレナ初めてだろ？」

再び遮られるも、代わりに聞こえてきた言葉は、私にそういえば、と思わせるものであった。

「……そうなのか？」

「え？　えーっと、……あー、うーんと、言われてもみればそんな気もするような……」

慌ててアメリア・メセルディアとして生きた頃の記憶含め、掘り返してみるが、ミスレナ商国に訪れた記憶はない。

「……成る程。お前が俺といるからコイツも気兼ねなく羽を伸ばせるだろう、と？」

「そういうこった。それに、嬢ちゃんの前だからあまり言いたかねえが、嬢ちゃんがいるとちっとばかし面倒な事になる」

私がいるから面倒な事になる、とは一体どういう事なのだろうか。思わず疑問符が浮かび上がった。

そんな私の様子を横目でユリウスが確認していたからだろう。

「簡潔に言っちまうと……十中八九、乱闘騒ぎになる」

「はい？」

口を衝いて出た素っ頓狂な声。

彼の言葉の意味が私には全くと言っていいほど分からなかった。

しかし、ヴァルターにはその言葉に心当たりがあったのか。不機嫌そうに顔を顰めていた。

「ちなみに、なんだが嬢ちゃんは商人って生き物をどう捉え、解釈してるよ？」

「どう捉え、って……世にお金を回す人達、じゃないんですか」

そんな子供でも分かるような問いをされても、と困り果てながら、答えを口にする。

だが、ユリウスからの返答は頭を左右に振り、それは違うと言わんばかりの動作を一度。

「確かにそれであってるが、俺が聞いてるのはそういう事じゃねえ」

眉根を寄せる。言葉の意味がわからない。

「あー……つまり、だ。商人って生き物は極度の拝金主義者って事を言いてぇんだよ。……何より、嬢ちゃん喧嘩っ早いだろ」

売り言葉に買い言葉なきらいがあるだろと。

そんな事は……ないとは言い切れないのが辛いところである。最近で言うとトリなんとかさん。

アメリアの頃で言うと数え切れない程。

……挑発してくるヤツが悪いんだよと私は胸中で毒づいた。

「ミスレナ商国は一応、国って括りにゃなってるが、言っちまえばありゃ国というより街だ。だからミスレナに尽くす騎士は勿論いねえし、いるのは金で動く傭兵共だけだ」

強調するように、ユリウスは繰り返す。

「俺自身、毛嫌いしてるわけじゃあねえが、ありのまま言い表すとすりゃ、あそこにいるのは自分の価値を金って物差しで考える事しかできねえ連中ばかりだ。雇われの傭兵含め、な」

故に。

「ここまで言や分かんだろ。ヴァル坊と嬢ちゃんの二人で商人共の前で行動するとなると、間違いなく何かしらの言葉で煽られる。女を側に付けるなんて、余程金に困ってるだ、幾らでその地位を買ったんだ、みてぇな事をよ」

「……だからと言って何で俺達が気を遣わねばならん。文句を言ってくるならその身を以て分からせてやれば良いだろうが」

「……おい。てめぇ一応国王だろうが。嬢ちゃんが仕えるようになってから偶にあるその暴走何とかしろ。前までの冷静沈着さはどこいったよ」

国家間の問題にまで発展しちまうと、ヴァル坊だけじゃなくて民は勿論、騎士（俺達）にまで影響があるんだからなと諫（いさ）めるユリウスの言葉に、ヴァルターは「面倒臭いな」と肩を竦めていた。

最早、〝俊才〟というより〝暴君〟である。

「ま、ぁ、そういう意味じゃ、あの眼鏡が俺を同行させたのは正しい判断だったのかもな」

……誠に不本意でしかないけれど、これまで幾つもの厄介事を引き起こしてきた身としてはまぁ、ユリウスの言いたい事は理解出来る。

昔はただの騎士であったからまだ良かったものの、今は国王の側仕え。

たとえ私に非がまったく、一ミリとてなかろうと、厄介事を起こせば私だけの問題では済まなくなる。

ヴァルターが認めるか認めないかはさておき、今回はユリウスがこうしている以上、不要不急であるなら護衛は彼に任せるべきなのかもしれない。

それに、当初ユリウスが指摘していたように、ミスレナを訪れたのはこれが初めて。

見て回りたいという気持ちがないといえば嘘になる。

そんな感情が自覚ないまま顔に出ていたのかもしれない。思いの外、あっさりとヴァルターは
「……分かった」と不承不承ながら頷いていた。

「別に一人行動が嫌って事ならこっちと合流すりゃいいし、暇で仕方がないなら〝北の魔女〟からの依頼をこなすのもいい。あくまでもこれは提案だ。強制じゃあねえ」

つまり、自由に過ごしてくれと。

もしかするとこれはユリウスなりの罪滅ぼしなのかもしれない。なんて事を考えながら……当面の間、私の一人行動が決定した。

――――一人行動をするならこれを使え。

などと言われ、別れ間際に渡されたのは膨らんだ巾着袋。じゃらじゃらと金属同士の擦れる音が響くソレは、ずしりとそれなりの重量感があるものであった。渡してくれたヴァルターの前で中身を確認する行為は流石に憚(はばか)られたので別れてから確認をするとその中には金貨が約三十枚ほどぎっしりと。

四人家族が一月に掛かる平均的な生活費が約金貨一枚なので……どう考えても渡され過ぎである。きっとあの王様は金銭感覚がどこかズレている。これまでの行動も含め、私はそう確信した。

「にしても、一人行動か……」

ウェイベイア伯爵家の令嬢として生活していた頃は言わずもがな、一人行動は許されていなかっ

た。何かしらの用事で外出しようと試みると決まって護衛が側についた。

だから、街をこうして一人で散策してこいという経験は滅多になく、新鮮な気持ちになったけれど、新鮮過ぎて何をしたら良いのか分からない、というのが本音であった。

ぐるりと周囲を見渡す。

商国というだけあって様々な商売を営む建物が見受けられた。

食事処、服屋、武器屋、宝石商、エトセトラ。

スェベリアでは見掛けもしないような看板もチラホラと。だからだろう。

それらに私は少しだけ目を惹かれていた。

けれど、それだけ。

さて、何をするか。と考えた時、やはり目が向くのは己の腰に下げられた一振りの剣。

ユリウスから譲り受けた無銘の剣であった。

「んー……」

やりたい事、やりたい事と脳内で自己問答を繰り返すも、明確な答えはいつまで経っても浮かんできやしない。出てくるのは妥協に近い答えだけ。食べ物に執着があるわけでも、服や装飾に特別興味があるわけでもない。

どうしたものかと考えた時、こうして〝剣〟を思い浮かべてしまうからこそ、親友であるフィールに私は常日頃「女らしくない」と言われる羽目になっていたのだろう。

「……うるさいほっとけ」

此処にフィールがいる筈は万が一にもないのに、彼女の呆れ混じりな声が私に向けられたような気がして、思わずそんな言葉が口を衝いて出た。

……ドレスは動き辛いし、アクセサリーは重くて目がチカチカするだけじゃん。メイドからは身嗜みはキチンとしませんとと言われ、香水はめちゃくちゃぶっかけられるし、女らしさがソレであるのならば、私はもう女らしくなくていいと切に思う。

「特にやる事もないし、剣の手入れでもして貰うかな」

ユリウスあたりが聞いたら、普段と変わらねえだ、ミスレナ商国にまできて武器の手入れかよと呆れられる未来しか見えなかったけれど、一人行動なんだし、何をするのも私の勝手。

〝北の魔女システィア〟から頼まれている〝千年草〟についても、鍛冶屋の主人にでも聞けば何かしらの情報が出てくるでしょ。なんて楽観的な思考を抱きつつ、私は丁度視界が捉えていた鍛冶屋らしき店へと向かう事にした。

＊　＊　＊　＊　＊

「いらっしゃい。女性のお客さんとは随分と珍しい」

鍛冶屋らしき建物の扉を押し開ける。

まず先に聞こえてきたのは少し高めの男の声であった。

店番をしていたのは見た感じ私と同世代だろう、相貌に幼さを残した黒髪の青年だった。

「それで、何の御用かな」

カウンターの上で頬杖をつきながら彼が私に問い掛ける。

「剣の手入れをして欲しいのですが」

「その腰に下げてるやつ？」

「ええ」

「それってキミの？」

「……そうですが」

「ふぅん！　ちょっと見せて貰っていいかな」

女の剣士が珍しい事は自覚していたのであえて、ひと気の無さそうな店を選んだとはいえ、中は閑散としており、閑古鳥が鳴いている。

客は私を除けば誰一人としていない。

暇をしていたところに私が来た、という事で暇をつぶせるとでも思ったのか。どことなく彼の声は上機嫌に弾んでいた。

「どうぞ」

鞘ごと手に取り、青年が頬杖をつくカウンターまでの距離を歩み進める事で縮めた私はゴトリと音を立てながらもカウンターの上に剣を置いた。

「抜いても？」

「勿論構いません」

こちらは手入れを頼みに来たのだ。

抜いて状態を確かめるのは当然だろう。

「じゃ、遠慮なく」

そう言って彼は逡巡なく無銘の剣を鞘から引き抜いた。普段より私が一応、定期的に研いだりしてる為、状態は悪いものでは無いと思うんだけど……などと思う矢先。

ふぅーん。と悩ましげなくぐもった声をもらす青年はややあってから、

「……これ、本当にキミの剣？」

……どういう意味なのだろうか。

と、少しばかり嫌悪感を表情に貼り付けてやると、苦笑いを伴って返事がやってくる。

「いや、別に他意があるわけじゃあないんだけどさ。もしこれが本当にキミの剣なのだとすれば、顔に似合わず随分と使いが荒いなぁと思って」

……顔に似合わずはどう考えても余計でしょ。

思わず若干、表情が引き攣った。

しかし、だ。

「……よく分かりましたね」

一応、私なりに暇を見つけては研いでるし、状態は限りなく良好なものだと思うんだけど。

と、胸中で本音をこぼしながら、マナを巡らせ、戦う自身の戦闘スタイルを思い返し、荒いと指摘される覚えは確かにあるのでその部分については口籠る。

「そりゃぁね。ボクには剣の声が聞こえるから、このくらいは当然だよ」

――剣の、声。

奇妙な事を言う人もいたものだ。そんな感想を反射的に抱いた。

「うー、わー。その顔、絶対ボクの言葉信じて無いでしょ？　頭のおかしい奴の店に来ちまったよ。ツイてねー。とか思ってるでしょ。ま、見る限り、キミはミスレナの人って感じの身なりじゃないもんねえ」

私は余所の人間だから事情を知らないだろうし、無理はない。

まるでそう言っているように聞こえた。

きっと、何かしらの事情持ちの人なのだろう。

とはいえ、私は他所様の事情に首を突っ込む気はない。今は我儘な王様の相手で手一杯なのだ。

だから不穏な空気をいち早く感じ取った私は面倒事に発展する前にとっととこの場を後にしようと、渡していた剣を返して貰おうと試みる事に。しかし。

「まぁまぁ。事情があるとは言ってもボクが嫌われ者ってだけだから。そう焦らなくてもいいと思うけどな、フ、フ、フ、フローラ・ウェイベイアさん？」

その行動を見透かしていた青年に名を呼ばれた。まだ名乗っていないはずなのに、一字一句間違う事なく私の名を呼ばれた。

……一体これはどういう事なんだろうか。

一息ついて、混乱する自分自身を自制する。

「言ったでしょ？　ボクは剣の声が聞こえるって。主人の名前くらい、剣に聞けば一発でわかる。剣の声が聞こえるって事はつまり、そういう事なのさ」

踵を返そうと試みていた私の爪先が、再び青年の方を向く。

剣の声が聞こえる。

実に胡散臭い言葉である事この上ないのだけれど、教えてもいない名前を的確に当てられ、ほんの少しだけ目の前の彼に興味が湧いてしまった。

「で、嫌われてる理由も単純明快。剣の声が聞こえてたからだよ。十年前まではそこそこボクも有名な鍛冶師だったんだけどね、とある貴族様につい、言っちゃったんだよ。使い手が二流だから、一流の剣がわんわん泣いてるよってね。それからだ。残念な事にその貴族様が随分と偉い人だったらしく、ミスレナのトップに色々と働き掛けられちゃって見事、ボクは嫌われ者になっちゃったってわけ」

あっはっはっは！

と、あっけらかんと笑う青年であるが、随分と怖いもの知らずな人である。

遠慮という言葉を彼は真っ先に覚えるべきだ。

「だから基本的にボクの店に来るのは外からのお客さんか、一部の太客(ふときゃく)だけ」

つまり、私は外からの客に当て嵌まる、と。

「こうして出会ったのも何かの縁だし、もし良ければ金を落としていって欲しいなぁ。なんて」

そう言って彼はにっこりと笑んだ。

他の店に向かい、世にも珍しい女の剣士という理由でほぼ百%の確率で好奇の視線に晒される事になるが、それを耐えるか。

はたまた、剣の声が聞こえると宣う不思議な青年に手入れを頼むか。

その二点を私は口を真一文字に引き結んだまま秤にかけ――――。

「……分かりました。手入れをして頂けるのであれば問題はありません」

秤は後者に傾いた。

何より、やる事がなかった私にとって、剣の声が聞こえると宣う青年の存在はいい暇潰しになると思えた。

「さっすが。あまり客が来てくれないから助かるよ。あ、それと、名乗り遅れたけどボクの名前はニコラス。見ての通り、しがない鍛冶師だよ――――ところで。キミ、どこの国の人なの?」

代金である銀貨一枚を手渡し、約十分前から始まっていた作業。

手馴れた様子で剣の手入れを行いながらも、ニコラスはそんな問いを投げ掛けてきていた。

手入れをする為、カウンターの奥に引っ込んでいるので背を此方に向けたままの会話である。

「スェベリアです」

「あぁ、あの常識外れの王様がいる国か。確か名は――――ヴァルター・ヴィア・スェベリア」

「よくご存じで」

「己が身を使って戦う王なんて彼くらいのものだろうしね」

王とは国の心臓だ。

故に、普通の感性を持っていれば、出来る限り王を危険に晒す真似はさせられない。

そう考える。臣下も、勿論、王自身も。

けれど、ヴァルターだけはその常識という枠組みの中から明らかに逸脱している。

それがどうしたと一蹴し、己が実力を証明した挙句、護衛はいらんと宣う。

その手順があまりに筋が通り過ぎているせいで誰も強く言う事ができない。だからこそ、あの現状は一向に改善される余地がない。それこそ、私の時のような気紛れでもない限り。

最早、騎士団の人間の殆どは諦めてすらいる始末だ。

「それはそうと、スェベリアは確か超が付くほどの実力主義だったと思うんだけど……」

意味深に言葉がそこで区切られる。

「スェベリアの人間って事はキミも強いのかな？　見たところ、騎士のようだし」

興味本位。

向けられた声音の調子で私はそう判断した。

「……さぁ、どうでしょう」

少し悩んでから、言葉を濁す。

「謙虚なんだね」

「事実ですから」

慢心し、優越に浸れる程の武威が己にあるわけでなし。私はただ運良くマナという才能と剣の指導者に恵まれていただけの人間。

それに、私は棚ぼたでヴァルターの護衛になった身。騎士としての正式な試験を潜り抜けたわけでもない私が強いなどとほざいては、ユリウスを始めとした他の騎士達の面目が立たなくなる。

「ふぅん。じゃ、そういう事にしとくよ」

問い詰めるつもりはないが、私の言葉を全面的に信じる気はないらしい。

言葉に猜疑のような感情がどことなく含まれている事は私から見ても明らかであった。

「それで、スェベリアの騎士さんはミスレナにどんな用があったの？」

「……探し物です」

「探し物かあ」

ここで馬鹿正直に父が持ってくる縁談から逃げる為です。などと言おうものならば腹を抱えて笑われる事請け合いであったので、あえて探し物と答える。

なんて答えようかと、ほんの少しばかり逡巡した為、不自然な間が生まれてしまったのだけど、ニコラスは気付いてないのか、それを指摘する様子はない。

「ちなみに、どんな物を探してるのか……って聞いても良かったのかな」

「〝千年草〟と呼ばれる薬草を」

「へぇ、〝千年草〟」

ぴたり、と。言葉を口にしたニコラスの手が不意に止まる。

「こりゃあまた、珍しい物を探す人もいたもんだ」

「……知ってるんですか？」

「フォーゲルの山頂に咲いてるってアレでしょ？」

　実物がどんな物かは知らない。

　ただ、〝北の魔女システィア〟がフォーゲルという山にあると言っていた事は頭の中にちゃんと入っていた為、その言葉に対して「ええ」と言って首肯。

「年がら年中咲いてる花ってイメージしかなかったんだけど、あれ、薬草だったんだね」

　止まっていた手が再び動き出す。

　しゃっ、しゃっ、と剣を研ぐ音がまた木霊を始めた。

「でも、〝千年草〟が欲しいなら恐らく、キミの場合は依頼を出すくらいしか、入手する手段はないかも」

「どうしてですか？」

「〝千年草〟が自生してる山が、なんだけどさ。あそこ、〝ギルド〟の連中が通行を制限してるんだよ。要するに、〝ギルド〟所属の……それも、そこそこ上のヤツじゃないと今は立ち入る事出来なかったんじゃなかったかな」

　——〝ギルド〟。

　どことなく聞いた事のあるような言葉の響きではあるが、何の事だかちんぷんかんぷん。

「ギルド、ですか……」と呟き、頭を悩ませる事数秒。

　〝ギルド〟に関する知識が私の中に無いことを察してくれたのか、

「……あー、スェベリアは騎士団があるから〝ギルド〟はないんだっけ」

救いの手が差し伸べられる。

「ミスレナは商人の国だからね、色々と特殊なんだ。だから、騎士も兵士もいない。でもその代わり、傭兵が数多く駐屯してる上、〝ギルド〟なんて組織が存在してる。〝ギルド〟はね、簡単に言ってしまうと、魔物や野盗。つまり、外敵を排除してくれる人達の集まりだよ」

「……成る程」

外敵を排除する役目を負った者達が通行を制限する場所。つまり――危険地帯。

そんな結論が頭の中で導き出される。

ヴァルターやユリウスも言っていた。

〝北の魔女システィア〟の依頼は面倒臭い、と。ならば、そうであったとしても何ら不思議な事はない。

「とは言っても、実はもう一つだけ入手する手段があるんだけどねぇ……」

……あんまりオススメはしないし、無いに等しい手段だけども。と、ニコラスが前置きをする。

「限られた人間の通行しか受け付けてない場所でも、同行というカタチでなら、立ち入りが許されてるんだ。当然、基本的には荷物持ちだとか、そんな役割を負った上で、になると思うけどね」

要するに、フォーゲルと呼ばれる山に立ち入る予定の人物に、荷物持ちとして雇われさえすれば私も立ち入る事が出来る、と。

「ここを出てすぐ右手に見える大きな建物。それがギルドだからもし、依頼をするなり、〝千年草〟を採りに行くなりしたいなら是非とも一度は行ってみるといいよ。それと……はい、完成」

剣の手入れが終わったのか。

中腰になってひたすら剣を研いでいたニコラスは側に置いていた鞘を手に取り、露出した剣身をすすす、と静かに収めてゆく。

「何か聞きたい事があればいつでもおいでよ。剣の手入れついででよければ、いつでも話は聞くしさ」

ミスレナに関する疑問なら多分、大体は答えられると思うから。

言葉を口にしながら踵を返し、奥に引っ込んでいたニコラスはカウンターへと戻ってくる。

「あぁ、それと、その服からは着替えたほうがいいと思うよ。スェベリアならまだしも、ミスレナでの騎士服は……ちょっと目立ち過ぎると思うから」

そう言ってニコラスは苦笑い。

「……ご忠告ありがとうございます」

ヴァルターやユリウスと共に行動するのであれば不自然ではなかっただろうが、一人行動ともなれば、騎士服で出歩こうものなら奇異の視線に晒されてしまう。

……道理で鍛冶屋に来る道中も不自然なくらい多くの視線を向けられていたわけだと、彼の言葉のおかげで疑問が解消される。

ひとまず……服屋に向かおう。

そうと決まれば、早くラフな格好に着替えたいという衝動に無性に襲われた。

「それじゃあ、気が向いたらまた来ます」

そう言って私はカウンターの上に置かれた無銘の剣を受け取り、再び腰に下げる。

しっくりとくるこの重量感。

やっぱり安心感が違う。

「そうしてくれると有り難いね。なにぶん、うちは客足がコレだからさ」

言葉に対し、今度は私が苦笑いを浮かべながら出口に続くドアへと向かい、押し開ける。

そして、私は鍛冶屋を後にした。


「さぁて。今日はもう店じまいにするかな」

長めに伸びた後ろ髪をかき集め――腕に着けていた黒のゴムでぐるりと一括り。

それにより、髪で隠れていた筈の――尖った形状の耳があらわとなる。

フローラが後にした数分後。

そう言って店じまいの準備に取り掛かるニコラスは、ぽつぽつと言葉をもらしながら手を動かしていた。

「にしても、随分とプライドの高そうな剣だったなあ」

剣の声が聞こえる。

フローラに向かって言っていたその言葉に、嘘偽りは含まれていない。

そしてそれ故に、最初から最後までフローラが気づかぬまま、ニコラスと無銘の剣による対話が人知れず行われていた。

ニコラスが無銘の剣に対して尋ねた事はたったの三つだけ。

キミの持ち主は本当に、彼女なのか。

だとすれば、これ程までに荒い使いを受けて、不満はないのか。

――もし、不満があるのであれば、ボクがキミを使ってあげてもいいけど？

その、三点。

しかし、無銘の剣がニコラスに返した言葉は全てを一蹴するもの。

自身の主は間違いなく彼女、フローラ・ウェイベイアであり。

荒い使いに見えてしまうのはそれだけ、彼女が自身に信を置いている証。剣が折れるかもしれないと気遣われた時点でソイツは最早、剣としては終わっていると鼻高々に言い放ち。

三つ目の問いに関しては、オマエは二度とワタシに話しかけるな。虫唾が走る。

と、一方的に会話は打ち切られていた。

「……偶にいるんだよねえ、冗談が通じない剣がさあ」

ニコラスには悪癖があった。

それは、自身の目から見ても格が高いと思えた剣を見ると、意地悪をしたくなるという悪癖。

剣と、使い手がつり合ってないだ何だと言いがかりをつけるというとんでもなく下らない癖だ。

特に、自身の技量ではなく得物に頼り切りな剣士を見てしまうともう口は止まってくれない。

……と、いう事もあり、客足がこれ程までに寂しいのだが、ニコラスの持論の一つに、優秀な人間ほど一癖も二癖もあるというものがある。

そして不幸中の幸いか、現実、ニコラスは人としては底辺だが、鍛冶師としては優秀な人間であった。

それ故について回る一部の太客。

彼らが落としてくれる莫大な金銭のお陰でこうして店が存続出来ていた、という具合である。

「にしても、あれ程格の高い剣が一人の人間――それも、女性に対してあんなに懐いてる姿を見せるのも……まぁ、珍しいよね」

さて。

持ち主の女性――フローラ・ウェイベイアの技量は一体どれほどのものなのか。

気にならないといえば嘘になる。

剣を打つ鍛冶師としてニコラスは、剣に対する興味は言わずもがな、使い手に対しても殆ど変わらない熱量を向けていた。

「……ちょーっと、興味が湧いた」

ターゲットロック。

もし、この場にフローラがいたならば間違いなく言っていただろう。

は？　言ってる意味わかんないんだけど。と。

しかし、悲しきかな、この場には既に彼女の姿はない。つまり、知る由はないという事だ。

「お客は殆ど来ないし、暇つぶしには持ってこい」

まるで数十分前のフローラの言葉をなぞるように、ニコラスが言葉を口にしていた。

三話　ヴァルターside

「――――助かった。ユリウス」

「礼にゃ及ばねえよ」

フローラと別れてから数分後。

漸く持ち前の冷静沈着さを取り戻していた俺は、ユリウスの言葉に救われていた事を自覚し、感謝の言葉を述べていた。

対して、返ってきたのは遅えんだよと言わんばかりの苦笑い。

「あいつに嫌な思いをさせるのは、俺としても本意じゃない」

フローラ・ウェイベイアは俺の側仕えだ。

その事実は何があろうと揺らがない。

ただ、それを周りが素直に受け入れるかどうかはまた別問題。

恐らく、ユリウスの言う通りに挑発されていた場合、まず間違いなく俺がキレていた。

そして、フローラを馬鹿にされたという事で俺が暴走すれば、きっと何も悪くない彼女が罪悪感を抱く。自分のせいで、と。

あいつは、そういうヤツだから。

「……もう少し、顕示欲があるヤツだったら良かったんだがな」

ぼやく。

フローラは些か謙虚過ぎる。

本当に、昔から何も変わっちゃいない。

何も変わってなさ過ぎて、懐かしさが無性にこみ上げ、側にいて欲しいという欲求が際限なく膨れ上がる。

アメリア・メセルディアとの出会いが、今の俺を形成したと言っても過言ではないから。

「全盛かつ、一切の油断が割り込まない尋常な立ち合いでない限り、決して己の功として誇ろうとはしねえ。……本当に、そっくりだよなぁ？」

「だからあいつはアメリアだと言ってるだろ」

「そうは言ってもなぁ……俺があいつと近しい人間だったからこそ、受け入れ難ぇんだよ。何より、嬢ちゃん自身がソレを望んじゃいねえ」

あくまでユリウスはフローラ・ウェイベイアとして扱い続けるつもりであると、そう口にする。

しかし、その思考を俺にまで強要するつもりはないらしく。

「ただ、ヴァル坊はそれで良いと思うぜ？　アメリア(あいつ)はそれだけの事をお前にしてる。命懸けで助けてくれた相手に執着すんのは間違っちゃいねえ。だから、これからも好きなだけ振り回してやってくれや。嬢ちゃんも、その方が楽しそうだ」

アメリア・メセルディアであった頃。

騎士としてどんな生活を送っていたのか。その記憶は俺の中にはあまりない。

だから俺の口からは何とも言えない事であったのだが、兄であったユリウスの目から見て楽しそうに映っていたらしい。

「昔、アメリアにも教育係のような人が付いていてな。一応、建前じゃ上司って事になってたが、丁度ヴァル坊みてぇなヤツでよ、犬猿コンビなんてあだ名付けられて口を開けば悪態を吐くような仲だったんだが、俺にゃ凄え楽しそうに見えた」

恐らく、嬢ちゃんは振り回されたい側の人種なんだろうなぁ。とユリウスは付け加える。

「何より、そもそも興味がねぇ相手だとアメリアはとことん取り合っちゃくれねえ。ぎゃーぎゃー言いながらも付き合うって事はつまり、あいつ自身も楽しんでる節があるんだろうよ。自覚してるかどうかは兎も角、な」

俺はフローラ・ウェイベイアの事をアメリア・メセルディアとして扱うつもりはないが、お前はそのままで良いと再三に渡ってユリウスが言ってくる。

そんな折。

「────おや？」

声が聞こえてきた。

それは若干の喜色が含まれた声音。

その声が己に向けられたものであると感じた俺は肩越しに振り返る。

映り込む小太りの男。

じゃらじゃらと音を立てる貴金属の類が首や手首といった場所に散見している。

自分は金持ちである。身に着ける装飾物でうざったらしいまでに自己主張をしてくるこの男に対し、誠に残念な事ながら俺には心当たりがあった。

「……エドガー殿」

「おぉ！　やはり、ヴァルター殿ではないですか！」

目尻を下げ、にこやかに人当たりの良い笑みを浮かべて男――ミスレナ商国を取り仕切る『豪商』の一人、側に傭兵と思しき男を伴わせていたエドガーが此方へと歩み寄ってくる。

差し伸ばされる右手。

握手をしよう、という事なのだろう。

「お会いできて光栄です」

「此方こそ」

断る理由もなし。

差し伸ばされた手を握り返すとぶんぶん、と力強く上下に手を振られる。

俺自身、滅多にスェベリアの外へ足を運ぼうとする事はなく、世間からすれば珍獣のような扱いを受ける心当たりはあったのでエドガーの喜び様をあえて指摘をするつもりはなかった。

「あぁ、そうだ。コレはエドガー殿に渡しても問題なかっただろうか」

俺は懐から招待状を取り出す。

欠席のところにぐるっと丸をしてしまっているが、まあ間違って丸をしたという事で問題はないだろう。フローラが何やら修正をしていたようだし、このまま渡して大丈夫な筈だ。

ただ、招待状に書き記されている招待者の欄には、ミスレナ商国一同、と書かれており、国を取り仕切る三人の『豪商』のうち一人に渡せば問題ないだろうと考えていた俺はそんな疑問を投げかけていた。

「ええ、ええ！　それでは、その招待状はわたしが受け取らせて頂きましょう」

エドガーは上機嫌に二、三、上下に首肯を繰り返す。

「それと、一つ頼みたい事があるんだが……」

「頼み事、ですか……？　一体、何でしょう？」

「宿屋を用意してくれていると聞いている。部屋を三つ用意して貰う事は可能だろうか」

「三つですか」

怪訝な視線が向けられる。

俺の側に護衛の姿は無言を貫くユリウス一人だけ。この場合、二部屋と言っていたならば不自然はなかっただろうが、現実、俺は三と口にしている。

「実はな、護衛をもう一人連れてきているんだが……初めてミスレナに来たというから今だけ護衛の任を解いているんだ」

「成る程。そういう事でしたらご希望通り部屋を三つ用意させて頂きましょう。もし宜しければ案内役をお付け致しますが……？」

「心遣い感謝する。だが、どうにも一人で散策をすると言って聞かなくてな。気持ちだけ受け取らせて頂こう」

案内役をつけられでもすれば、別行動にした意味が無くなってしまう。

故に俺はその場凌ぎの嘘を口にした。

「そう、でしたか。では、そのように心得ておきましょう」

柔和に笑む。

「こうして立ち話をするのも一興ではありますが、スェベリアの王に対してこれではあまりに無礼極まりない。ですので、ひとまずわたしの屋敷にご案内いたしましょう」

不特定多数の人間が聞いているかもしれない場所では話し辛い事もありましょう。と言外に匂わすエドガーの発言に対し、それもそうだなと首肯。

では、ご案内致します。

と、先行して自身の屋敷へ向かって歩み進めようとするエドガーであったのだが、そのタイミングでふと、思い出す。

『豪商』と呼ばれるエドガー。その護衛役として付いてきていたであろう一人の傭兵の名前を。

「…………〝血塗れ(ちまみ)のバミューダ〟、か」

「おっと。オレを知ってんのかい。スェベリア王――ヴァルター・ヴィア・スェベリア殿」

てっきり、知らねえのかと思ったよ。

別段怒った様子もなく、灰色の髪の男――バミューダは笑い混じりにそう宣った。

「強い人間は可能な限り覚えるようにしてるのでな」

　性格に難がない事が前提で、可能であれば自国に引き込む。それが叶わないのであれば、警戒を向ける。

　その為、自分自身で厄介そうだと感じた人間の名前は出来る限り覚えるようにしていた。

「あのスェベリア王にそこまで言われるたぁ、光栄だねえ。オレもまだまだ捨てたもんじゃねぇってわけだ」

　嬉しそうにバミューダはくつくつと笑う。

「騎士は柄じゃねぇが、コッチを弾んでくれるってんなら、あんたの護衛を務めるのも吝かじゃあねぇですぜ？」

　親指と人差し指で丸を作り、〝金〟を指し示すハンドサインを向けてくる。

　要するに金次第、と。

　だがしかし。

「悪いな。護衛は間に合ってる」

　護衛は既にいる。

　それも、うんと強いヤツが。

　それに俺はあいつ――フローラ以外を己の護衛として側に置くつもりは微塵もない。今回のような例外でも無い限り、それは不変だ。

「ちぇ、良い勤め先が見つかったと思ったんだが……そりゃ残念だ」

今現在の己の雇い主であるエドガーを前にしてようもまあ抜け抜けとそう宣えるなあと思ったが、傭兵とはそういう生き物であったかと納得。

金の切れ目は縁の切れ目。

拝金主義者の商人の側に傭兵ありとはよく言ったものである。

ただ、発言の割にその実、本気で無かったのだろう。あっさりとバミューダは引き下がっていた。

「ま、護衛が必要となったらいつでもお声がけして下さいや」

護衛嫌いの国王。

己の側仕えを執拗に拒絶してきたが故に付けられたその渾名。

恐らくバミューダは「護衛は間に合ってる」という発言を俺に護衛はいらないと、そう解釈したのだろう。

フローラ・ウェイベイアという唯一無二の護衛が既に存在しているとも知らずに。

「その時が来たら、考えさせて貰う」

ほんの少しばかり安堵の色を表情の端に浮かばせるエドガーに、申し訳なさを感じつつもひとまず彼の屋敷へと向かう事にした。

四話

「お酒下さい。水割りで」

「はいよ。お待ちどおさま」

がしゃん、と少し強めに置かれるグラスのジョッキ。薄茶色を想定していたら、出てきたのは橙色の飲み物だ。折角外に出てきた事だしお酒でも飲もうと思って注文をするとあら不思議。オレンジジュースとなって返ってきた。

店主であるリッキーさんは耳の病気なのかもしれない。と私が深刻そうな顔で眉根を寄せた直後。

「餓鬼相手に酒出せるわけねぇだろうが」

「えぇ……」

呆れ顔で理不尽な言葉を突き付けられた。

もしかするとお酒かもしれない。

そんな一縷（いちる）の望みを胸に、置かれたグラスに口をつけ、傾ける。

味は果汁たっぷりオレンジだった。

意外と美味しくてゴクゴクいけそう。

敗北感が私の中で広がった。

鍛冶屋の店主であるニコラスさんと別れた後、私は服屋に寄り、比較的楽に過ごせそうな衣服を購入。

その結果、上は白のとろみシャツ、下は暗めの色をしたデニムパンツという間違っても剣士には見えない服装に落ち着いていた私はユリウスの言葉に従うように、リッキーという店主が営業している酒場へとやって来ていた。

ギルドに直行しなかった理由は出入り口と思しき場所で、人集り(ひとだかり)が出来ていた為。

爪弾きにされていた頃の記憶を引き摺(ず)っているのか、私は比較的、人が多い場所はあまり好きではない。出来る事ならば避けて通る派である。

と、いう事で服屋の店主にリッキーさんのお店の場所を尋ね、久しぶりに酒でも飲んでぐーたらしますかぁと上機嫌になっていた矢先、この仕打ちである。年相応の容姿が今だけ憎らしい。

「酒が飲みたきゃ、家でこっそりと飲め。ここじゃ、お嬢ちゃんに出せる飲み物はオレンジジュースしかねぇよ」

「お、横暴だ……」

「何とでも言え」

取りつく島もないとはこの事か。

時刻はまだヴァルター達と別れてからあまり経っておらず、日もまだ落ち切っていない。

それ故、酒場にひと気は薄く、カウンター席に腰を下ろした私はスキンヘッドのおじさんこと、リッキーさんとカウンター越しに向かい合って会話していた。

「それで、見ねぇ顔だが、お嬢ちゃんはどこから来たんだ？」

「スェベリアです」

「ほぉ？　スェベリアから何をしに？」

「頼まれ事と……武闘大会に用がありまして」

「成る程なぁ」

ちらりとリッキーさんの視線が私の腰に下げられてる無銘の剣に一瞬だけ向く。

ただ、本当に一瞬だけ。

女剣士も珍しい事には珍しいが、女騎士程ではない。騎士とは世間の認識で物事を語るとすれば、エリート連中という言葉に落ち着くから。

だから、女騎士はコネだなんだとグチグチ騒がれ、好奇の視線を寄せられる。

ここでもし、私が騎士服を着衣していたならば、また向けられる言葉は違っただろうが、その騎士服は服屋でついでとばかりに買った大きめのバッグの中である。

ニコラスさんナイス。

「じゃあ、〝ギルド〟にはもう寄ってみたか？　お目当てのヤツがいるかもしんねぇぞ？」

「お目当てのヤツ、ですか」

私がそう言うと、「なんだ、お嬢ちゃんは物珍しさからやって来たクチか」と、リッキーさんは勝手に一人で納得をしていた。

「〝ギルド〟に人集りが出来てたろ？　武闘大会が近くなってきてるってんで、賞金目当てに世界のそこら中に散らばってる傭兵やら〝ギルド〟の連中が集まって来てなあ」

物珍しさ故に人集りが出来ていた、と。成る程。そういう事かと遅れて私も納得。

「流石にお嬢ちゃん自身が参加するとは思っちゃいねぇが、誰か興味あるヤツでもいんのかと思ったよ」

確かに、強い剣士の技術を目に焼き付け、自身の剣技ないしは、戦術に組み込む為にパクるという行為は重要である。かくいう私も色んな人の剣技をパクってきたクチなのでリッキーさんのその発言には大いに共感が出来た。

「興味がある人……」

「おうよ。興味があるヤツ誰かいねえのか？」

折角なので考えてみる。

剣士で、それも武闘大会なんてものに参加しそうな物好きで、興味をそそられる人と言えば――。

「――――〝貪狼ヨーゼフ〟とか、ですかね」

「……おいおい、幾ら何でもマニアック過ぎんだろ。そいつは二十年も前に死んでるじゃねぇか」

せめて存命してるヤツの名前を言ってくれよと呆れられる。

〝貪狼ヨーゼフ〟

もし私が今まで会った中で一番強い剣士は誰かと聞かれたならば、間違いなく父――シャムロック・メセルディアかヨーゼフの名を口にした事だろう。

一度目にすればどんな事だろうと模倣する事が出来る正真正銘の化物。

貪るように他者の技術を盗む孤高の剣士。

故に、〝貪狼〟。

私も一度だけ剣を合わせた事があるけれど、化物はあの人の為にある言葉と思わされたくらい。

結局、次に持ち越しだなんて結果に終わったけれど、負けなかったのは偶々でしかない。

確か……病に倒れてそのまま死んだとかなんとか風の噂で聞いた気がする。そっか、あのおっさん死んだのかと思いながら、ならば他をと、うーん、と唸りながら探そうと試みる。

……しかし、武闘大会なんて見せ物になる未来しか見えない催しに参加しそうな人間で興味がある人間なんて中々見つかる筈もなくて。

「他は……いない、ですね」

「……お嬢ちゃん、剣士じゃねぇのかよ」

上昇志向が些か足りねえんじゃねぇかと、言わんばかりの視線を向けられる。

……文官の家に生まれたただの貴族令嬢がギラッギラに他国の剣士に興味向けてたらヤバイ人扱いされる未来しかないでしょうが。と言ってやりたかったが、リッキーさんにそれを言っても仕方が無いと分かってるので私は口籠る。

「……誇れる程のものでもないので」

現状、基礎と言える部分。

つまりは体幹であったり、体力であったりとそう言った部分が壊滅的な為、他の剣士に目を向けて剣技を盗むという段階にすら至れていないのだ。

だから私なりに、まだそこまでたどり着いてないんだよ！　と、目で訴えるも、リッキーさんには伝わらなかったのか。強く生きろよ、みたいな感情を向けられた。なんでだよ。

「まぁ技量の程は兎も角、見て損はないだろうからこの機会に目一杯、目に焼き付けときな」

リッキーさんは剣士として、私が武闘大会を観に来たと思ってるようだけど、ここで縁談から逃げる為に来ましたと言ったらどんな反応をするんだろうか。

そんな至極どうでもいい考えが浮かんだ。勿論、流石に言いはしないけど。

「……ええ、まあそのつもりではいます」

これまでの経験から、手っ取り早く強くなる方法は大きく二つに分けられると私自身は思っている。

一つ目に、身体に直接叩き込む事。

痛くなければ覚えないからね戦法である。

代償は大きいが、間違いなく自分の力として身に付いてくれる。

そして二つ目に、見て覚える事。

つまり、他者の技術を見る事で己自身の昇華の足掛かりとする方法だ。

大体、この二つのうちどっちかをやっておけば万事オッケーである。ソースは私。

ただ、

「なんだ、折角遠路遥々観に来たってのに乗り気じゃなさそうじゃねえか」

「気のせいじゃないですかね」

私が思うに、頭のおかしい連中の大半が己の手の内を晒す事を拒む。ましてや、こんな見せ物にしかならない武闘大会に参加する中に是が非でも目に焼き付けておきたい！　と思える人物がいるだろうかと——自問。

多分、いないなと——自答。

そんな心の声が表情に代わってうっかり出てしまっていたのだろう。

リッキーさんから指摘が飛んできていた。

危ない危ない。私は武闘大会を観に来たって設定なのに。

「ところで、あえておれの前に座ったって事は何か用でもあんだろ？　世間話を挟んじまったが、用があるんなら聞くぞ？」

「……あー、いや、用と言いますか、待ち合わせと言いますか」

「待ち合わせだぁ？」

今の私は、用がなくなればここで待っておけとユリウスに言われたので言われた通り時間を潰しているだけなのだ。

ただ、一人でぽつーんと待つのはそれはそれで寂しかったので偶々空いていたリッキーさんの前に座ったたってだけの話。

特に深い理由はない。

「別行動をしてる知己がやる事なくなったらリッキーさんの店で待っておけと言っていたので」

酒は飲ませてくれないみたいですし、オレンジジュースを飲んで待つ事になるでしょうけど。

と、嫌味を込めて言葉を付け加えてやるが、暖簾に腕押し。聞こえないフリどころかガン無視で話を進められる。

「ちなみにそいつの名前は？」

「ユリウス・メセルディアって言うんですけど――――」

ご存じですか？　と、言葉を続けようとしたけれど、ユリウスという言葉に反応してリッキーさんの相貌に深い皺が刻まれた事を見逃す私ではなかった。

これは恐らく、不快感を示す明確なサイン。

まず間違いなく過去、ユリウスはリッキーさんに何かやらかしてる。事情を全く知らない私でさえ、即座にそんな考えが浮かぶ程にリッキーさんの表情の変化は顕著なものであった。

「――――ご存じみたいですね」

取り敢えず、続けようとしていた言葉を急遽変更。ついでに、にっこりと愛想笑いもしといた。

何も関係ない私に飛び火だけは勘弁である。

あの野郎、どのツラ下げてここを待ち合わせに指定しやがったんだ。と言わんばかりに、ぷるぷると震える右腕と、オレンジジュースの入ったピッチャー。

そんな彼の様子を前に、私は思う。

言わなきゃ良かった。くそったれ。

「あのクソ野郎の知己ってこたぁ、お嬢ちゃん。あの騎士団の関係者か何かか」

ユリウスの名前すら口にせず、クソ野郎呼び。

リッキーさんとユリウスの間に因縁染みた何かがある事は最早、疑いようのない事実であった。

スェベリアの騎士団。

それも最高位――騎士団長であるユリウスと、他国にまで行動を共にする。

まず間違いなく騎士団由縁の人間であるとリッキーさんは断じているようであった。

そしてその考えはドンピシャに当たっている。

「ま、ぁ、関わりがないと言えば嘘になりますね」

苛立ちをあらわにするリッキーさんを前に、私は茶を濁した。すると、彼の機嫌をあからさまに窺うような私の態度を見兼ねてか。

はあぁ、と大きな溜息を吐いた後、何を思ってか。悪りぃ。と謝罪をされた。

「……あのクソ野郎の名前を聞くとどうにも苛立って仕方がねえ。だが、お嬢ちゃんに当たる気はなかったんだ。キツイ態度をとってすまねぇな」

「いえ、お気になさらないで下さい。彼には私も思うところがありますので」

かくいう私もユリウスの事はリッキーさんと同様にクソ野郎と思っている。

ハーメリアに喋りやがった件についてはまだちゃんと覚えている。当分は引きずる予定なので、その気持ちは分かるよ。みたいな雰囲気醸し出しながらうんうんと私は頷いた。

「……ん？　って事は、だ。あのクソ野郎、大会に出場でもすんのか？」

「いえ、恐らくそれはないかと。今は別件で行動を共にしてはいませんが、大会に参加するなんて話は一度も出て来なかったので」

「ほぉ。……まぁ、態々大会に参加してまで自己顕示欲に浸りてえってやつじゃぁねえか」

名門メセルディア侯爵家現当主でもあるから、金銭に困っているという事もない。

リッキーさんの目から見てもユリウスが武闘大会に参加する理由は見当たらなかったらしい。

「とすると、なんだぁ？　あのクソ野郎、厄介事でも抱え込んできやがったか？」

騎士団長という立場の人間が勝手気ままに他国へやって来るとは考え難い。ならば、厄介事でも持ち込んできたのでは無いか。

そう結論付けるリッキーさんの考えは道理であった。しかし、今回ばかりは私が腹いせにユリウスを巻き込んだだけである。

「彼はただの付き添いですよ」

だから申し訳程度に庇っておく事にした。

「……もしかして、お嬢ちゃんが何処かお偉いとこのご令嬢だったりするのか？」

「そう見えます？」

「いや、悪りぃ、見えねえわ」

「それが答えですよ」

苦笑いを浮かべながらそう言ってやると、リッキーさんはどっ、と笑い出した。

そりゃそうだ。

酒場に一人でやってきて水割りを頼むお嬢様だなんて聞いた事がない。

しかも、剣を腰に下げてると来た。

もう無茶苦茶である。

そしてそんな無茶苦茶なやつが私、フローラ・ウェイベイアという名ばかりの貴族令嬢であった。

固定観念に囚われている貴族諸侯が聞けば悲鳴をあげて卒倒でもしてしまいそうだ。

「それに、私の護衛であるならユリウス殿は私の側から離れてはくれませんよ」

恐らく今の私ではユリウスの監視の目を掻い潜って一人行動、なんて真似はきっと出来やしない。

まず間違いなく捕獲される。

だから自嘲気味に私はそう言った。

「中身はクソ野郎だが、剣の腕だけは立派なモンだったしな、あの野郎」

「そういう事です」

忌々しそうに言葉を紡ぐリッキーさんの言う通り、騎士団長の名は伊達ではないのだ。

フローラ・ウェイベイアとして直接剣を合わせた事はないけれど、多分勝てない。

……十七年鍛錬をサボらなかった人間と、ひたすらサボり続けた人間の差はちょっとやそっとでは埋まるものではないのだ。

こんな事になるなら、多少不自然に思われようとも、もう少し剣を握っておくんだった。

胸中で愚痴をこぼしながらオレンジジュースの入ったグラスを私は傾ける。

残りはあと少し。

意外と美味しいし、もう一杯お代わりをしておくかなと、そう思った時だった。

賑やかな声が酒場の入り口から聞こえてくる。

声は……三人分だろうか。

「やぁ、リッキー。今日は一段と寂れてるねぇ」

「うるっせぇ。まだ開店してから一時間も経ってねぇってテメェも知ってんだろうが」

ここは人気のスイーツ店じゃねぇんだよとリッキーさんは乱暴に言葉を吐き捨てる。

すると程なく、それもそうだ。と言ってわっはっはと快活に笑う声が場に響き、私の鼓膜をも揺らした。

そして、声の主だろう男性はそのままリッキーさんの下へと直行。

どしん、と私の隣の席に腰を下ろした。

歳は三十代前半だろうか。

ユリウスよりは若いだろうけど、ヴァルターよりは歳を食ってそうな、そんな感じの男性が横目で確認をする私の瞳に映し出された。

「それで、この女の子は？」

「客だよ。そら、オレンジジュース飲んでんだろうが」

そう言われるや否や、私が手にするグラスへと一斉に視線が向いた。次いで、その視線は私へと移動。

「……どうも」

注目が集まったにもかかわらず、黙り込んでいるのは些か気まずかったので、私は彼らに向かって軽く会釈をした。

その際に映り込んだシルバーのチェーンネックレス。小さなプレートのようなタグが付けられたソレにどうしてか私は目を奪われた。

タグには何やら文字が刻まれている。

小さくてよく見えないが、恐らくは――〝A+〟。

「何？　これが気になるの？」

少しばかり、注視し過ぎていたのだろう。

私の視線に気付いた彼はタグを手で掴み、よく見えるように私に近づけてくれる。

「そこのお嬢ちゃんは他国の人間らしいからな。〝ギルドタグ〟が珍しいんだろうよ。それ、安易に壊されないように魔力も込められてるしなぁ」

ほらよ。と言って、やって来た彼の前にグラスを突き出し、居座るなら注文しろと言わんばかりに目の前に置くリッキーさんは私が向けていた好奇の視線の理由を補足してくれる。

続け様に、二個、三個とリッキーさんは彼と一緒に酒場へと足を踏み入れた二人分のグラスを並べていた。

「テメェらもさっさと座った座った。こう、二人も三人も立たれると圧迫感があんだよ」

「へぇへぇ」

「言われずとも分かってるわよ」

気怠げに返事をする猫背の男と、魔法使いっぽい身格好の女性は、リッキーさんに促された通り、椅子に腰掛け始める。

「で、他国ってちなみに何処だったりする？」

「スェベリアです」

ミスレナにやって来て早三回目になるこのやり取り。どこか意外そうな表情を向けられるのもこれで丁度三回目であった。

「へぇ、スェベリアからか。ミスレナに来た理由はやっぱり武闘大会？」

「ええ。それと、少し別件で用がありまして」

私が明らかに年下であると判断しているからだろう。気さくな態度で話は進んでゆく。

「別件、ねぇ……」

私の相貌に向けられていた視線がまたしても移動。今度は、腰に下げられた無銘の剣へ。

間違っても剣士とは思えないラフな格好をしておきながら、当たり前のように剣が下げられていた事が意外だったのか。

続けられた言葉には、驚愕が含まれており、

「うぇっ!?　キミ、もしかして剣士？」

「今はこんな身なりですが、一応剣士です」

「へぇ！　女の子なのに剣を！　偶にそんな物好きがいる事は知ってたけど、キミぐらいの若い女

の子が剣士を……」

本当に心底、驚いているようであった。ただ、そこに侮蔑といった嘲りの感情は見受けられない。

少しだけ珍しい人だなと。私はそう思った。

「もし良かったら、理由とか聞かせて貰えたりしないかなあ？」

「私が剣士になった理由、ですか？」

「そうそう」

ふと、考え込む。私が剣士になった理由って何なんだろうと。

そして出て来たのは二つの答え。

ヴァルターに護衛をしてくれって頼まれたから。

スェベリア屈指の名門――メセルディア侯爵家に生まれ落ちた事と、貴族令嬢という生き方が自分に合っていないと思った。そんな偶然が偶々合致したから。

どちらも、今思い返してもあまりに無茶苦茶過ぎる理由である。貴族令嬢が性に合ってないから剣士になった。私としては至極普通の考えであると思うけれど、恐らく周囲の人間からすればドン引きレベルである筈だ。

うーん、と悩む素振りを見せながらも、流石にこれは言っちゃいけないヤツだ。馬鹿正直に言うともれなく変人扱いされちゃう。と判断した私は顔を俯かせ、沈痛な面持ちを浮かべる。

この事については触れないで、みたいな雰囲気を出しておけば切り抜けられるだろうっていう安易な考えである。

「……あー、いや、うん。言い難い事もあるだろうし、無理に言う必要はないからさ」

そして私の機転の利いた行動は見事に成功。完璧な手際であった。

だけど罪悪感が凄い。

口八丁に騙くらかしていたヴァルターの事を私はもう悪く言えないかもしれない。

何故なら、多分、同類だから。

「ま、ぁ、誰にでも事情はあるよな、うんうん。ま、ミスレナにいる間は困った事があれば僕の事を頼ってくれてもいいからさ。あんま命を粗末にするような事だけはやめておきなよ」

私を元気付けようとしてくれているのか。

子供を宥めでもするように彼は言葉を並べ立てて行く。

「一応、これでもギルドランク〝A+〟の人間なものでね」

まぁ、大抵の事は力になれると思うよと言って彼は言葉を締めくくる。

「あぁ、それと、僕の名前はアクセアだ。こうして出会ったのも縁って事で、短い間かもしれないけど仲良くしよう。……えっ、と」

私の名前を知らなかったからだろう。

言葉に詰まり、困り顔で言葉を模索するアクセアを前に私は、

「フローラです。そういう事でしたら是非、頼りにさせて頂きます」

名前を口にする。

けれどあえてウェイベイア姓は名乗らない。

貴族である事に誇りがあるわけでなし。この場においては名乗らない方が私にとってメリットが大きいと判断したから。

「そうか！　なら、宜しく頼むよ、フローラ」


「――――で、あのクソ野郎のせいでおれは告白してもねぇのに振られたってワケだ。許せるか!?　許せねぇよなぁ!?」

「許せませんね」

「だろぉ!?」

ギルドランク〝A＋〟のメンバーであるアクセアさんを交えての歓談。

気付けば外はすっかり日が落ちており、酒場には人が溢れて喧騒に満ちていた。

店主であるリッキーさんがクソッ！　やってらんねぇっ！　といって営業中にもかかわらずグビグビっと酒を呷り始めたあたりでアクセアの仲間と思しき二人は酒場を密かに後にしていた。

恐らくはこうなると面倒臭くなると悟っていたからなのだろう。当初はアクセアさんも帰ろうとしていたのだが、仲間の二人に全員が帰るとバレるだろうがとか言われて生贄にされていた。

「ったく、あの野郎は口が軽すぎんだ。おれは二度とあのクソ野郎だけは信用しねえと決めたね」

十年ほど前。ギルドに属していたリッキーさんはとある依頼を受ける際にユリウスと一度だけ一緒に行動する事になったらしく。

アクセアさんのように複数人の仲間と共に依頼をこなしていたリッキーさんには想い人がいたと。

その人にどう想いを伝えるべきか。

悩みに悩んでいたところに、二枚目俳優のような顔立ちだけは割りかし良いユリウスが登場。

さぞ、恋愛経験が豊富だろうと思い、頼ったリッキーさんであったが、口の軽いユリウスはその事を相手側に話してしまったらしい。

結果。

想いを伝えてもいないのに振られて距離を置かれてしまったと。

あれ？　それじゃあはなから、想いを伝えても玉砕してたんじゃない？　とか思うけど、それを言うのはナンセンス。

ここは口の軽いユリウスを責め立てるのがベターな回答だ。実際、その口の軽さのせいで私も被害を受けている。つまり、悪いのはユリウスなのだ。

「ええ、ええ。私も二度と相談するもんかって思ってます！　あのクソ野郎め!!」

「おぉ……、分かってくれるかお嬢ちゃん！　かぁーっ、きっと将来、お嬢ちゃんは良い女になるぜぇ。クソな男を見抜ける女は良い女って相場が決まってっからなぁ」

この機会に乗じて溜まっていた鬱憤を吐き出さんと、クソ野郎！　と叫んでやると感極まったようにリッキーさんは今日はおれの奢りだといって機嫌良くオレンジジュースを注いでくれた。

実に気前の良い人である。

隣でちびちびと酒を飲むアクセアさんは遠い目で此方を見詰めていたけれど関係ない。

「リッキーさん、任せておいて下さい。いつか私が二度とあのクソ野郎が口を滑らせられないように、ボコボコに叩きのめしておきますから」

しゅっ、しゅっ、とシャドーボクシングみたいな真似をする私。

オレンジジュースしか飲んでない筈だけどもしかすると私も酔っているのかもしれない。

そして丁度、店の扉に備え付けられた鈴が鳴る。どうやら新たなお客さんらしい。

随分と繁盛してるなあと思いながらも私は構わずリッキーさんと談笑を続ける。

「そりゃあ良い！　あのいけ好かねえツラを是非ともボコボコにしてやってくれ！」

「ふふふ、ユリウスのクソ野郎の弱点は熟知してますからね！　あいつの弱点は初撃を様子見してしまうその一点です！」

なんでお前がそんな事を知っているんだと素面（しらふ）であったら突っ込まれていただろうが、此処にいるのは顔を真っ赤に上気させたリッキーさんと、おいおいそんな事言っちゃっていいのかよと何故か心配そうに私を見詰めるアクセアさんだけだ。

問題は何一つとしてない。

店に入ってきた新規のお客さんが足音を立ててリッキーさんの下に近づいて来る。

背を向けている為、顔は確認出来ないけれど、注文だろうか。えぇい、後にしてよ。

そう言わんばかりに私は捲（まく）し立てる。

「待ちの姿勢だとどうしても反応が一瞬遅れますからね、そこを狙って後ろからズドンと一撃不意打ちをかませばイチコロです！」

「すげぇ、すげぇよお嬢ちゃん！　完璧じゃねぇか」

「油断してる人の足を掬う事ほど愉快な事もありませんからね。やはり、騎士団長となって天狗になってるあの鼻っ柱をここらで——」

同時。

ひゅん、という突として聞こえてきた風の音と共に私の頭部に衝撃がやってきた。

そしてそこで、言葉が止まる。

止めたのではない。物理的に止まったのだ。

「————へぶっ」

軽めに顔面を机に叩き付けられ、女の子が出しちゃいけないような声が出た。

この感じ、剣の鞘だろうか。……超痛い。

「誰が誰に不意打ちかますってぇ?」

ちょーっとばかし苛立ちを含んだ声が聞こえる。知った声だった。

顔は見えないけど多分、私が意気揚々と不意打ちかまそうとしてた人間だと思う。

「……じょ、冗談です」

「だよなぁ？　話に夢中になって不意打ち食らわされたヤツの言葉じゃねぇもんな」

机に突っ伏しながら私は言う。ぐうの音も出ない正論だった。

「ついでに言うと、嬢ちゃんの弱点は敵意のない相手には気を抜き過ぎるところだ。今回は良いが、護衛役なら護衛対象以外の人間は全員疑ってかかれ。じゃないと今度は敵の前でこうして無様な姿をさらす羽目になんぜ」

「……肝に銘じておきます」

「ならよし」

頭に乗せられていた鞘が退けられる。

突っ伏した状態のまま振り向くと、そこには案の定、ユリウスの姿があった。

そして隣には目深に外套を被り込んだ男が一人。

私がヴァルターの護衛役に任命されて間もなく、城を抜け出して外に出た際に使っていた外套であった為、それが誰なのかは一瞬で理解した。

「よ、用事は終わったんですか」

「ああ、終わった。だから迎えに来たんだが、何やらカウンター付近で話が盛り上がっててな。ちょっと聞き耳を立ててみれば、隙だらけのヤツが誰かに不意打ちをかますって宣ってるじゃねぇか。こりゃさぞ、危機察知能力に優れてるのかと思ってみれば——」

このザマだと言って、ユリウスはにんまりと意地の悪い笑みを浮かべる。

……こ、この野郎！

やっぱりこいつ、クソ野郎だ。

私はユリウスのクソ具合を再認識すると同時、すっぽりと外套を被り込んだヴァルターの身体が小刻みに震えている事を見逃さなかった。

恐らく、不意打ちをかます!! と言った矢先、逆に不意を打たれた私の様子が彼のツボに入ったのだろう。お前ら覚えとけよ……。

「よう。久しぶりだなリッキー」

「どのツラ下げておれの店にやって来やがったこのクソ野郎」

すっかり空気となってしまっていたリッキーさんにユリウスが声を掛ける。

しかし、当然の如く嫌悪感は丸出しだ。

「あの時の事は散々、悪りぃって謝ったじゃねぇか。それに、あの子は既婚者だったみてぇだし、どのみち実るもんでもなかっただろうがよ」

「それ！　それ言うなっつってんだろ!!!」

「煩えなあ。というか、俺があの不毛過ぎる恋を玉砕させてやったんだ。心残りなく次に進めるようにしてやった俺は感謝されても良いと思うんだがな」

「安心しな、おれがテメェに感謝する時は一生やってこねえからよ。そら、五十度のウォッカ注いでやっからそこ座れや」

割と本気で下戸のユリウスを殺しにくるリッキーさんに苦笑いを向けながらも私は、懐にしまって置いた巾着袋に手を伸ばす。

そしてそこから衣服を買った際のお釣りである銀貨五枚を手で掴み、カウンターに乗せてから立ち上がる。

「あん？」

不思議そうな表情を浮かべるリッキーさん。

「お代です。これで足りますか？」

「いや、だから今回はおれの奢りでいいって言ったろ」

確かにそうは言われていたけれど、数時間居座っておきながら一切お金を落とさないとは如何なものなのかと思ってしまうのだ。

という事で、お金は払う。

それにヴァルターが顔を隠している事から察するに、あまりこんなひと気の多い場所に彼を留めさせておくわけにもいかない。

だから早々に私は立ち上がったのだ。

「安心して下さい。これはユリウスの金です」

「よし分かった。貰っといてやろう」

この潔さ、嫌いじゃない。

「じゃ、また来ますね」

「おうよ。そこのクソ野郎抜きならいつでも大歓迎だ」

いつまで引きずるつもりなんだよと呆れるユリウスであったが、気にも留めていないのか。

そのぼやきに対する返事はない。

そうやってネチネチ過去の事引きずるから頭がハゲるんだよとユリウスがまぁた余計な事を言って「これはスキンヘッドなんだよ！　くそが!!」とリッキーさんに怒鳴り散らされていたがもう私の知った事ではない。

去り際、またなと言わんばかりに左の手を私に向かって上げ、ひらひらと振ってみせるアクセアさんに会釈をしてから、私は酒場を後にした。

そしてリッキーさんの酒場にまで迎えに来てくれたユリウスとヴァルターが向かった場所は——ミスレナ商国の中でも〝貴族街〟と呼ばれている住宅地域。

どうやら、お偉いさんが宿を用意してくれたのか。案内をされたのは随分と豪華な外観をした宿屋であった。

食事もそこで出て来るらしいが、私の場合はリッキーさんの酒場でちょこちょことおつまみをつまんでいた事もあり、お腹が膨れてしまっている。

と、いう事で部屋に戻ったフリをしてから私は夜の街をぶらぶらとほっつき歩いていた。

その理由は言わずもがな、

「一応、これでも護衛だし。何より、今回は私が巻き込んだんだからこれくらいはしておかないとね」

見回り。つまりは、周囲への警戒であった。

もしも何かあった場合、周辺の地理を理解しているのといないのとではその後の状況が全くと言っていいほど異なってくる。だから護衛らしく一応、一度くらいは歩いて回っておこうと思い、実際に行動に移していた。

何より、今はユリウスがヴァルターの側に付いている為、私は自由に行動出来る。

故の、このタイミングであった。

散々、クソ野郎だなんだかんだと言ってはいたものの、実際のところ「ついて来てくれて助かった」というのが本音である。

ユリウスには絶対それを言ってあげないけど。

「ただ、んー……困ったなぁ」

足音を立てて暗闇の中を歩きながら私はポツリと呟く。

散々、侮るなだなんだかんだと言っていた私であったが唯一、フローラ・ウェイベイアにとって苦手なものがあった。

いいや、今までは苦手な気がする、という事で意図的に避けていたので確信は無かったんだけど今、漸く確信に至れた。

……私は、暗闇が苦手なのだ――――と。

……厳密に言えば、暗闇によって齎（もたら）される現象が嫌いであり、苦手であり、ほんの少しだけきっと怖いのだ。

「……前は、こんな感じじゃ無かったんだけど」

前とは、前世。アメリア・メセルディアの頃を示す。

自覚はある。

……暗闇に苦手意識を持ち始めたのはフローラ・ウェイベイアとして生を受けてからであると。

「あー、ほんっと厄介だな。一度死ぬってさ」

ふらついたあの一歩が。

せり上がったあの感情が。

口の中で嫌というほど味わったあの血の味が。

全て嘘であればどれ程良かった事か。

夢であれば、どれ程生きやすかった事か。

お陰で暗闇を目にする度に思い起こされる。

不幸中の幸いは、私が夢を全くと言っていいほど見ない人間であった事くらい。

「お陰様で、暗闇が嫌いになった」

意識が遠のいて行って、終わりを迎えるあの瞬間。何もかもを喪失してしまうようなあの瞬間に、私は苦手意識を持っているんだろう。

丁度あれは、暗闇によく似ているから。

「死ぬって行為について考えた事は何度もあった。でも、いざ死んでみると……これが案外怖いんだよねぇ」

黙り込んでしまうと感傷にずっぷりと浸ってしまいそうだったので無理矢理に口を開く。

お陰で普段なら口が裂けても言葉にしないような事まで口走ってしまっていた。

「何もかもが真っ黒になって、自分が自分じゃなくなるような、そんな感じ」

そして、致命的な何かが燃えて、儚く消える。

「……ま、今更何を言っても仕方がないって事は分かってるんだけどね」

分かっていて尚、まぶたの裏に在りし日の光景が浮かぶのだ。最早、呪いと言ってもよかった。

私が誇れるものは〝剣〟しかないのに、進んで〝剣士〟になろうとしなかった理由は案外、無意識の深度で理解していたからなのかもしれない。

お前はトラウマを抱えてる。だから、〝剣〟を執るのはやめておけ、と。

……しかし、だ。

「でも、今はこれで良かったと思ってる。フィーあたりが聞いたらきっと呆れるだろうけど、私はやっぱりこっちの方が落ち着くから」

ユリウスから譲り受けた無銘の剣。

その柄に手を添えながら私は自分自身に言い聞かせ、言葉を反芻した。

この重量感が腰にあるだけで、幾ばくか私の心は落ち着いてくれる。

表情こそ、取り繕ってはいるものの、破裂しそうなくらい激しく脈動する心の臓は、そのお陰で落ち着きを取り戻してくれるのだ。

「剣が側にあってくれた方が、私としては安心だから」

表には出さないけれど、偶にあるのだ。

アメリア・メセルディアであった頃の記憶。特に、死ぬ瞬間のフラッシュバックが。

目の前に広がる情報量が特別少ない時——つまり、暗闇に見舞われた時など、それは顕著に現れていた。

「って、私は何言ってるんだろ」

慚愧(ざんき)の念を抱き、それを確認しながら空笑い。

「らしくないよねえ……」

はぁ、と思わずため息が出た。

こんな姿をシャムロック・メセルディアが見たならば何と言っただろうか。

女であるからこそ、尚更毅然とした態度を貫けだなんだかんだと教えてくれた彼が目にしたならばきっと、ため息の一つや二つ、飛ばしてくれる事だろう。もしかすると哀れんでくれるかもしれない。気を遣ってくれるかもしれない。

前者ならばまだいい。

ただ、後者は正直……明確な理由はないけれど、心底嫌だった。

……そういう事情もあるからこそ、尚更父には会い難いのだ。

私はフローラ・ウェイベイアであって、アメリア・メセルディアではないのに、きっと、過去を気にしてしまうだろうから。本来であれば、有り得ない事を気にしてしまうから。

「めんっどくさ」

嫌気がさす。他でもない自分自身に。

……そんな折。

私の眼前に人影が映り込んだ。

ぶつぶつと呟き、傍（はた）から見れば怪しい人にしか映らないであろう私の丁度目の前に、彼はいた。

「……こんな夜中に一人で出歩くだなんて、ご自身の立場をお忘れですか？　――――陛下」

というか、ユリウスは何やってんだと胸中でぼやきながら私はなぜか外にいるヴァルターの敬称を口にした。

一瞬のうちに思考を切り替えて、普段通りの私に戻る。過去の記憶に否応無く引き込まれるのは一人の時間に限った話。誰かさえいれば、それは意識の埒外に弾き出される。

だから心置きなく普段通りの調子でヴァルターに話しかけたんだけど、何故か彼は呆れていた。

……え、なんで？

「忘れてない。……というか、俺がこうして出てきた理由はお前がさっきから殺気を撒き散らしてるからだぞ。俺の場合は出歩きたくて出歩いているわけじゃない」

「……あ、あれ？　そうでした？」

「そうでもなければ、ユリウスが俺の外出を認めるわけがないだろ」

あいつ、割と過保護なきらいがあるのに。と、疲れた様子でヴァルターが言う。

一度味わった苦痛を思い出すことにより、無意識のうちに私は殺気を振りまいてしまっていたのかもしれない。

私の中に入ってくんな！　どっかいけー！　みたいな感情が勝手に殺伐とした殺気に変換されていたのだろう。

だとすれば納得だ。

剣をぶんぶんと振ってあの光景を斬り裂けるのなら私は何万とその行為に勤しんでいただろうし。

「怪しいヤツでもいたか」

そんな当たり前の質問を投げ掛けてくるヴァルターに対し、私はぶんぶんと勢いよく左右に首を振る。

「……私はただ、夜風にあたりに来ただけですよ」

些か無理があるのは承知の上で言葉を返す。

しかし、ヴァルターはこれ以上の追及をする気がないのか。素っ気ない態度で「そうか」と言って会話は終わる。

そして場に降りる沈黙。

私のせいでヴァルターが出向く羽目になったという事実を知ってしまった事により、この沈黙は私にとってひどく居た堪れないものになっていた。

何か気紛らわしになるような話題をと思って思考を巡らせるも、良案はそう都合よく思い浮かんではくれなくて。

頭上にはどこまでも果てなく広がる夜天が。

そして雲に隠れながらも、仄かな月明かりが大地に落ちている。

詩人ならばここで気の利いた言葉の一つや二つでも言って気を紛らわせそうだが、悲しきかな、私にそんな才能はない。出来るのは精々、普遍的な感想を述べるくらいのものだ。

さぁ、どうしたものかと割と本気で頭を悩ませていた私の心境を知ってか知らずか。

「なら、少し歩くか」

ヴァルターはそんな事を宣った。

「安心しろ。ユリウスには一時間以内に戻ると言ってある。ならば問題はないだろう？」

何より、俺の護衛は此処にいるしなと言って彼は笑う。

……まぁ、そうなんだけどさ。

「……スェベリアだと一人で城を抜け出そうとも、どんなカラクリか、必ず数名が俺を見つけて護衛という名の尾行を試みる。常々、大人数は好まんと言っているのに、だ」

そりゃ貴方は国王だもの。

そんな至極当然な回答が脳裏に浮かんだけれど、あえて口ごもる。そんな事はヴァルターも承知しているだろうし、わざわざ言葉に出してまで指摘する程のものでもないと判断したから。

「だから、少しだけ付き合え」

こんな機会なんて滅多にないだろうから。

そんな言葉が、後付けで幻聴されたような気がした。

五話　ヴァルターside

「――見に行ってやれよ」

　不意に、声が聞こえた。

　それは呆れ混じりに、それでいながら仕方なさげに、微笑ましいものでも見るかのような笑みと共に俺へ向けられたものだった。

「殺気を馬鹿みたいにばら撒いてる嬢ちゃんが気になんだろ？　なら、行けば良い。俺はあのハーメリア（堅物眼鏡）じゃねぇんだからよ」

　単にユリウスがハーメリアを毛嫌いしており、同一の対応をする事を嫌っているという事もある。
ただ、やはり俺への対応は文官であるルイスと武官であるユリウスとでは全く違う。

　確たる違いはこういった部分。

　技量を信用している分、ユリウスは基本的には自由に行動をさせてくれる。

　培った経験、技量を文字の上からしか判断しようがないルイスの場合はやはり明らかにユリウスより行動に制限がかかってしまう。

「……あいつ程の技量があれば何も心配する事はないだろ」

仮に、怪しい人間を見つけていたとしても、今のフローラ・ウェイベイアに勝てる人間は一体、何人いるだろうか。

「おいおい、それ本気で言ってんのかよ?」

「………」

俺は口を真一文字に引き結び、黙り込む。

「殺気をばら撒く行為ってのはいわば、威嚇行為だ。怪しい奴をとっ捕まえようとしてる奴ってのは大抵、殺気を隠す。真逆もいいとこだ」

だからこそ、殺気を撒き散らしているのは他の理由があるからで。

「ヴァル坊のそういうとこは嫌いじゃねえが、手を差し伸べられると楽になるって事も多々あるもんだ」

とはいえ、大事な事は相手の口から言ってくれるまで慎重に待つ。そういう態度は美徳だと思うぜと、ユリウスは言う。

「あの嬢ちゃんの事だ。自分が気に掛けられてると知りゃ、多少踏み込まれたとしても無下にはしねえさ。相手がヴァル坊なら尚更な」

……どうして、ここで俺ならと言うのだろうか。

少しだけ疑問に思った。けれど、その疑問は続けられたユリウスの言葉によって霧散する。

「自分の臣下なんだろ?　行ってやれよ」

「……言われずとも分かってる」

受けた恩はどんな形であれ、ちゃんと返すと決めている。それがアメリア（フローラ）相手なら、尚更だ。

立て掛けていた剣を手に取り、椅子に腰掛けていた俺は立ち上がる。

「ただ、まぁ……一時間以内には帰って来てくれよ」

あんまり長いと俺も出向かなきゃいけなくなる。流石にそれは勘弁してくれよと言わんばかりに苦笑いするユリウスに対し、「そのつもりだ」と短い返事を一度。

そして俺はユリウスに背を向け、その場を後にした。

去り際、何気なくぼやいたであろうユリウスの言葉はどうしてか、どうしようもなく頭に残って。

幾度となく俺の脳内で木霊する。

「アメリアのヤツ、弱音とか全然吐いてくんねぇんだよなぁ。だからこっちが行動を見て判断するしかなくて……ったく、変わらなさ過ぎてもう笑うしかねぇよ」

懐かしいにも程があると。

どこか楽しげな色をのせてひとりごちたユリウスのそんな言葉に、俺も微かに破顔しつつ、終始同意をしていた。

——違いない、と。

＊　＊　＊　＊　＊

部屋に戻る。

そう言っておきながら外に出かけて行ったフローラを見つけるのはあまりに容易かった。

なにせ、四方八方に殺気をばら撒いているのだ。これでは見つけろと言っているようなものである。何より、俺は魔力の察知能力においては当時、数多の天才を差し置いて〝鬼才〟と呼ばれたあのアメリア・メセルディアですら舌を巻いたほどに鋭いのだ。

恐らく無自覚なのだろう殺気と共に漏れ出る魔力の残滓。……はっきり言ってこれだけの条件が揃っておいて俺に見つけられないわけがない。心の底からそう思った。

そして、俺の予想通りフローラはすぐに見つかった。夜闇に紛れながらも彼女は悩ましげな表情を浮かべ、何やらひとりごちている。

すぐ様、俺は駆け寄って声の一つでも投げ掛けてやろうと思ったのに、なぜかその考えは一瞬のうちにして霧散した。

「…………」

どうしてか、声をかけるべきでは無いような、そんな気がしたのだ。

どこか儚く。どこか、アメリア・メセルディアらしくない、そんな様子を目にしてしまったせいで。

……言ってしまえば、チグハグなのだ。

持ち前の魔力の多さや質。無自覚に垂れ流される殺気の濃密さ。どれもアメリア・メセルディアらしいのに、何故か瞳に映る彼女が、儚い存在に思えて仕方がない。だからこそ、その違和感はより顕著に浮き彫りとなってしまう。

……幸か不幸か、彼女がアメリア・メセルディアであり、フローラ・ウェイベイアでもあるという明確な自覚を俺が持てたのは丁度この時からだった。

『そんなに殺気をばら撒いて……お前は一体、どこの戦場帰りだ』

普段なら、冗談まじりにそんな言葉を言えただろうに、今はどうしてか掛けるべき言葉が上手く見つからない。

「…………」

……いや、違うだろうが。それは違うだろうがと、同じ言葉を俺は脳内で反芻する。

フローラをこちら側の世界に無理矢理引き込んだのは俺だ。俺の事情で、俺の自己満足の為に俺は彼女を無理矢理引き込んだ。

何の為に？

――恩を、返す為に。

だったらこの状況は僥倖だ。どうすればいいのかと頭を悩ませ、足踏みしてどうする。

もう、十七年前の俺じゃない。無力な俺ではないというのに。

暗示でも掛けるように、俺は繰り返す。

大切だからこそ、間違いは許されない。

コワレモノでも扱うように、俺はゆっくりと前へ踏み出し、手を差し伸べることにした。

俺は、もう気を遣われるだけの存在じゃないから。だから、彼女の名前を呼ぼうとして――。

「……こんな夜中に一人で出歩くだなんて、ご自身の立場をお忘れですか？　――――陛下」

俺が言葉を発するより先に声がやって来る。

それは、まごうことなき普段通りのフローラであった。一瞬前の儚さは見事に掻き消えており、あれは俺の見間違いではないのかと己自身を思わず疑ってしまう程に、彼女らしかった。

「忘れてない。……というか、俺がこうして出てきた理由はお前がさっきから殺気を撒き散らしてるからだぞ。俺の場合は出歩きたくて出歩いているわけじゃない」

俺がどうすればと散々悩み抜いていたのが思わず馬鹿らしくなった。きっと、彼女は何かを抱えていたとしても、恐らく自己解決してしまう。そんな感想を抱いた。

もしくは、最後の最後まで見栄を張り続けるのだ。彼女はそういうヤツだから。

でも、今回はソレを俺は許容しない。

ダメだと明確な言葉を叩き付け、拒絶する。

だって、それを許容してしまえば何の為に俺がフローラを手元に置いているのか、分からなくなるだろうが。

だから――――。

言葉をそれから二、三交わし、俺は彼女の力になる事にした。

「――――だから、少しだけ付き合え」

助けを呼んでもいい人がいる。
縋(すが)ってもいい人がいる。
ひとりじゃない。
胸に溜まったナニカを吐き出せる相手がいる。
たった、それだけの事。
でもきっと、それだけで救われる事もあるだろうから。
俺は、それだけで救われたから。
だから。
「偶にはいいだろ。こんな機会なんて滅多にないだろうから」
お前が素直に頼ってくれるとは思ってないが、それでも、今度は俺が。
少しずつでも恩を返せたらいいなと、そう思ったんだ。

六話

とても、ゆっくりとした歩調。

普段のヴァルターらしくないあからさまに小さい歩幅をつい目にしてしまい、私が気を遣われているのだと自覚する。

……別に私が気を遣われなきゃいけない理由なんてものはないのに。

ヴァルターに気を遣わせてしまっている事実を前に、ため息が出た。

「……何か聞きたい事でもあったんじゃないですか」

たとえ聞かれたとしても馬鹿正直に言うつもりはなかったけれど、付き合えと言っておきながら終始無言を貫き、隣を歩くヴァルターの態度に痺れを切らした私が思わずそう言葉を投げ掛けていた。

「別に」

短く一言。

きっと本心では何で殺気を撒き散らしてたんだって聞きたいくせにヴァルターは本心を隠す。

どうせ取り繕うんだったらもう少し上手く取り繕えばいいのに。

……本当に、分かりやすい人である。

そんな事を思いながら私は、歩み進めていた足を止める。

程なくそれに気づいたのだろう。

数歩ばかり一人で先に行ってしまっていたヴァルターも私に倣うように足を止めて後ろにいる私へと肩越しに振り返った。

「ほんっと、陛下って変わってますよね」

今日だけの話じゃない。

これは前々から、事あるごとに言って来た言葉。

「自分で言うのもなんですが、私、結構得体が知れないと思うんですけどね」

自嘲気味に視線を落とす。

明言こそしていない。

ただ、私がアメリア・メセルディアであるという確信を抱いていると匂わせるような発言を度々ヴァルターはしていた。

……けれども、私は一度ヴァルターの目の前で死んだ人間だ。幾ら転生したとはいえ、はっきり言って気持ち悪くないのだろうか。

ヴァルターが私を巻き込もうとしていた事は知っている。そして、その為に幾つかの理由を並べ立てていた事も。

だから、思ったんだ。

……もしかして、ヴァルターは私と同じなのではないだろうか。

私はヴァルターに、罪悪感を今も尚抱かせてしまっているのではないのか、と。

そう思いながら地面に落としていた視線を再度、ヴァルターの双眸に合わせる。

ジッ、と彼は私を見据えて続く言葉を口を閉じて待っていた。

……いや、やっぱりやめよう。

ヴァルターの様子を目にした私は思い留まることにした。何となく、この状況下で何かを口にしてしまうと、もう口が止まってくれないような、そんな気がしたから。そんな危惧の念を抱いてしまったから。

「……すみません。今の言葉は――」

忘れて下さいと言おうとして。

「――それは違う」

私の言葉に被せられるヴァルターの声。それは、明確な否定であった。

「もし、お前が本当にそう思ってるのなら、買い被りもいいとこだ。お前が思ってる程、俺は人としての器は大きくない。ただの自己中心的な人間なだけだ」

会話になっていなかった。

けれど、私たちの意志は丁度その時、もしかすると同じ方向を向いていたのかもしれない。

何故ならヴァルターのその言葉は、私が心の中で抱いていた疑問にカチリと綺麗に嵌まり込んでしまったから。

でも。

「……あの、どういう意味なんですか？　それ」

「さぁな」

言葉に心当たりがあったにもかかわらず、私はそうやって恍けてみせる。

わざわざその言葉に肯定して、己の心の裡を晒すような真似をする気は今はまだないから。

そしてヴァルター自身もだからと言って問い詰める気はないらしい。ただ、言ってみただけ。

本当に、そんな感じ。

「変な陛下ですね」

それもそうかと。

「今のお前にだけは言われたくないセリフだな」

少し前までの自分自身を振り返りながら、私は観念するように小さく笑った。

「変、というか……私の場合はちょっとだけ、昔を懐かしんでただけですよ」

決して良い思い出ではなかったけれど、嘘はついていない。

「それで、ちょっとだけ昔の自分にイラッとしただけです。殺気が出てたのは恐らく、それが理由でしょうね」

「随分とおっかないな」

そう言ってヴァルターは笑っていた。

過去を懐かしむだけで殺気がダダ漏れ。

……確かに言われて見ればかなりヤバイ奴である。やっぱ今のナシって慌てて撤回を試みようとしたけれど、主義主張をコロコロ変えてると墓穴を掘ってしまいそうだったので私は大人しく観念する事にした。

「にしても……昔か」

少しだけ寂しそうに。

夜闇のせいではっきりとは見えなかったけれど、顔には寂寥のような感情が浮かんでいた。

「……昔がどうかしたんですか？」

「いや、時間が経つのは随分と早いなと思ってな」

徐にヴァルターは首にかけていたネックレスに手を伸ばす。そして、大切そうに赤の宝石のようなものが装飾として付けられたネックレスを握り締めていた。

そういえばヴァルターってそのネックレスいつも着けてるよなぁと思いつつ、興味本位でジトーっと眺める。

でも、幾ら眺めても何の変哲もないただのネックレスにしか見えなくて。

「ふと気になったんですけど、陛下っていつもそのネックレス着けてますよね」

「そうだな」

「もしかして、魔導具か何かですか？」

「……魔導具、か。いや、俺にとってコレは魔導具なのかもしれないな」

思わず私は首を傾げる。

疑問符が私の脳内を埋め尽くしていた。

俺にとっては魔導具ってそれ、どういう意味なんだよと、私にはイマイチ言葉の意図がよく分からなかった。

「要するに、大切な物って事だ」

「あぁ……成る程。そういう事ですか」

だから、「俺にとって」なのかと漸く理解。

そしてふと、思い出す。

そういえば私がフローラ・ウェイベイアとしてヴァルターと初めて出会った際、私が誰かに似ているからとか言ってなかっただろうかと。

やけに大事そうにするそのネックレスといい、私は何故かピンと来てしまったのだ。

成る程。人を寄せ付けないヴァルターにもそういう時期があったのかと。私の中で野次馬根性がかつてないまでに燃え上がる。

すっかり性根が腐り切ってしまい、腹黒に成り果ててしまったなと諦めていたけれど、案外可愛いところもあるじゃんと。

「……とんでもない顔してるぞお前」

「どうぞ気にしないで下さい」

恐らく鏡を突き出されでもしたらぎゃー！　と私でさえ悲鳴を上げてしまいそうなくらいの表情をしているだろう自覚はある。

だけど、あんなに護衛嫌いというか、側に人を滅多に置こうとしないあのヴァルターが人並みに色恋をしてると思うとつい、ニヤけ顔を止めようにもやめられなかった。

何故かヴァルターがお前、やっぱりアホだろみたいな感情を半眼で私に向けていたけれど、恐らくこれは照れ隠しだ。

私はそう思うことにした。だってそっちの方が面白いから。

「あ、そうだ。陛下！　折角ですから親睦を深める為にも、昔語りでもしましょう！　こんな機会滅多にありませんし！」

元からヴァルターの過去についてはそれなりに興味があったけど、リッキーさんの酒場にいた時の熱がまだ私の中に残っていたのかもしれない。

若干、いつもよりテンション高めに私はぐいぐいと彼に詰め寄る。

「……別に構わんが、面白い事なんて何もないぞ」

「それでもです！」

「……あとでお前も自分の過去を語るなら語ってやろう」

つまり、対価を渡せと。

タダで聞かせてやる話はねえと。

……やはりそこまで甘い話はないらしい。

しかし、妥当な提案である。

故に、――――その提案、乗った。

スッ…
にやにや
ぎゅ！

「分かりました。流石に今回ばかりはやむなしです。私も特別に語りましょう」

基本的に周りに馴染めない私の素晴らしいぼっちな日常か。親友のフィーと出掛けたりする事ぐらいしかないので私に失うものは何もない。

「……随分と楽しそうだなお前」

ヴァルターが呆れていたけれど、私の頭はあのネックレスが一体何なのかという疑問でいっぱいいっぱいだ。きっと甘酸っぱい歴史の数々があのネックレスに詰め込まれているのだろう。

既にワクワクが止まらない。

「まぁ、お前の気が晴れたのなら俺はそれで良いんだがな」

流石は臣下にはそこそこ優しいヴァルターである。ミスレナに来る道中は先々行くばかりで全然私に配慮してくれなかったけど。

その時はいじめか何かかと思ってたけども。

こうして偶に気に掛けてくれる中々に良い王様である。

「そう、だな。なら、俺が王になったばかりの頃の話でもしてやろうか――――」


――――流石に内容は言えんが、こんな俺にも誓いの一つや二つくらいある。そして意地を通した結果、幸か不幸か俺は王になった。ただそれだけだ。

「んー………」

ぼふんっ、と音を立てながらベッドに背中からダイブした私は悩ましげな声を口端から漏らしながら考え込む。私の頭を埋め尽くしていたのは十数分前の彼との会話。その一部。

なし崩しに付き合う事になったヴァルターとの気晴らし散歩を終えた私は今度こそ、大人しく用意された部屋に戻り、休息を取っていたのだが、心境は何処か釈然としなかった。

「なんでヴァルターって王になったんだろう」

ヴァルターから聞かされた話は王になったばかりの頃の苦労話が主であった。

ただ、武勇伝とかではなく、その頃より世話になっている人間には随分と迷惑をかけただ。

そのせいで頭が上がらない者達が多いだとか、そんな感じの話。

それだけ聞けばかなり腹黒いけど、人間味溢れたまあ良い王様。

みたいな感想に落ち着くんだけれど、私の中では十七年前のヴァルターが私にとってのヴァルター・ヴィア・スェベリアの根幹として据えられている。

だから、その決定的な差異に眉根が寄った。

「間違ってもそんな感じの性格してなかったと思うんだけどなあ……」

何が何でも王にならなきゃいけない！

みたいな欲動に突き動かされる人間ではなく、どちらかというと私みたいな、のほほんとした性格寄りだった筈だ。

確固とした目標とかはなくて、ただ、何となく生きられたらそれでいいかなみたいな感じ。

「ま、側仕えは当分続きそうだし、近くにいればいつか分かる、かな」

考え込めば答えに辿り着けるワケでなし。

今後の楽しみの一つとして覚えておこう。という結論で私は妥協する事にした。

「――――にしても。あいつらマジであり得ないでしょ……」

そして意識を過去の出来事から今に向け直す。

あいつらとは勿論、ヴァルターとユリウスの事である。

これは、ついさっきの出来事だ。

私がヴァルターの護衛らしく、ここはスェベリアではないからと出来る限り護衛につこうとした矢先、『今日はここ、女人禁制って事で。だから嬢ちゃんは部屋帰って今日は寝ときな』と、ユリウスに進入禁止を言い渡されてしまったワケである。

何やらヴァルターに話があったらしく、それでいて私には聞かせられない内容だったらしい。

ワケを聞くと『まず嬢ちゃん自身がトラブルメーカーって自覚持とうか』と言われてしまった。

そして当然の如くヴァルターもそれに同調。

全く、ひどい風評被害である。

「私のどこがトラブルメーカーなんだよ……！」

百歩譲って。……いや、ちょっと心当たりがあるから五十歩くらい譲ってアメリア・メセルディアがトラブルメーカーというのならまだ許せた。

あの頃は本当に問題児とか言われてたから、不承不承ながらユリウスの言葉を認めましたとも。

だけど……でも！

「最近の私はぜんっぜんトラブル起こしてないのに……ないのに……」

　サテリカで美味しそうな名前の人に絡まれたような気もするけど、多分気のせい。

〝鬼火のガヴァリス〟って人と戦う羽目になってたけど、あれは元々サテリカの抱えていた問題だ。断じて私が引き起こしたものではない。

　つまり、私は人畜無害な人間という事になる。

　遠回しにお前に聞かせるとトラブル引き起こしそうだからイヤだとか言う人の気が知れない。

「…………そうだ。ヴァルターの部屋は隣だし、聞き耳立ててみよ」

　むくりと起き上がり、私はそう言って壁に耳を近づける。程なく、ぴたりと密接させるも、

「…………」

　十数秒待っても物音ひとつ聞こえてきやしない。流石は高級そうな宿屋。防音設備もバッチリらしい。クソが。

「とすると、手掛かりらしい手掛かりはユリウスが言ってたあの言葉ぐらい、になるかな」

　――――エドガーのおっさんが言ってたあの件についてちょいと話がある。

　それは女人禁制を言い渡される前に、ユリウスがヴァルターに向かって言っていた言葉。

　私に聞かせたくない話とやらの手掛かりらしい手掛かりは本当にそれくらい。

「エドガー……エドガー……エドガー？」

　言葉を何度も繰り返し、反芻。

　なんか何処かで聞いた事があるような名前な気がするんだけど、うまく思い出せない。

　ヴァルターやユリウスが会うくらいの人間だから、お偉い人間なのは分かってるんだけど、興味

がない人間に対して、記憶力が全く働かない自分の脳味噌が今は恨めしい。

「……だーめだ。思い出せない。今度酒場にでも行った時、リッキーさんに聞こ……」

きっとあのノリの良いリッキーさんなら気前良く教えてくれる筈だ。

とはいえ。

「向こうは向こうで忙しそうだし、もしかすると〝千年草〟は私一人で入手しなきゃいけないかもなあ」

一応、今日限りのような口振りではあったけれど、もしかすると私と彼らの別行動はもう少し続くやもしれない。

まぁ、鍛冶屋の店主であるニコラスさん曰く、フォーゲルという山は色々と規制がかかる程危なっかしい場所らしいし、ヴァルターが危険な事に首を突っ込まないのは僥倖なんだけれども。

「まぁ、だからといって何か不都合があるわけでもないんだけれど」

ヴァルターがいればコネか何かですぐに手に入るだろうになあとか思ってない。そんな事はちょっとくらいしか期待してなかったから。うん。

「でも、とすればもしもの時はアクセアさんに頼るしかないよねえ……」

〝ギルド〟に属する人間の知り合いなぞ、リッキーさんの酒場で出会ったアクセアさんくらい。

本当に〝ギルド〟の一部の人間以外の立ち入りを禁止しているのであれば、もしかすると彼を頼るしか〝千年草〟を手に入れる手段はないかもしれない。

うーん、うーんと唸りながらも私はもう一度ベッドへ今度は頭からダイブ。

「何か返せるものがあれば良いんだけどな」

ギブアンドテイクに、私が頼み事をするかわりに彼に何かを返せる手立てがあれば気軽に頼めるのになぁと私は呟く。

……といっても、返せるものは〝剣〟くらいのものなんだけど。

ごろんと寝返りを打ち、私は天井を見上げた。

「この様子だと別行動はそれなりに続きそう」

なんか私、仲間外れにされてるし。と言葉を付け足す事も忘れない。

だけど、ここ最近はヴァルターの側仕えらしく、殆ど毎日共に行動していたので別行動というものはかなり新鮮であった。

恐らくは私が必要になれば向こうからその旨を伝えてくれる事だろう。

ただ、勘だけどその時は当分やって来ないような、そんな気がした。

「でもまあ……偶のこんな機会も悪くはない、かな」

何より、視野を広く持つ事は肝要だ。

折角なんだし、この機会にスェベリアの外を見ておくというのも存外悪くはない。

私はそう結論付け、もし明日も別行動となった場合、どうしたものかと考えながら——部屋の明かりをつけたまま、目蓋を閉じる。

そしてゆっくりと、意識を手放した。

「…………」

私は、無言で立ち尽くす。

茫然と、それでいて「おかしいでしょ」と言わんばかりの怒りの感情を込め、ドアに貼られた一枚の貼り紙に視線を向けていた。

ヴァルターが使っていた一室のドア。

それも、どんなに鈍感な人間でも分かるように、どでかく書き残してくれている。全く、素晴らしい気遣いとしか言いようがない。

……勿論これは皮肉だ。

『起こそうかと思ったが、熟睡っぽかったから置いてくわ』

貼り紙には二行に分けてそんな言葉が。

読めば分かるが起こそうとする気は一切感じられない上、現時刻は朝の四時。

つまり、彼らはヴァルターの側仕えらしく早起きをと思った私のさらに上をいっていたというワケである。

外はまだ暗く、曙光(しょこう)は射し込んでいない。

明らかに私が起きる前を狙ってあいつら出掛けてやがる。そんな結論に至ってしまった私はきっと間違えていない。

加えて。

私は明かりを付けたまま寝る癖がある。

何をどう思って熟睡と判断したのだろうか。

……お前らそもそも、私を置いて出て行く気満々だっただろ。と、内心で毒づいた。

いや、当初はヴァルターとすら行動する気なく一人でミスレナに行く気だったけども。

寧ろこれが当初より望んでいた形なんだけれども。

これはちょっと違くて。

なんか、お前は今回はいらんだとか、足手纏いだとか言外に言われている様な気に陥って。

「……もー知るか」

置いてくなら置いてくで言い訳がましい言葉じゃなくてど直球に書けばいいじゃん。

貼り紙の字から察するに、ユリウスの案なのだろうと私は断定。取り敢えず私はあの四十路（よそじ）に対して、憂さ晴らしも兼ねて一生独身の呪いでも掛けてやることにした。

＊　＊　＊　＊　＊

「――――と、いう事があったんですよ」

「そりゃ災難だったなぁ」

聞いて下さい。聞いて下さいと私が押しかけた場所は昨日もお世話になった場所――――リッキーさんが経営する酒場であった。

貼り紙を見た後、不貞寝でもかましてやろうかと思ったけれど、うまく眠れなかったのでそのまま起床。

夕方から朝方まで開店しているリッキーさんの酒場が辛うじて開いていたので私は足を踏み入れたというわけであった。

ちなみに現在、閉店十五分前。

もちろんの如く客足はまばらである。

「まぁ？　こうなったからにはもうあいつら抜きで〝千年草〟を採りに行くつもりですけどね」

なんと言っても他にやる事ないし。

そんな考えのもと吐き捨てた言葉であったのだが、それに対してリッキーさんはなぜか首を傾げる。

意外なものでも見るかのように、「……　〝千年草〟？」と。

「あれ？　言ってませんでしたっけ」

私がミスレナに来た理由は武闘大会と、そして〝千年草〟を採りにきたから、って言わなかったっけと黙考。

よくよく思い返してみればそれを話したのは確か鍛冶屋の店主であるニコラスさんだったかと己の勘違いに気付く。

「そりゃ初耳だな」

「……すみません、その話をしたのは別の方でした」

「あー、別に気にしちゃいねぇよ。とはいえ、よりにもよって〝千年草〟か」

グラスを磨きながらリッキーさんはそう言って考え込む。ニコラスさんが言っていたギルドの一部の人間しか立ち入る事が出来ないという制約があるからだろうか。

「祭事なんかの際にたまーに使われてたんで知ってっが、あんなもんが何で必要なんだ？」

「え？　それは知りませんけど……」

何せ私は頼まれただけ。

〝北の魔女システィア〟にヴァルターが頼まれていたから、代わりにやろうとしてるだけ。

用途なんてものはきっとヴァルターも知らない事だろう。

「……おいおい、何に使うのかすら知らねえもんの為にフォーゲルまで出向くのかよ」

随分と命知らずだなと、半眼で呆れられた。

「どうしてもってワケじゃねえなら、お嬢ちゃんは採りに行くんじゃなくて依頼に変えておきな。昨日来てたアクセアあたりなら多分引き受けてくれるだろうしよ」

……まぁ元々、依頼でしか手に入らないようなら依頼する他なかったからそれならそれで良いんだけれども、存外、時間が有り余ってそうだから採りに行けるならそうしたいなあって考えていた矢先。

「何も知らねぇみてえだから教えてやるが……フォーゲルはそんな気軽に行っていいような場所じゃあねえんだ」

神妙な面持ちでリッキーさんは私に向けてそう語る。

どうしてと尋ねようとする私であったが、それを口にするより先、リッキーさんが疑問に対する答えを言葉に変えて発してくれていた。

「あそこが〝ギルド〟によって半ば封鎖されてるって話は知ってっか」

「それは他の方から伺いました」

「なら話は早え。その封鎖されてる理由ってのがちょいと厄介でな」

危険と判断するだけの何かがそこに存在しているから。そんな予測は既に立てていた。

しかし、心構えは出来ていたにもかかわらず、続けられたリッキーさんの言葉は私の感情を大きく揺さぶった。

「――――あそこはな、亡霊が出るんだ」

「……へ？」

荒唐無稽な言葉に、思わず素っ頓狂な声が口を衝いて出てしまう。

……いやいやいや。そんな馬鹿な。

と、言葉を否定しようと試みるも、リッキーさんは嘘をついて私をからかっているとは到底思えない至極真面目な表情を浮かべている。

信じる事は出来ないが、それでも頭ごなしに否定の言葉をすぐに紡ぐ事も出来なかった。

「信じられねえとは思うが、目撃者はもう何人もいる。荒唐無稽で済む段階にないからこそ、ああして規制を掛けられてんだ。〝ギルド〟ランクA以上の人間の同行がない場合、一切の進入を禁ず、ってな」

コトリ、と磨き終わったグラスを片付けるリッキーさん。

「とはいえ、聞く限り亡霊が出るのは深部らしいんだけどな。ま、〝千年草〟は深部でなくとも自生していただろうし、アクセアに頼めばちょちょーっと次の日くれぇには採ってきてくれるだろうよ」

———だから、と。言葉が繋がる。

それはまるで、私に警告でもするかのように。

「間違っても、あの依頼を取ってくんじゃねえぞ。……たとえ取ったとしても、お嬢ちゃんは参加すんな。あーいうのはアクセアとかにぶん投げとけ」

びし、と私を指差しながら「なんでこのタイミングであんな依頼が都合よく出てきてんだよ」と、リッキーさんは小声で毒づき、苦々しい表情を浮かべながら言う。

どうせこの後〝ギルド〟に行くんだろうし、どうせバレちまう。だったら警告するまでだと彼の瞳は口ほどに主張を続けていた。

「しかも、依頼主はクラナッハの野郎だ。どう考えても裏がある。あの依頼にゃ、怪しさしかねぇよ」

と、善意からなのだろう。

忠告をしてくれているリッキーさんであったが、それを耳にした私の行動は迅速を極めていた。

何より———既に私は彼に背を向け、酒場の扉に手を掛けていたところであったから。

「だから――――って、おい!?　話聞けよっ!?」

依頼というからにはきっと、その依頼は他の人間に取られてしまえばそれでおしまいになってしまう。

加えて、今朝の出来事。

滅茶苦茶な横暴をしやがったあの二人の鼻を、私は明かしたいのだ。これまでの話を聞く限り、あの二人は〝北の魔女システィア〟さんの事をそれなりに評価している節がある。

だったら、彼女の依頼である〝千年草〟を私がいとも容易く集め終わったならば、きっと彼らの鼻を明かせる。

だからこそ、考えるより先に足は動いていた。

『あー、困ったなあ……困ったなあ……。システィアさんの依頼もすぐに終わっちゃったし、やる事がないなあ……ああっ、私の才能が恐ろしい!!』

ぐらいはユリウスの目の前で言ってやりたい。

トラブルメーカーではなく、仕事の出来る側仕えだったと訂正させてやりたくもあったから。

「おおおぉい!!!　まじ、あれはダメなんだよ!!　ダメだかんな!!　冗談抜きで!!!」

後ろでリッキーさんが何かを叫んでいた。

しかし、薬草を採る行為のどこに危険があるだろうか。きっと、かなり見つけ難い薬草であるに違いない。

それに、フォーゲルに立ち入る為には〝ギルド〟ランクA以上の人間が必要だ。

つまり私の場合はアクセアさんをどうにか巻き込まないと事はどうやっても始まらない。

だから、猪突猛進に前へ進めるわけでなし。

心配はいらないというのに、リッキーさんは何故か焦燥感に駆られているようだった。

「ニ、コ、ラ、ス・ク、ラ、ナ、ッ、ハ、の依頼だけはまじでやめとけよ!? そういうフリじゃねぇかんな!? あのクソ野郎の依頼だけはまじでロクでもねぇんだよ!!」

ニコラス・クラナッハ。

偶然にも私が昨日利用した鍛冶屋の店主と同じ名の人間が依頼者となっているのがフォーゲル関連の依頼らしい。

一瞬、私の知ってるニコラスさんかなと思ったけれど恐らく別人だろう。

まぁ、名前が同じなんて事はよくある事だ。

それに、私の知るニコラスさんはどこからどう見ても鍛冶師さん。貴族のように家名を持っているとは思えないし、何より、彼は私に名乗らなかった。つまり、それが答えである。

そう私は結論付け、〝ギルド〟へと向かう事にした。


「――――それくらいなら別に構わないけど?」

昨日酒場を訪れていた他のメンバーと共に暇そうに駄弁(だべ)っていたアクセアさんを見つけるや否や、〝千年草〟の話を持ち掛けると、そう言って彼は快諾してくれていた。

――――ただ。

「でもその場合、フローラの同行は認められない。僕達が採ってくる。それが条件だ」

私がアクセアさんに向かって言った言葉は「手伝って欲しい」であった。

採ってきて欲しい、ではなく手伝って欲しい。

似ているようで全く似ていないその言葉。

あえてそう言い放った私の意図を正確に把握したのだろう。

返ってきた言葉は協力はする。でも、私がついてくる事はダメ。という至極当然な対応であった。

「……ですよねえ」

思わず顔が引き攣る。

けれど、〝千年草〟が自生しているフォーゲルに足を踏み入れる為にはアクセアさん、もしくは彼と同レベルの立ち位置にいる〝ギルド〟所属の人間の手を借りなければならない。

そんな縁が二回も三回も転がってくるとは流石の私も思う事はできなくて。

「私の用事なのに全部任せるってのはあんまり気乗りしないんですけどね……」

それに、アクセアさんが私を気遣っているが為に「ダメ」と言っているのは明らか。

危ない場所として認知されているところに、実力もまともに知らないような人間を連れ歩く事は出来ない、と拒絶したアクセアさんの言い分はどこまでも正しくて。

「……フォーゲルじゃなきゃ連れて行ってあげられたんだけどね。あそこはちょっと……あたしも今回はアクセアの意見に同意させて貰うわ」

酒場で一度顔を合わせていた女性――――普段は基本的にアクセアさんと行動を共にしていると

アルト
Illustration ひろせ
2
転生令嬢が国王陛下に溺愛されるたった一つのワケ
Majesty the King
初回版限定
封入
購入者特典
特別書き下ろし。
ニコラスの災難
※『転生令嬢が国王陛下に溺愛されるたった一つのワケ 2』を
お読みになったあとにご覧ください。
EARTH STA
NOVEL

「しっかし、酷い目にあった……。今回はボク、そこまで関与してなかったのにさぁ」

「てめえにゃ、前科があり過ぎるんだよ。元はといえば、面白半分で依頼を出したてめえが悪い」

「ぐぬぬ」


〝華凶〟を倒した日の夜。

暇だからとリッキーさんのお店に顔を出すと、丁度そこには見慣れた人物がカウンター越しにリッキーさんと言い争っているところであった。

「それに、アクセアはこれまでてめえのせいで散々被害にあってる被害者だろうが。早合点してとっちめに向かったアクセアは悪かねえよ。恨むんなら過去のてめえの行いを恨んどけ、クラナッハ」


あれ？

クラナッハって何処かで聞いた事あるような。

そんな事を思いながらも、私は彼らの下へと歩み寄る事にした。


「こんばんは、リッキーさん。それと、ニコラスさんも」

「ぁ、ん？　お嬢ちゃん、もしかしなくともコイツと知り合いか？」

「え、ええ。ついこの前、ニコラスさんに剣を研いで貰ったんですけども」

何故か、信じられないものを見たような表情を向けられる。

そのせいで若干、言い詰まってしまった。

「……成る程。ちょっかいを掛けたのもそれが理由かよ。漸く合点がいったぜ」

「ちょっかい……？　合点？　ぇ、え、え？」

「お嬢ちゃんは気付いてねえみたいだが、フォーゲルの依頼を出してたのはそいつだよ。ニコラス・クラナッハってのはそこの鍛冶師の名前だ」

「なはは……」

いまいち事情を理解していない私に、リッキーさんがそう教えてくれる。

側では、気まずそうにニコラスさんが苦笑いを浮かべていた。

「いやぁ、ちょっと、その、出来心？　というか。なんというか……ほら、ねえ？　スェベリアからやって来た女騎士が、フォーゲルに用があるって言うじゃん。だから、ボクはその力になりたかったんだよ。決して面白そうだからとか考えたわけじゃないよ？　ほんとだよ。ホントダカラ」

「最後の方、片言になってんぞ、おい」

グラスを傾けながら、ニコラスさんは言い訳を一つ。

そういう事だったのかと感想を抱きつつ、私は彼の隣の席に腰を下ろす事にした。

すると、まだ注文もしてないのに目の前にグラスを置かれ、とぽとぽとオレンジ色の液体が注がれてゆく。見覚えのある飲み物であった。

まるでそれは、これ以外に出せるものは何もないと言うように。

「あ。ちょっとリッキーさん。なんで、私は問答無用でオレンジジュースなのにニコラスさんにはお酒出してるんですか!!　不公平でしょ、これ！」

ニコラスさんの見た目は、私と良い勝負するくらいに童顔だ。それどころか、私よりも幼い疑惑すらあるくらい。

なのに、片や問答無用でジュースなのに、お酒を当たり前のように出しているとは何事か。

そう指摘するも、返ってきたのは「……お嬢ちゃんは知らなかったのか」という感想だけ。

「初対面だとよく間違われるが、こいつの年齢、おれと変わんねえんだ。寧ろ年上かもしんねえ」

「えっ」

「ニコラスはエルフなんだよ。普段はああして、髪で種族の特徴を隠してはいるがな」

「……そ、その顔でリッキーさんより年上、なんですか」

「その顔で、は、余計なお世話だからね」

咎められる。

でも、よくよく思い出してみれば、ニコラスさんの口調は年相応というには少しだけ違和感の残るものであったような気がする。

「でも、まあ、良かった良かった！　アクセアにとっちめられたのは全然良くないんだけども、こうしてほら、みんな無事に終わってさ。ね？」

「おーおー。まぁた、いつも通り何もなかったかのように勝手に丸く収めようとしてやがるよコイツ」

「まあまあ。キミも、アクセア達もみんな無事に帰ってこれた上、問題も解決したんだからさ」

「――――成る程。お前が原因だったか」

「へ？」

「あ。陛下」

リッキーさんのお店に向かう際、ユリウスがめんどくせぇと言っていたものの、情報提供をして貰った礼をどうこう～。

などと言って時間を食っていたので、先に私がお店に顔を出してたんだけれど、どうにもヴァルター達も漸くお店についたらしい。

ただ、声音こそ普段通りなのに、なぜか一目で分かる程に不機嫌であった。

「少し、詳しく話を聞かせて貰おうか」

「え？　ちょ、ま、待って！　何でそんなに怒ってるの!?　というかキミは誰!?」

そして、問答無用で店の外に連れて行かれるニコラスさんに、「店を壊すんじゃねえぞ！」「ご愁傷さん」と、リッキーさん、ユリウスの同情の言葉が投げ掛けられる。

程なく、ミスレナの夜の街にニコラスさんの悲鳴が響き渡る事になっていた。

いうレゼルネさんは難しい顔で悩ましげに唸っていたが、彼女も「ダメ」であると。

そして残るは最後の一人。

「っ、と、オイオイ。そんな縋るような視線を向けんでくれ。心が痛いだろ……そっちの二人が無理って言ってんなら俺に覆す事は出来ねえんだ。悪りぃな」

へらりと軽薄な笑みを貼り付け、男――サイナスは謝罪を口にする。

仮に私の意見に彼が賛同したとしても二対一。

勝ち目がねえの分かってくれるよな？　と言わんばかりの視線を向けられては私もこれ以上、あーだこーだとぐずる気は失せていた。

「……色々と事情があるんだろうし、〝千年草〟をどうして必要としてるかは聞かないでおく。その上で、だ。フォーゲルについて少し説明がしたい。あそこの入り口には見張りがいるから〝もも〟なんて事は起こり得ないけど、それでも一応ね」

仮に私が暴走を起こし、定められた〝ギルド〟ランクでないにもかかわらずフォーゲルに足を踏み入れようとしても無理であると前置きをした上でアクセアさんはそう言って優しく諭してくれる。

……流石にそこまで無茶苦茶やる気は更々なかったんだけど、彼の目にはそうは映らなかったらしい。きっと相当危なっかしい奴に見えたのだろう。……本当に心外である。

だけど、他にこれといって予定があるわけでもなし。私は真面目にアクセアさんの話に耳を傾ける事にした。

「フォーゲルに立ち入る人間に対して〝ギルド〟側が規制を掛けている理由は単純明快で、一年前、当時Aランクだった者が『フォーゲルで複数体の亡霊をみた』と〝ギルド〟に報告したのが全ての始まり」

喧騒溢れる〝ギルド〟――その施設の中。

私達はその隅にて言葉を交わしている為、比較的、雑音は小さく、アクセアさんの声はよく聞こえていた。

ただ、この時この瞬間だけはあまりそれは嬉しくなかった。

……何故ならば、私、怪談とかそういう話が嫌いだったから、という子供染みた理由が原因である。

「その日から度々、人が失踪するという出来事がフォーゲルに向かった人間に限定して頻繁に起こるようになったんだ。そして、その者達は例外なく日を置いて変死体として見つかってる。……だから〝ギルド〟が動いたんだ」

変死体。

その言葉に私はふと、疑問を抱いた。

亡霊とはその名の通りの意味で、亡者の霊である。

レイス、スペクター、リッチ等。

亡霊とはいえ様々な種類がいるのだが、それらを一纏めにして亡霊と呼ぶのが常である。

ただ、彼らに殺されたのであればどうして死因が謎であると言わんばかりに『変死体』という言葉をアクセアさんは使ったのだろうか。

しかし、抱いた疑問を私が発するより先に言葉が続けられる。

「〝ギルド〟に亡霊がいると報告をした者のランク――――A以上の人間の同行なくしてフォーゲルに立ち入る事は認められない、と」

「……なるほど」

確かに、それならば〝ギルド〟とやらの対応はどこまでも正しく、道理である。

だけれど。

「ですが、それって前提がそもそもおかしくないですか？　先程の話を鵜呑みにするなら、一年前に突然、複数体の亡霊がフォーゲルに出現したという事ですよね？」

それはおかしいんじゃないのかと。

私は眉根を寄せて問い掛けた。

亡霊とは言ってしまえば、死という現象が引き金となって生まれる存在である。

ただ、亡霊が生まれる可能性は極めて低い。

それこそ、数字にすれば一％あるかないか。

何より、人が死ねば必ず亡霊が生まれるなんて事があったならば、今頃世界は亡霊だらけである。

「……そうなるね。でも、それが現実だ」

加えて、アクセアさんの「変死体」という意図的な言葉選び。

「……明らかに人為的ですね」

「だからフォーゲルはダメなんだ。……〝ギルド〟の上の人間はミスレナで開催される武闘大会に合わせてフォーゲルの調査依頼を出すらしいから、どうしても同行したいならそれまで待って貰う事になるね」

明言こそしていないが、アクセアさんの返答は私の言葉を肯定したも同然のものであった。

国を挙げて開催される一大イベント――武闘大会。それ目的にやってきた腕利きの者達を上手く利用するという事なのだろう。

「……いえ。武闘大会が終われば私は帰国する予定ですので」

武闘大会が終わってもミスレナに滞在すると知れば、きっとハーメリアとか、ユリウスあたりが間違いなく許してくれない。私が残るといえばまず間違いなくどさくさに紛れてヴァルターも残ると言い出しかねないからだ。

そうなると巡り巡ってハーメリアがまぁた私を脅しにかかる可能性が多分にある。

たとえば、ヴァルターを連れて帰ってこないと縁談話テイクツーやるぞ。みたいな。

……想像しただけでもつい肌が粟立った。

「そっ、か。まぁ、それがいいよ。今のミスレナは色々とキナ臭いからね」

何らかの思惑が水面下にて、動いてる事は最早疑いようのない事実らしくて。

「何事もなく終わるのなら、それが一番なんだけど……」

きっとそうはいかないと。

まるでハナから分かっているかのような口振りである。それが経験則から来るものなのか。

確たる証拠を持っているからなのか。

「……あの、アクセアさん」

「うん？」

「〝千年草〟を採ってきて貰うまで私がフォーゲルの入り口付近で待っておく事は問題ありませんか？」

「……問題は、ないけど、これまたどうして？」

「他にやる事もないので外にいようかなと。それと、フォーゲルには見張りの方がいるんです、よね？　でしたら、色々と話とかも聞きたくて」

今回はユリウスもいるとはいえ、懸念材料は出来る限り潰すか、知っておきたい。

私の事情で巻き込んだからこそ、ヴァルターにもしもの事があってはならない。

人為的に、何か不穏な現象が起こっているならば、それを把握するに越した事はない。

……もしかして、〝北の魔女システィア〟さんが〝千年草〟を採ってきて欲しいと言ってきた理由はこの厄介事に私達を関わらせようとしてたからなんじゃ。などという考えも一瞬ばかり浮かんだけれど、流石にあり得ないだろうとかぶりを振る。

仮にそうであったとしても、何の為にそんな事をするのか。その理由が一切分からない。

よって、今回のコレは偶々であると断定。

「寧ろ、見張りの人間も歓迎だと思うよ。他国の人間の話ってもんは決まって面白く感じるものだからね。向こうも暇してるだろうし、そのくらいなら良いんじゃないかな。特にこれといった用事もないし、何なら今からでも僕らは大丈夫だけど……――って」

入り口付近まで来ると言った私の予定は大丈夫かと。窺うような視線が向けられる、も。

次の瞬間にはうげっ、とアクセアさんの表情は疲労感に満ち満ちた苦々しいものへと変貌。

それも一瞬。

「この依頼、クラナッハのか……」

またしても私の鼓膜を揺らすクラナッハという人名。リッキーさんの時は軽く流しておいたけれど、どうにも、ミスレナの中では有名な名前なのだろう。

「フローラさんは知らないと思うけれど、ミスレナにおいてクラナッハの名はね、〝疫病神〟って意味なのよ」

レゼルネさんがそう言って答えてくれる。

リッキーさんもそいつの依頼だけは受けんなとか叫び散らしていたけれど、そんなにヤバイ奴なのかと。

「……大事に発展するような厄介事には決まってクラナッハ（そいつ）が関わってるの。だから——〝疫病神〟」

勿論、全部が全部クラナッハのヤツが関わっている、というわけで無いけれど、その確率があまりにおかし過ぎる。だから、〝疫病神〟という渾名が付けられたのだと彼女は言う。

しかし、私の脳内では丁度疑問が一つ、浮かび上がっていた。では何故。

「……どのみち連れてはいけなかったけど、他の人にこの依頼が見つかる前で良かったと思うべきか」

アクセアさんは何処かほっとした表情を浮かべているのだろうか、と。

「そう、ね。〝疫病神〟からの依頼は上のランクの人間が率先して受注する暗黙の了解だから」

そんな私の疑問は、続けられた言葉のお陰で霧散する。〝疫病神〟とまで呼ばれているクラナッハさんの依頼は面倒事であると十中八九決まっているから力量のある人間が率先して受ける暗黙の了解があるらしい。

……前世の私が可愛く思える程のトラブルメーカーっぷりである。ほんのすこーしだけ周りから絡まれるだけの私をトラブルメーカー呼ばわりするユリウスにクラナッハさんとやらの話を聞かせてやりたいくらいだ。

これが真のトラブルメーカーである、と。

「ちなみに、そのクラナッハさんが関わってた依頼で、過去どんな厄介事があったんですか？」

「……クラナッハからの荷運びの依頼を受けた道中、危険種と呼ばれる魔物に襲われた事があったんだ。……そこまでならただの偶然に思えるんだけど、なんと運んでた荷物の中身はその危険種の好物と知られるブツでね」

偶然にしては出来過ぎている。

割と鈍いとか言われる私でも話を聞く限りそう思ってしまうほど。

「依頼失敗だと莫大な違約金が発生する代わり、荷運びにしてはあまりに高額な報酬だった事を疑わなかった自分を呪ったよ。……で、失敗するわけにはいかないからその危険種を何とか倒したんだけど……〝ギルド〟に戻ってきた僕達にクラナッハのヤツ、なんて言ったと思う？　危険種の死骸があるなら高く買い取りたい、だ。……あいつの依頼はロクでもないってその時悟ったよ」

そういった感じで、クラナッハさんの依頼は厄介事を率先的に引き寄せる傾向にあるらしい。

彼の最悪なところは殆ど〝意図的〟に厄介事を引き寄せているその一点だろう。

……まだ話を一つしか聞いてないけれど、明らかに偶然とは思えない程の出来具合だ。

「それは、その……お疲れ様でした」

「あー、うん。同情ありがとう」

そう言ってアクセアさんは苦笑い。

「でも、なら入り口までだとしても同行はやめたほうが良いかもね。……恐らく長時間かかると思うし」

「いえ、それについてはお構いなく」

剣の手入れをする必要も今はなく。

リッキーさんの店は閉まっていて。

ヴァルターとユリウスには置いていかれた。

ぶっちゃけ、今の私にやる事なんてものは何もないのだ。だから、時間が長くなる、と言われてもあまり問題といった問題はなくて。

「折角なので〝ギルド〟についても色々聞いてみたくて」

「……そっか。まぁ、フローラが良いならいいんだけども」

繰り返し言うけれど、フォーゲルに立ち入らせる事だけは出来ないからね。

と、言うアクセアさんの言葉に私はもう一度頷いた。それを確認してから、彼は依頼受注の手続きを始めんと、〝ギルド〟内に位置するカウンターへと向かっていった。

＊　＊　＊　＊　＊

「────それで、あの話は本当なんですか。エドガー殿」

ところ変わって、『豪商』エドガーの屋敷にて。長机を挟み、ソファーに腰掛けながらヴァルターが問い掛ける。

エドガーの側には護衛役である傭兵────〝血塗れのバミューダ〟が。

ヴァルターの側にはユリウスの姿があった。

「〝華凶〟の連中の姿を見かけた、という話は。……作り話であれば冗談では済みませんよ」

その為に、あえてフローラを置いてきてまでこうしてエドガーの下へ会いにきたと言うのに。と、ヴァルターは心の中で言葉を付け加える。

先日、エドガーとヴァルターが話をしていた際に出た話題。

────〝華凶〟。

それは今から十年前までは裏の世界で知らぬ者はいないとまで謳われていた暗殺者集団。

ただ────しかし、それはあくまでも過去の話。その暗殺者集団は十年も前に壊滅している。

……ある青年の恨みを買っていたが為に。

「ええ。勿論、十年前にヴァルターが殿があの連中を殺し尽くした事は存じ上げていますとも。……ですが、一目でわかるような趣味の悪いトライバルタトゥーをするような連中を、わたしは〝華凶〟以外知らないのです」

　全身に渡って鎖のような、蛇のような。

　そんなタトゥーをびっしりと刻み込む連中はエドガーの言う通り、ヴァルターも〝華凶〟以外、心当たりがある筈もなくて。

「ですが、その真偽を確かめようにも……あまりに場所が悪い」

「……というと」

「連中を見たと報告してきたのはわたしが雇っている傭兵の一人でした。……そして、見かけた場所というのが、今はほぼ立ち入り禁止区域と化している――――フォーゲル」

　その言葉に眉根が寄る。

　次いで、抱かれた疑問は即座に言葉へと変わる。

「フォーゲルが立ち入り禁止区域……？」

　それは、比較的他国に足を伸ばす事の多いユリウスの声であった。

「もう、一年前ですか。フォーゲルにて複数体の亡霊が現れまして。……〝ギルド〟の人間がもう何人も死んでるんですよ」

「討伐は」

「出来ません」

「どうして」

「…………」

エドガーは視線を下に落とし、口籠った。まるで、それは話し辛いと言わんばかりに。

しかし、何を思ってか。

数秒程の沈黙を経て、エドガーは厳かに口を開く。そんな彼の口から出てきた言葉には——侮蔑と嫌悪。そして、不快感といった負の感情が詰め込めるだけ詰め込まれていた。

「……意見が割れているからです。ヴァルター殿とユリウス殿はミスレナ（此方）の統治体制について、どの程度ご存じですか」

そう問われ、ヴァルターとユリウスはお互いに顔を見合わせた。

それはお互いの意見でも確認するように。

「『豪商』と呼ばれる三人の人間によって統治されている商業の街。そしてミスレナにおいて、最終決定権を有するのはその三人という異色の政治体制を……」

己が知っている事実を言葉として並べ立てるヴァルターであったが、ふと、そこで口が止まる。

その理由は気付いたから。

エドガーがどうして、割れていると答えたのか。その理由に気付いたからであった。

「……まさか、亡霊が出現し、死者が出てるというのに討伐令を出すなと主張する馬鹿がいるのか？」

「……ええ。少なくとも、武闘大会が終わるまでは討伐令を出さないとロンキスの馬鹿は主張しているのです」

ミスレナ商国において、エドガーと肩を並べるもう一人の『豪商』――ロンキスの名が挙がる。

「最終決定権を有するもう一人の『豪商』は」

「静観です。この件について口出す気はないと。……お陰で討伐に踏み出そうにも踏み出せません」

エドガーとしては一刻も早く〝ギルド〟へ討伐及び、調査依頼を出し、亡霊やフォーゲルに潜んでいるやもしれない〝華凶〟らしき集団の尻尾を掴みたいのだが、それをすべきでないという意見に邪魔をされて思うように動けない、と。

「――なる、ほど。話は分かりました。……それで、エドガー殿はどうして俺にこの話を？」

「……注意喚起です。もし、フォーゲルに潜んでいるかもしれない連中が真に〝華凶〟であるならば、ヴァルター殿には細心の注意を払って貰う必要があるからです。……ご存じでしょうが、〝華凶（あいつら）〟は貴方の事を……相当に恨んでいます」

「でしょうね。ですが、〝華凶（あいつら）〟も恨まれる覚えはあった筈だ。アレは因果応報であっただけの話」

ゴクリと神妙な面持ちで唾を嚥下（えんげ）するエドガーとは裏腹に、ヴァルターは俺の知った事かと事もなげに一蹴。

「護衛を。と、考えてるのでしたら結構です。俺の護衛嫌いの話は貴方の耳にも届いているでしょう？」

そして、次にエドガーが言うであろう言葉を予測したヴァルターの発言に、うっ、と彼は顔を引き攣らせた。

……何故ならば、今まさにエドガーはそう言おうとしていたから。

「何より、エドガー殿はどうにも勘違いをなさってる様子。……本当にそれが〝華凶〟であるならば、襲われる事は此方としても好都合だというのに」

「それはどういう……」

「簡単な話です。……〝華凶(あいつら)〟はかつて、俺の臣下であった人間に刃を向けた。恨む理由なんざ、それだけあれば十二分過ぎる。襲って来るなら殺すまで。たったそれだけの話です」

「は、は、は……!!! くははっ!! 流石!! 流石はスェベリア王!!! 王とは思えねえ剛気な答えだ!!」

堪らずくくく、と〝血塗れのバミューダ〟が笑い出す。

「とはいえ、気をつけな。スェベリア王。連中、オレの想像が正しければ相当やべぇ事に手ぇ染めてやがんぞ。そもそも、亡霊が複数体生まれる時点で間違いなくロクな事は起こってねえだから。と、前置きし。

「————面倒事に巻き込まれたくなけりゃ、武闘大会が終わるまではフォーゲルに近づかねえこった」

ヴァルターとユリウスに向けて、そう告げた。

七話

――眼前に、白い息が立ち込める。

肌を刺すような冷たさではないものの、もう少しばかり気温が低かったならば、雪でも降ったのではないか。

そう思ってしまう程度には肌寒くあった。

「全然人がいませんね」

「そりゃ、今は進んでフォーゲルに行こうって思う輩なんていないだろうしね。得られる物と失うかもしれない物のリスクリターンが明らかにつり合って無さ過ぎるし」

歩く事、三十分と少し。

それまでに見かけた人の数は片手で事足りる程で、そのあまりのひと気のなさに私はつい、そんな事を口走る。

何より、誰もがフォーゲルに続く道を通ろうとすらしていない。

亡霊とは、誰もが避ける程厄介な相手だったかと、己の中にある認識との齟齬に私は眉根を寄せた。

「とはいえ、フォーゲルに今、人がいない理由はあの噂も関係してるだろうから」

「あの噂？」

思わず聞き返す。

フォーゲルが避けられてる理由とは、亡霊の問題だけではないのかと。

「そ。何やら良からぬ連中がこの騒動に乗じてフォーゲルで活動をしてる。そんな噂だよ」

フォーゲルの現状は、亡霊の存在によって半ば進入禁止区域と化してしまっている。だから、その噂は実に理に適ったものであるといえた。

良からぬ連中にとっては、今のフォーゲルはこれ以上ない活動拠点と言えるから。

故に、その噂を耳にした者達もその可能性が高いと納得し、より一層近付かなくなってしまった、と。

「そもそも、たかが入り口周辺の見回り調査で報酬は金貨十五枚。受注出来る人間が限られてるとはいえ、この依頼すら余ってるって前までなら考えられないしね。本当か嘘かは分からないけれど、ロクでもない噂が飛び交ってるのは事実だよ」

「ロクでもない噂……」

ぽつりと。小さな声で私はアクセアさんの言葉を復唱。

そして思考を巡らせる。

はてさて、良からぬ連中とは一体どんな奴らだろうか、と。

そう考えて一番に浮かび上がったのはとあるロクでなし集団。私がまだアメリア・メセルディアだった際に出くわした連中の事であった。

ヴァルターを排除する為、彼の叔父であるなんとかさんが差し向けた連中だった筈なんだけれど、またしても名前が思い出せない。

確かヤケに気取った名前を名乗っていた筈なんだけれど、興味がなさ過ぎてか、その名前が短かったという記憶しかない。

「だから、勝手に帰るような真似は出来る限り控えて欲しい。恐らくは、見張りの連中の側が一番安全だと思うから」

〝ギルド〟ランクA以上でないと立ち入る事を認めていないフォーゲル。

そこの、見張り役ともなれば相応の実力が求められる事必至。

なるほど、確かにそれは安全かもしれないと私はアクセアさんの言葉に納得する。

「ええ。勿論です」

というか、帰ってもやる事ないし。心の中でその一言を付け加え、私は頷いた。

そしてそんな折、丁度見えてくる人影が一つ。

立ち尽くすその人影に、あれが見張りの人なのかなと思ったのも刹那。どうしてか、焦燥に駆られたような表情を浮かべ、駆け寄ってくる見張りらしき人物。

「――――丁度、良かった。あんたアクセアさんだろ？　〝ギルド〟ランクA＋の」

「そう、だけど」

「悪いが、頼まれごとをされてくんねェか。面倒な事が起きちまった」

その突然の出来事に、アクセアさんは疲れ切った表情を浮かべる。それは案の定、と言わんばかりに「……またか」と。

「————亡霊がでやがったんだ。それも深部でもねェ、こんな場所に、だ。しかも、そのタイミングが悪辣でな……つい、数十分前までここにBランクの人間がいたんだが……」

「……まさか」

「どうしても入りてェってそいつが愚図ってる最中の出来事だったもんで、そいつ、おれらが亡霊に注意が向いてるのをこれ幸いと、フォーゲルに駆け込みやがったんだ」

「……それは、不味いだろ」

「分かってる。だから、もう一人の見張り役を務めていたヤツに後を追ってもらってんだが、どうなるかなんておれにもさっぱり見当がつかねえ」

だから、手を貸してくれと。

見張りの男はアクセアさんに訴えかける。

「……ひとつ聞きたい。現れた亡霊はどうなった」

「とてもじゃねェが、倒せるような状況じゃなかった。……亡霊諸共、どこかに消えやがったよ」

その言葉を耳にするや否や、アクセアさんはチィ、と舌を打ち鳴らし、がりがりと髪を掻き毟(むし)る。

「……予定は変更。レゼルネはここでフローラと一緒に待機。僕とサイナスだけでここから先は行く。それと、三十分待って僕が帰って来なければレゼルネはフローラを連れて〝ギルド〟に報告へ向かってくれ」

「分かったわ」

「あいよ」

その指示に嫌な顔ひとつみせず、二つ返事で頷くレゼルネさんとサイナスさん。

そしてとんとん拍子に進んでいく物事。

私一人、置いてきぼりにされている感が否めない。

「あの――――」

別に、私に気を遣ってくれなくても大丈夫だし、〝ギルド〟への報告くらい私一人でやりますよと言おうとした時には既にアクセアさんとサイナスさんは私達に背を向けていて。

ふと、脳裏を過る一つの言葉。

トラブルメーカー。

……いやいやいやいや。そんなまさか。

これは私のせいでなく、依頼主であるクラナッハさんのせいだ。これは間違いなく。

と、私は自分自身を納得させる。

そして次第に遠くなっていくアクセアさんとサイナスさんの背中。

「……悪ぃな。あんたらにもあんたらの予定があったろうに」

「気にしなくていいわよ。元々、フローラさんを一人、残す事はあまり気乗りしてなかったもの」

だから別に、そこまで気に病む必要はないとレゼルネさんは言う。

……しかし、何かが引っかかる。私の胸中で、致命的な何かが引っかかっている。

というより、初対面な筈だというのに何故か見張り役である彼の風貌にどこか見覚えがあった。

丁度、彼が腕に装着する魔導具のような腕輪。

獣の牙のような首輪型の魔導具。

確か、そんな趣味の悪い魔導具を好んで着けていた奴を私は知っている。

『ひゃははははっ!! なぁ、なァ、ナァ!! とっとと……死に晒せやあああぁァァア!!! アメリア・メセルディアアァァアアッ!!!』

……記憶が確かなら、そんな感じで叫び散らしていた身長の低い男がいたような気がする。

確か名前は――――そう、恐らくイェニーと名乗っていたような気がする。

随分と饒舌(じょうぜつ)で、口の軽い男であったと記憶している。熱くなればなるほど調子に乗ってべちゃくちゃと喋らなくてもいいような事を言うタイプ。

「にしても、見ねェ顔だなあんた」

えっと、誰だっけ。

と、頑張って朧(おぼろ)げな記憶から探し出そうと試みていた私に投げかけられる声。

「ミスレナには昨日来たばかりでして」

「へェ……道理でおれが見た事ねェ筈だ」

じとーっと興味深そうに相貌を観察される。

……私の顔に何かついていただろうか。

「にしても……女の剣士か。随分と珍しい」

「あ、はは……よく言われます」

野性味を感じさせるような相貌の割に、随分と大人しめな口調であった見張りの男の中身と見た目の差に少し意外に思いながらも、私は普段通りの答えを口にする。

「おいおい、そう謙虚な答えを口にするもんじゃねェよ。特に、あんたは女の剣士なんだ。おれみてェな初対面のやつ誰でも彼でも控えめな態度を取ってっと周囲から舐められんぞ」

と、若干呆れられながら笑われる。

「あんた、結構強えだろうに」

そんな彼の口から心底意外な言葉が飛び出し、私の鼓膜を揺らした。

「ま、ぁ、てめェの意思で剣を持つような女はどいつもこいつもそんなもんか」

そして勝手に納得される。

まるで、他に強い女剣士でも見てきたかのような口振りに、少しだけ興味が湧いてしまった。


「――――おいおい、嬢ちゃんがフォーゲルに向かっただぁ!?」

夜の営業の為、買い出しに向かっていたリッキーが丁度、店に帰ってきた折。

時同じくして『豪商』――――エドガーの屋敷を後にしていたユリウスとヴァルターが偶然鉢合わせし、フローラの所在を聞くや否や、ユリウスがそう、人目を憚らずに声を荒らげていた。

「……そう人殺せるくれぇのエゲツない視線向けてくんな。〝千年草〟を採りに行くっておれは聞いて、偶々ちょっと前にアクセアのやつらとフォーゲルの方角に向かってる姿を見ただけだっつーの」

そして店の外だと目立つから、と言いたいのか。リッキーは扉を開けて、中へ入れと無言でユリウスとヴァルターに対して促した。

しかし、店に足を踏み入れようとしたのはリッキーとユリウスだけ。

もう一人の男――ヴァルターは直立不動でその場に佇む事をやめていなかった。

まるでそれは――何かに対して躊躇っているようで。

「――おい。分かってるとは思うが、ヴァル坊を今すぐフォーゲルに向かわせる事だけは出来ねぇからな」

黙考するヴァルターの心境を見抜いてか、筆舌に尽くしがたい圧を含ませ、ユリウスは容赦なくそう告げた。

「向かうにしても、情報が足らなさすぎる。ヴァル坊を侮ってるわけじゃあねぇが、少なくとも、このハゲからも情報を最低限聞き出してからだ」

「……だからハゲじゃねえって言ってんだろうが」

ユリウスの役目はヴァルターの護衛。

己の本分を見失っていないが為に、そんな言葉を彼に叩きつけていた。

そして、「これはな、スキンヘッドなんだよ」と半眼で責め立てるリッキーの声をガン無視しながら、ユリウスは言葉を続ける。

「何より、俺は知らねぇが、ヴァル坊はサテリカで嬢ちゃんの力量を見てきたんだろ？」

「…………」

無言は、肯定。

「じゃあ心配いらねぇよ。俺らがどんなに心配したところで嬢ちゃんは間違いなくけろっとした顔で帰ってくるだろうよ。――――あいつがどうして、〝鬼才〟と呼ばれてたか。それを知らねぇヴァル坊じゃねぇだろうに」

そう言って、ユリウスは我が物顔で酒場へ足を踏み入れた。

「なぁリッキー。酒をちょいと出してくれ。少しだけ口を滑らせてぇ」

「……おれの店はまだ開けてねぇってのに」

そう言いながらも不承不承といった様子でユリウスの言葉通り、リッキーは酒の用意を始めていた。ちゃんとしたワケがあるのだろうと、察しながら。

スェベリアの中で、ヴァルターの扱いが一番上手い人間。

もし仮に王宮勤めの人間がそう問われたならば、誰もが口を揃えてこう答える。

――――それは間違いなく、ユリウス・メセルディアであると。

そしてそんなユリウスがヴァルターを落ち着かせる方法として一番有効的と捉えている事こそが、己の妹であったアメリア・メセルディアを引き合いに出す事であった。

アメリアなら、こうした。

アメリアなら、こうはしなかった。

そういった言い方をすれば、余程の事がない限り、ヴァルターは矛を収めるから。

……ただ、ユリウス自身はどうしてか、アメリアの事を好んで話そうとはしない。

故の――――酒。

そして数秒ほど経て、コトリと音を立てて置かれるグラス。数個の氷を放り込まれ、中に酒が見る見るうちに注がれる。

「というより、ヴァル坊はちっとばかし過保護過ぎだ。聞けば、嬢ちゃんの側には〝ギルド〟のAランクもいるらしいし……何より、嬢ちゃん自身があの〝鬼才〟だ」

十年や十五年、あんまし剣を振ってなかったからって腐るようなチャチなもんじゃねぇよとユリウスは言う。

「あの〝貪狼ヨーゼフ〟に、二度と戦いたくねえって言われるようなやつがちょっとやそっとの事でくたばるもんかよ」

あのヨーゼフ(クソ野郎)が唯一、勝負をつける事を拒んだ人間だぞと言葉を付け足しながら彼は席についた。

〝貪狼ヨーゼフ〟。

今となってはあまり知名度が高い名ではないが、今から約二十五年程前までは、知らぬ者はいないとまで言われたロクでなしであった。

〝貪狼〟は一度目にすればどんな技であれ、自分のものに出来る模倣の達人。

たとえそれが一子相伝の秘術だろうと、〝貪狼〟に一切の例外はない。

ただ、〝貪狼〟本人が救えないくらい酷い性格をしており、その為、周囲からはロクでなしと呼ばれていた。

けれども、実力だけは超一級。

悪名だけが先行してしまっているものの、仮に彼が天下無双を名乗っていたとしても、周囲から異論は出なかったのではなかろうか。

〝貪狼〟は、素直にユリウスがそう思ってしまうほどの怪傑であったのだ。

……そして、そんな人間が二度と戦いたくないと渋面を見せた唯一の人間。

もし手前が十年早く生まれていたのならば、オレが〝貪狼〟と呼ばれる事はなかったかもしれないとまで言わしめた——〝鬼才〟。

それが当時、二十にすら満たなかった少女——アメリア・メセルディアである。

「何より、ヴァル坊は嬢ちゃんを自分の下に縛り付けておきてぇんだろ？　しかも、嬢ちゃんのあの力量を用いて。だったら尚更、今は勝手にさせといた方が俺はいいと思うけどな」

とんでもない事件を解決でもした後に、スェベリア王の護衛役だった。みたいな事実が発覚でもすりゃ、より一層印象深く刷り込まれるとは思わねえか。

と。

フローラが聞けば、頭抱えてのたうちまわるであろう未来予想図を平然とユリウスは口にする。

「…………」

それでも未だ無言を貫くヴァルターであったが、ユリウスは後一歩であると感じたのか。

とどめの駄目押しと言わんばかりにあるブツをポケットから取り出した。

それは角ばった小さな——魔導具。

「ったく、手癖の悪りぃ先達から教えられた事がこんな時になって役立つとはな……」

がしがしと頭を軽く掻く。

ユリウスとしては、ここで何とかしてヴァルターの足止めをする必要があったのだ。

暗殺者集団――〝華凶〟。

そいつらに加えて、数と力量の分からない亡霊。

フォーゲルに向かえば最悪、その二つを同時に相手しなくてはならない可能性が十分にある。

必然、そうなってくると幾らヴァルターと自身が揃っているとはいえ、何があるか分からない。

そう判断を下したからこそ、ユリウスはどうにかして足止めをするべく奥の手まで出したのだ。

「……これは？」

「俺の前の代の騎士団長の友人が好き好んで使ってた魔導具だ」

それは、知る人ぞ知るアメリア・メセルディアの元上司が好んで使っていた魔導具の一つ。

もしもの際を思って、ユリウスが保険として密かにフローラに対して使っていたのだ。

「青に点滅してりゃ、正常。赤なら、命の危険ってところだ」

そこまで言えば分かるよな？　とユリウスは目でものを言う。

「それが赤に変わるようなら、流石に止めはしねえよ。ヴァル坊の好きにすりゃいいさ。ただ、青である限り、この状態でフォーゲルに向かうのはナシだ」

――にしても。

行く先々でトラブル続き。

今回なんて、滅んだ筈の〝華凶〟なんてもんが出てきやがった。一体、嬢ちゃんはどんな星の下に生まれたのやら。と、呆れながらユリウスは注がれたグラスを手に取り、傾ける。

「――――お、本当に飲みやがった。言い忘れてたが、てめぇだけおれの店では特別価格で一杯金貨十枚だからな。忘れんじゃねえぞ」

「ぶーーーッ」

あまりに法外過ぎる値段設定に思わずユリウスは口から酒を吹き出し、程なくゴホ、ゴホと咳き込んでいた。

「幾ら何でも高すぎだろッ!!　……ま、〝華凶〟のやつらが本当に潜んでんなら、間違いなくヴァル坊を狙ってくるだろうし、やっぱり結論、現状は別行動が一番だろうよ」

〝華凶（懸念材料）〟がなければ今すぐにでも向かって問題はなかったんだけどなと、ユリウスが言う。

……まぁ仮に酒場にいる時に〝華凶〟に襲われようが、ぶっ壊れるのはリッキーの店。

修理費用が金貨十枚と思えば……悪くねぇかもな。

なんてゲスいやり取りが水面下で繰り広げられる中、ヴァルターといえば、酒場に足を踏み入れ、腰を下ろしたユリウスの側で佇んだまま――、

「……それもそうだ」

ほんのつい数秒前まで鬱々とした感情を表情に散りばめていた癖に、やけに物分かりのいい返事をするヴァルターに対し、ユリウスは疑問符を浮かべる。

……もう少しぐずるかと思ってたのに、これはどういう事なんだ、と。

「なら、外を歩くぞ。ユリウス」

「んぁっ?」

しかし、その疑問は次の瞬間に霧散した。

踵を返し、酒場の外へ向かおうとするヴァルターを前に、オイオイオイ!! 何でそうなるよと慌てて声をあげる。

「無防備に外を出歩いていれば、本当に〝華凶〟がいるなら、一人や二人、我慢出来ずに俺を狙うだろ。そいつを捕まえて全てを吐かせればいい」

あんぐりとユリウスは口を開けた。

……呆れてものが言えないといわんばかりに。


だが、そんな事を言ってのけたヴァルターの本当の狙いは他にあって――――。

それに託けてフォーゲルに向かってしまおう。

そんな考えを腹の中で抱いていたヴァルターの企みを――――ユリウスはまだ知らない。


「にしても、帰ってきませんね」

シン、と静まり返った場にて、私が声を響かせる。既にアクセアさんと別れてから三十分程度経過している気がする。

けれど、帰ってくる雰囲気だとか、予兆といったものはこれっぽっちも感じられなかった。

そろそろ〝ギルド〟に戻ってこの事を知らせるべきではないのか。そんな事を思う私の心境を察してか、隣で佇んでいたレゼルネさんが悩ましげな声を漏らし、

「……もう少しだけ待たせて」

そう、言った。

「……おれは素直にあんたのとこのリーダーの言う事を聞いておくべきだと思うが」

しかし、その言葉に対して見張りの男は顔を顰める。次いで、意味深な発言を――――ひとつ。

「とはいえ、この事を報告したからと言ってまず間違いなく〝ギルド〟の連中は動かねぇだろうがな」

「……それは、どういう事？」

「あぁ、いや、言葉を間違えた。動かねぇじゃねぇ。動けねぇが正解か」

不測の事態が起こってしまったというのに、その事を報告しても〝ギルド〟は動けないとどうしてか、彼は言う。

「あんたは、どうして〝ギルド〟がフォーゲルを完全封鎖し、討伐令を出さねぇのか。それについて疑問を覚えた事はねぇか」

対するレゼルネさんの返事は――――無言。

そして無言はつまり、肯定。

その現象が起こっている理由を貴方は知っているのかと。驚愕の感情を含んだ視線でレゼルネさんは発言の主である見張りの男を射抜いていた。

「……理由は至極単純なもんでな。どんな理由を抱えてんのかは知らねェが、『豪商』に動く気がねェんだ。だから、まず間違いなく〝ギルド〟は動かねェ」

〝ギルド〟とはミスレナ商国のトップである三人の『豪商』の下に存在する一つの組織。

だからこそ、『豪商』に動く気がない限り、〝ギルド〟は動けない。

人手を借りられるとしても、それは個々人の意思で動く気のある人間の手のみだと彼は言う。

「『豪商』に動く気が、ない……?」

「応よ。三日前だったか。おれと、もう一人の見張り役をしてる奴で『豪商』の下に出向いたんだ。流石に我慢の限界でな。すると、だ。……おかしな事に、そいつは言ったんだ。今回の件について、わたしが何か策を講じる気はねェってな」

亡霊の被害は日々増える一方。

見張りを務めるおれの口から言わせて貰うが、亡霊の数は間違いなく日に日に増していると彼は言葉を付け加える。

だというのに、現場の声を無視し、ある『豪商』は断固として動こうとはしなかった、と。

「加えて、今、フォーゲルにゃ、良からぬ輩が潜んでいるなんて噂もある。……こうして事実、亡霊がどんなカラクリか、増え続ける手前、それはあり得ないとは言い切れねェ。……寧ろ、十中八九、ロクでもねェ輩が今回の一件に絡んでるんだろうよ」

じゃねェと説明がつかん、と言って彼は言葉を締めくくる。

「それじゃあ、貴方はその『豪商』の方が、ロクでもない連中に肩入れをしてると?」

そう私が尋ねた。

レゼルネさんと見張りをしていた男の会話を聞く限り、この結論にたどり着くのが当然と言えた。

いや、こう結論が出るようにあえて彼が話を誘導していた気すらする。

だから、なのだろう。

この結論にたどり着かせる事を目論んでいたのか、少しだけ嬉しそうに笑みながら男はどうしてか、首を横に振った。

「ああ。おれも、初めはそう思ってた」

まるでそれは、その結論は違っていたと言わんばかりの言い草で。

「あの『豪商』はおれらに言ったんだ。話せる事は何もないし、話す気もねぇってな。……おかしいと思わねぇか?」

「何がですか?」

「普通、本当に肩入れをしてんのなら、何よりも先に自分がどうにかして疑われないように立ち回ろうとしねぇか? もっともらしい嘘でも吐いて、取り繕ったほうが余程建設的だ。……そうは、思わねぇか?」

その言葉を聞いて、確かにと思わず頷いてしまう自分がいた。そして結局、貴方は何が言いたいのかと尋ねようとして。

「あの『豪商』は恐らく、誰かしらに弱味を握られてる可能性があるんじゃねぇのか。……おれは、そんな答えにたどり着いた」

　彼は、そんな結論を言い放った。

　しかし。

「……確かに、その可能性もあると思うわ。でも、『豪商』の弱味なんてものを誰が握れるの？……握ろうと思って握れるようなものではないと貴方だって分かってる筈。『豪商』の近辺は三人誰しもに、とんでもなく強い傭兵が付いてるわ。……その目を掻い潜って弱味を握ったと？」

　疑念と猜疑に満ち満ちたレゼルネさんの言葉に対し、男は自信ありげに鷹揚に頷いてみせる。

「何より、そのくらいやってのける連中ならば、色々と辻褄が合う。こうして、どんな方法を使ってんのかは知らねェが、亡霊を大量に生み出すような馬鹿げた真似を敢行する連中だ。頭のネジは勿論、色々とぶっ飛んでてもなんらおかしくはねェよ」

　そうでなきゃ、説明のしようがないと彼はへらりと笑った。

「……なる程。つまり貴方はこの事に対して、〝ギルド〟ではなく、その『豪商』に伝えろと。そう言いたいわけ？」

「理解が早くて助かる。……おれとしても、給金はいいがずっとこんな場所で見張り役すんのはもう、疲れてきてんだわ。……というより、おれの予想が正しければ、もう少しすればおれらの手にすら余るようになっちまう。……いや、嘘偽りなく言うとすりゃ、既にもうおれらの手に余る寸前だ」

「それはどういう――――」

「――――言ったろ。亡霊の数が本当におかしくないくらいに、」

そこで、唐突に言葉が止まる。

まるで、このタイミングを狙っていたかのように私達の前にそれは立ち塞がった。

音もなく、兆候もなく、ソレは現れた。


黒のコートのようなものを羽織った骸骨の――――亡霊が。

それも――――数は、五体。

「……多い、ってよ」

辛うじて紡がれる続きの言葉。

苦笑いを浮かべる男の顔は、このタイミングで現れてきやがるのかと。幾ら何でも多過ぎるだろうがと心境を物語っていた。

「悪りぃが手ェ貸してくれ。アイツがいたんならまだなんとかなったが、一人でこの亡霊五体は流石に手におえねェ」

アイツとは、恐らくBランクの人間を追いかけに向かったと言っていたもう一人の見張り役の人間の事なのだろう。

そして、私とレゼルネさんは顔を見合わせる。

向けられる瞳には少しだけ不安のような感情が見て取れた。……恐らくは、私の事を心配してくれてるのだろう。

だから、

「分かりました」

あえて声を張り上げる。

次いで、流れるように剣を抜く。

ユリウスから譲り受けたメセルディアの家宝である無銘の剣を。

しかし、その行為に対してやってくる――――呆れに似た言葉。

「……待て。亡霊に剣は――――」

通じねェんだと。

きっと彼はそう言おうとしたのだろう。

けれど、その事実はちゃんと私の頭にも入っている。知っていて尚、あえて私は剣を抜いたのだ。

亡霊のような存在に、剣といった物理的な攻撃手段は通じない。それは周知の事実。

しかし、物事には何事にも例外がある。

たとえば、そう。

「――――って、オイオイ、マジか。あんた、マナ使いかよ」

剣に、マナを纏わせてみるとか。

基本的に亡霊という存在には、魔法攻撃のみしか通じない。剣で斬ろうが、槍で突こうが、彼らにダメージを与える事は叶わない。

ただそれは――――マナを纏わせてない場合のみ、の話なんだけれども。

噴き出し、剣に纏わり付くマナ。

剣を覆い始める青光を前に、見張りの男は驚愕に塗れた声で答えを紡いでいた。


もし仮に。

アメリア・メセルディアを知る人間に、彼女がどうして〝鬼才〟と呼ばれていたのか。

そのワケを尋ねたならば、まず間違いなくこんな答えが返ってくる事だろう。

魔力量を始めとした全ての戦闘に繋がる技能が高次にある、と。

加えて――――。


『アイツは他人の技をパクんのがとんでもなくうめぇ。〝貪狼〟のように何でも、とまではいかねぇが、それでもアホみてぇにうめぇんだ。そして持ち前の膨大な魔力量を用いて、パクった他人の技をより高次のものに変えて繰り出しやがる。故に、〝鬼才〟。本当に、悪辣にも程がある』

そして、最後に一つ。

『東南戦役の英雄、ハイザ・ボルセネリア。武家であり、世界有数の剣の一族として知られるメセルディア侯爵家。その歴代最強とまで謳われたシャムロック・メセルディア。……そして、当時、騎士団長を務めていた〝怪傑〟アハト・ユグリアーテ。その三人がいれば、スェベリアは戦で万が一にも負ける事はないと称えられた三人が、口を揃えてアイツを〝鬼才〟と称えた。……それ程までに、とんでもなかったんだよ』

剣の一族であるメセルディアの人間故に、誰もが誤認するが、〝鬼才〟の真骨頂ってのは間違いなく────。

すぅ、と息を吸い込む。

そして思考を落ち着かせながら、剣の柄を握る手に力を込めて────言葉を紡ぐ。

五体もの亡霊を相手にするならば、マナを纏わせた剣で斬るだけより、間違いなくコレすらも用いた方が効率的であると判断して。

「四方八方────」

それは、とある男が使っていた技。

きっと、こんな感じ。

そんな曖昧な感覚で、私はその技を繰り出す。

ヴァルターが見たならば、相変わらずと言われてしまうだろう、アメリア・メセルディアのお家芸。アメリアであった頃、当たり前のように使っていたからヴァルターの前では使わなかったけれど、今、この場にヴァルターはいない。

向こうは私の正体に気付いてるっぽいし、最早隠しても仕方がないんだけれど、あの時はまだ確信に至れてなかったから使えなかった。

だけど、今は────一切関係がない。

「おいおいおいおい……!?」

そんな馬鹿なと、本来の使い手の事を知っていたのか。見張りの男が驚愕に目を見開いていたけれど、それに構わず私はソレを完成させる。

「────喰らい尽くしてよ、〝炎狼〟」

それは、トラフ帝国に籍を置き、〝鬼火のガヴァリス〟と呼ばれ、恐れられた元将軍の最も代表的な技。私がその解号を告げると同時、ぶわりと周囲から濃密過ぎる炎が燃え上がる。

何であんたがそれを使えるのだと。

私の事を凝視してくる見張りの男に、使えちゃうんだから仕方ないじゃんと呆れに似た感情を一瞬だけ向け────目の前の五体の亡霊に集中。

そして。

上半身から下は存在していない骸骨の亡霊達の姿が揺らめいた。

「チィ────……!! 来、るっ、視覚に騙されんじゃねェぞ!!!」

直後。

亡霊の姿は不自然に揺らめきはしたものの、目の前には依然としてその姿はそこにある。

だというのに。

背後から音がした。

じゃらり、と金属同士が擦れた際に鳴るような、そんな音が。

同時にすぐ側で声があがった。

「フローラさん後ろっ!!!」

それはレゼルネさんの声。

視覚を欺いた上での、背後からの一撃。

確かにそれは脅威だ。己を殺し得る致命傷にだってなるだろう。

……ただ、既に場に、〝炎狼(カグツチ)〟は存在している。

そこかしこから放たれる熱気。

鼓膜を揺らす幻聴のような遠吠え。

狼を象(かたど)った炎は分裂に分裂を繰り返し、気付けばその数、既に百に迫る勢い。

そして。

「……普通、背後は狙わないものなんだけどね」

私は苦笑いしながら、ひとりごちる。

けれど、決してそれは卑怯だなんだと罵りたくて言ったわけではなくて。

「特に、私みたいな臆病者の背後を狙うのは藪蛇(やぶへび)だと思うけどな」

伸び迫る影色の鋭利なナニカを身を翻(かわ)す事で躱しつつ、私は嘲りながら言ってみせる。

だって────。

「私、死角には細心の注意を払ってるから」

これでも一応、私は死を怖がってる側の人間。

だから死なないように準備する。

その行為はどこまでも当たり前で。

故に、死角を狙った時点でその居場所が判明し、狙ってきた対象を確実に仕留める仕掛けが作動する。

「そこに、いるよね。弾けろ――――」

もし、この場に〝鬼火のガヴァリス〟がいたならばまず間違いなくこう言った事だろう。

そんな使い方をするんじゃねぇよ！　と。

とはいえ、死人に口無し。

本人はもう死んじゃったんだから素知らぬ顔でありがたく有効活用しちゃえ。

というのが私の意見である。

名付けて魔力凝縮砲（マナバーン）〝炎狼（カグツチ）〟エディション。

「――――〝炎狼型魔力凝縮砲（マナバーン）〟」

転瞬。

私のすぐ背後が赤く明滅し、〝炎狼（カグツチ）〟だったものが風船のように膨張を始める。

そして――――音を立てて〝炎狼（カグツチ）〟が破裂。

次いで轟ッ!!!　と、勢い良く炎が噴き出し――――燃え盛る。

「まずは、一体」

レゼルネさんと見張りの男が、んな馬鹿な、と言わんばかりに、あんぐりと口を開けたり、不自然なくらい瞬きを繰り返していたけれど、これぱかりは相性の問題としか言いようがない。

現に、アメリアとして騎士団に所属していた頃、みんな嫌がるから、なんて理由で亡霊の処理は全て私がやって。みたいなクソ過ぎる風潮があったし。

……本当に誰なんだよ、あんな風潮作ってたヤツ。

「――――で、多分あそこにもう一体」

きっとそこにいる気がする。

そんな曖昧過ぎる感覚であったけれど、どうしてか、私が見詰めた先に亡霊が潜んでいるような、そんな気がしたのだ。

だから――――ざり、と音を立てつつも跳躍。

程なく、唐竹一閃。命中。

そして続け様、と試みようとしたところでぴたりと私の足が止まる。

気付けば、視覚を欺く為か、存在していた五体もの骸骨の亡霊の姿は消えており、その存在すらも忽然と跡形もなく消え失せていた。

「…………って、あれ」

どうやら、狩り損ねた残りの三体は逃げてしまったらしい。

……勝手に現れて襲い掛かっておいて、おめおめと逃げるなんて良い度胸である。

これはもう、追い討ちを掛けに向かわないと。ボコボコのボッコボコにしなければ。

と。

思ったところで漸く我に返る。

そして疑問に思う。

どうしてそんなにレゼルネさんと見張りの男の方はこいつマジか、みたいな視線を私に向けているのだろうか、と。

「……以前、アクセアと話してた時にスェベリアから来たって言ってたわよね」

ふと、レゼルネさんからそんな問いが向けられる。

「もしかして貴女、騎士団関係者？」

「……えっ、と」

訝しむような瞳を向けられ、思わず視線が泳いでしまう。

女だから騎士とは思われていないのだろう。

その最後の一線だけはギリギリのラインで踏み止まったらしい。

けれど、私がそれに準ずる立場にあるとレゼルネさんは予想したらしくて。

「あそこは、人外の巣窟って聞いてるわ。……特に、今代の王――ヴァルター・ヴィア・スェベリアが王位についてからは、更にとんでもない事になってるって」

そしてそもそも――――。

「何より、〝マナ〟を使える人間は、ごく僅か。……ただの剣士というには、流石に無理があるわよ」

あまりに身近な存在であるが為に、マナの希少性を忘れ掛ける癖があるんだけれど、そもそもマナを扱える人間は限りなく少ないのだ。

「……別に責めてるわけじゃないわ。貴女は何も嘘は言ってないし、さっきの様子を見る限り、隠そうともしてなかったでしょうから」

ここで鍛冶屋の店主であるニコラスさんの下へは騎士服で向かいましたとは口が裂けても言えないのでお口チャック。

最早、少しは隠せよと怒られるくらいの勢いである。

「……ただ、ひとつだけ、頼み事をしても良いかしら」

一度、来た道を視線だけで振り返り。

再度私とレゼルネさんが顔を見合わせる。

そして、

「恐らく、そこの彼が言った言葉は大方正しいと思うの。討伐令が出なかった事をはじめとして、だとすれば色々と辻褄が合う。……だから、その腕を見込んで、手を貸して貰えないかしら。アクセアとサイナスの実力を疑ってるわけじゃないのだけれど、流石に今回は、どうしてか嫌な予感がする」

懇願するような視線で彼女はそう言った。

けれど、いいや、それは違う。

頭を下げて、頼む人間が、違う。

「この話を持ってきたのは……、アクセアさん達を巻き込んだのは私です。どうしてその申し出を断れましょうか。何より、本来であれば私が真っ先に頼み込むべき立場でした」

ここまで複雑で、物騒に事が進んでいたなんて私も知らなかった。

知っていたならば、誰かを巻き込もうとは思わなかった。

クラナッハさんの依頼はどうのこうのとアクセアさん達は言っていたが、それでもこれは私の責。だから、私にできる事ならと二つ返事で了承したんだけれど。

「待った待った」

そこに割り込む声がひとつ。

見張りの男である。

「……話半分でいいんだが、さっき言ってた良からぬ連中。その連中の正体の目星がおれらの中ではもうついててな。奥に向かうってんなら、一応話しておく」

見張り役のおれまでも向かうわけにはいかねェからと言って、彼は話し始めた。

「そいつらの名は――――〝華凶〟。スェベリアの人間であるあんたは勿論知ってると思うが、あんたんとこの王様がぶち殺した暗殺者集団、恐らくその生き残りだ」

八話

連中。

私が唯一、二度と関わりたくないからといって頭の彼方へその記憶を追いやった程のロクでなし

名前こそ私の記憶から消え掛かっていたが、その名を紡がれ、今、ハッキリと思い出せた。

言われて、漸く思い出せた。

忘れてた。

……あぁ、そうだ。

――――〝華凶〟。

名を――――、

「――――〝華凶〟ですか」

思慮に耽る。

ほんの僅か程の殺気が私の身体から無自覚に立ち上っていた。しかし、それも刹那。

程なくあっけらかんとして私が笑うと同時に、その物騒な気配は霧散していた。

「間違っても、進んで関わりたいと思えるような連中ではありませんね」

そう言って私は隣を歩くレゼルネさんに向けて言葉を並べ立てる。

既に見張り役であった彼とは別れており、アクセアさんとサイナスさんと合流すべく奥へ進む最中に〝華凶〟とは何者なのかと。

見張りの男の言葉に反応していた私に対して、レゼルネさんが問い掛けてきていたのだ。

「一言で表すならば――――ロクでなし。二言目が許されるのであれば、戦闘狂。私の記憶通りの連中であるならば、恐らくこんなところですね」

目的を達成する為ならば、己の肢体の損傷は二の次として考える連中ばかりであった。

しかも、あいつらは己の身体を傷付けられたとしても、むしろ殺しの熱が燃え盛るようなクソのような奴ばかり。

己の身体を傷付けて見せた。

それ程までに格が高い相手。

嗚呼、ああ、あぁ!! 素晴らしい!! ならば、これは何としてでも殺さなければ。

おれの武功に、せねば!!!

……こんな事を素面で言ってくるような連中だ。私としては二度と会いたくはない。

ただ。

「ですが、連中の実力は本物でした。私如きの物差しでしか今は言葉を尽くせませんが……それでも、ロクでなしでありながら、感嘆の声すら思わず漏れ出そうな程にあいつらは強かった」

こんな私でも、剣士の端くれ。

たとえどんなロクでなしだろうとも、剣を交えた相手に対しては如何なる虚飾だろうと、剝いで言葉を重ねる。

故に、私は彼らを強いと称す。

実力は、本物であると語るのだ。

「……ま、ぁ、相性が最悪だったって事も少なからず関係してるでしょうけども」

自重気味にあはは、と私はぎこちない笑いを漏らす。亡霊との相性は良い私であるけれど、暗殺者である〝華凶〟との相性は間違いなく最悪と呼べるものであったから。

だから、気を付けてと。

レゼルネさんに忠告する私であったのだけれども。

「フローラさんは……まるで、実際に戦った事があるような口振りで話すのね」

無意識のうちに掘ってしまっていた墓穴を指摘される。しかも、私の容姿は酒場の店主であるリツキーさんからオレンジジュースを出されてしまう程に幼い。

そんな私が、見張りの男ですら顔を顰めて厳かに口にしていた暗殺者集団の人間とさえも、剣を合わせたかのように話す。

……どこからどう見てもワケ有りのヤバイ奴である。

「……昔、色々とありまして」

「……ま、下手な詮索はやめておくわ」

藪蛇にはなりたくはないもの。

と、レゼルネさんは言葉を付け加え、一度、二度とかぶりを振る。

「ただ、一つだけ答えて欲しいの」

「？」

「どうして、スェベリアの人間が、トラフ帝国の元将軍――〝鬼火のガヴァリス〟の技を使えるのかしら」

お前は、トラフ帝国のスパイなのかと、言外に問われる。

しかし、レゼルネさん自身、心の何処かでそれは違うと答えが出かかっているのか。

向けられる眼差しは優しいものであった。

「……そんな馬鹿なと間違いなく笑われるでしょうが、私は人が使った技であれば、ひと目見れば八割がた模倣することが出来ます」

「……も、ほう？」

言ってる意味がわからない。

そう言わんばかりに、レゼルネさんが問い返す。それもそのはず、アメリアとして生きていた頃も、この特技だけは誰もに驚かれた。

ただ、使えるだけでは宝の持ち腐れに過ぎないと言われていたけれども。

「勿論、例外もあります。ですが、〝炎狼（あの程度）〟であれば造作もありません」

「……言うわねえ。一応、〝鬼火のガヴァリス〟はあのトラフ帝国の元とはいえ将軍職についていた人間なのよ？」

「あ、えっと、そう、ですね？」

「……何でそこで首を傾げるのよ」

何でと言われても、その将軍さんそこまで強くなかったし。としか言いようがないのだが、これ以上何か言うとまた墓穴を掘ってしまう気しかしなかったので一度口を真一文字に引き結ぶ事にした。

「……まぁ、いいわ。スェベリアの人間だからって事で納得させて貰うから」

ひどい風評被害である。

というより、私は前世と今生。両方ともスェベリアで暮らしていたのでよく分からないけれど、他国からスェベリアは一体どう思われてるのやらと少しだけレゼルネさんの言い草から心配になってしまう。

……とはいえ。

その偏見でしかない印象を作ったであろう原因の人間は大体予想出来てしまった。多分あの人達だろうな、みたいな感じで。

「それで、これからについて話しておきたいのだけれど――――」

言葉の途中にもかかわらず、再度腰に下げられていた無銘の剣を私は隣で歩いていたレゼルネさんの眼前にて、何の脈絡もなく孤月を描くように勢いよく振り抜いた。

「――――って、な、に!?」

何事なのかと。

目を剝き、言葉を紡ぐレゼルネさんよりも先にガキン、と高鳴る金属同士の衝突音が疑念といった思考を一瞬にして塗り潰す。

生まれる火花。

どこからともなくやってきた必殺とも呼べる不意の一撃であったが、それでも、

「……魔力使って隠形(おんぎょう)してる時点で対処して下さいって言ってるようなものだからね」

そう言って私は何処からか、陰に隠れて仕掛けてきたであろう何者かに向かって言い放つ。

……恐らくは、亡霊だろうが。

「にしても、ここの亡霊、見張りの方がいた時にも思ってましたが、人間に対する憎悪がかなり強いですね」

見つけたら誰彼構わず襲い掛かる。

まるでそんな様子だ。

亡霊は「死」がキッカケとなって生まれる存在。故に、元の生者だった頃の記憶が少なからず引き継がれるのが常である。

だからこそ、人を憎んで死んだ者が亡霊に変わった時、まず間違いなく人を恨む亡霊が出来上がる。

「よ、く、対処出来るわね。アクセアなら対処出来たでしょうが、それでも」

「慣れですよ慣れ。それに、魔力に特別聡(さと)いアイツとかなら、まず間違いなく攻撃を仕掛けられるより先に始末し終えてますし」

だから私なんて可愛い方だと言ってやると、やっぱりスェベリアはヤバイところだ。みたいな感じに引かれてしまった。

……まぁ、魔力に特別聡いヴァルターならば、隠形を試みた時点で察知して叩き潰してるだろうし、私は真実しか言ってない。

うん。私悪くない。

「……退治しなくていいの？」

不意の一撃が飛んできたにもかかわらず、気にした様子もなく無視して先を進もうとする私の態度を前に、レゼルネさんは不思議そうにそう尋ねていた。

「ええ。今はアクセアさん達と合流する事が最優先ですから。それに、一体一体倒してもきっとキリがありませんし」

「……それも、そうね。ちょっと気が動転してたみたい」

ごめんなさいねと、隣から聞こえてきた謝罪が私の鼓膜を揺らした。

「先を急ぎましょうか。……ちょっと、亡霊の数があまりに多過ぎます」

一時期、亡霊処理係みたいな事をやらされていたからこそ、よく分かる。

こんなにも亡霊が一つの場所で発生する事なんて滅多にない、と。

人を憎む亡霊が大量発生。

……だからこそあまり、良い想像は働いてくれなかった。

「────っ、は、ぁっ!!　はぁ、はぁ……、流石にこれは悪質過ぎるにも程があるとは思わないのかなぁクラナッハぁ！」

肺にため込んでいた息を吐き出し、苛立ちめいた様子を隠そうともせずアクセアは言葉を乱雑に並べ立てる。

肩で息をしながらも隣で木の幹に背を預ける男──サイナスに目をやると、「クラナッハの野郎、ぜってぇ俺らを殺す気だぜ」という言葉が鼓膜を揺らす。

現状、フォーゲルの依頼は立ち入り規制の関係上、Aランクの人間しか受けられないのだが、それにしてもこれは酷過ぎるとアクセアはサイナスの言葉に力強く頷いた。

「……薄々は気付いてはいたけど、フォーゲルの入り口付近の調査。……あの依頼内容だった理由が今よく分かったよ。アイツ、亡霊が奥地でなくとも大量発生してる事知っててこの依頼を出したってね」

ミスレナに帰ったら取り敢えず一発ブン殴る。

そう言わんばかりに、アクセアは手に力を込め、握り拳を作ってぷるぷると小刻みに震わせていた。

「────にしても、やっぱり部外者が交じってる。フローラを連れて来なくて正解だった」

そして、鎮静化。

ふぅと息を吐き、思考を落ち着かせながら彼は思案。

数時間前の己の判断はやはり正しかったのだと再認識しながら木々に身を隠すアクセアは呟いて

いた。

「だな。……それと、ありゃ暗殺者の類だろうよ。尋常の人間と言うにゃ、些か身を隠すのが上手過ぎるわな」

厳密に言うならば奇襲が上手すぎる、だろうか。

「きな臭えとは思っていたが、ここまで躊躇なく堂々と襲って来るたぁ、いっそもう清々しいなぁ？」

そう言って、サイナスはけらけらと笑う。

「……相変わらずの能天気さだね」

「くかかっ、それが俺という人間だからなぁ。ここで深刻な表情を浮かべてたんなら、そりゃもう俺じゃぁねぇわな」

「言われてみれば、それもそうだ」

つられるように、アクセアも破顔した。

……だが、それでも尚、焦燥に似た感情が表情の端々に散りばめられており。

「――――ただ、どうしたもんかなぁ。情けない事に、アイツを倒すビジョンが全く浮かばない」

そう口にするアクセアの視線の先には――――彼らが木陰で身を隠す羽目になった原因を生み出した亡霊が、一体。

全長五メートル程の鎌を手から下げ、宙を浮遊する怪物が一体。それはまさに、死神と言って然るべき風貌の怪物であった。

「……はぁ。どこの馬鹿があんな亡霊を生み出したのやら」

お陰で頼まれていたBランクの人間の捜索にすら向かえない現状。

本当に勘弁して欲しいと、彼は何度目か分からない大きなため息を漏らした。

通説としては、亡霊は死者の怨念が形となったもの。という認識が世間では広まっている。

加えて、生まれる亡霊の規模は怨念の度合いで決まるとも。

そのため、あまりに厄介過ぎる亡霊。

たとえば、今、アクセア達の近くにてあてもなく浮遊する死神のような存在は意図的に生み出そうと思えば、様々な代償さえ払ったならば、生み出す事も不可能では無いのだ。

故の、発言。

「……厳然たる実力差ってやつかね。レゼルネがいても、コイツの打倒はちょぃと無理があるわな。それに、部外者共が横槍を必ずしも入れねえとは限らん」

奇策や運といったものでひっくり返せるような相手じゃねえのは確かだとサイナスは言う。

「――――確実に倒し切るなら、お前レベルのヤツが二人……いや、三人はいる」

「妥当な意見だね」

「だが、んなヤツに心当たりは勿論ねぇ。武闘大会がちけぇんで探せばいるだろうが、素直に協力してくれるヤツがいるとは思えねえ」

何より、彼らにとってミスレナは殆どアウェーのようなもの。

加えて、多額の報酬があるわけでなし、これは彼らにとって通らずに済む道である。

……この条件で、協力してくれるような人間がいるとはサイナスもアクセアもとてもじゃないが思えなかった。

ただ。

「まぁでも、どのみち犬死は勘弁して欲しいし、見張りの人には悪いけど僕らは現状、来た道を戻る選択肢しか許されてない。……だけど、幸い、強そうな人には心当たりがある」

「あん？」

「……サイナスとレゼルネはコソッと帰ってやがったけど、あの後、結構ヤバイ人が酒場に来てたんだよ」

だからお前らは知らないだろうけどね。

と、あえて嫌味ったらしい言い草でアクセアは口を尖らせる。

「フローラを迎えに来てた人が二人いたんだけどね、そのうちの一人。フードを被ってた人が恐らく相当ヤバイ。リッキーの知り合いらしき人もヤバそうな感じだったけど、フードの人は本当にヤバかった。……思わず酔いが醒めるくらいに」

だから、その者に協力を仰げたならば、何とかなる気がするんだとアクセアが口にしようとして、しかし、その言葉が紡がれる事はなかった。

「……あの野郎、どこに行く気だ」

唐突に、あてもなく浮遊を続けていた怪物が何処かへ向かって移動を開始したと言う事実を告げるサイナスの言葉が思考を上塗りする。

「どうするよアクセア」

あの怪物を見失わないように追い掛けるか。

それとも、引き返して戦力を整えるか。

どちらの選択肢を取るんだと、サイナスは言外に問い掛ける。

先程までは引き返そうとの事で満場一致であったにもかかわらず、そう言って尋ねた理由はアレを放っておくのは些か拙い気がしたから。

あてもなくグルグルと浮遊し続けてくれてるのならいざ知らず、好き勝手に動かれてはたまったものではない。故に、もう一度だけ問い掛けたのだ。

「逃げるんなら、恐らく今しかねえ。そして、追っかけるのも、恐らく今この機会を逃せばもう無理だろうよ」

「…………」

口を真一文字に引き結び、眉間に皺を寄せて黙考。

既にアクセア達がフォーゲルに足を踏み入れてから三十分は経過している。だとすれば、恐らくはレゼルネが〝ギルド〟に向かってくれているだろうが、生半可な人間では吹かれる灰の如く容易く蹴散らされるだけである。

これではただ、死人が増えるだけ。

「……引き返そう」

数秒程の沈黙を経て、アクセアは答えを出す。

フォーゲルの中に化け物が潜んでいる。今はこの情報を伝える事が何よりも先決。

突き進んでいったであろうBランクの人間と、見張りの人間には悪いが、あの亡霊（あれ）はあまりに規格外過ぎる。だから放って置くわけにはいかない。

それがアクセアの出した結論であった。

「ああ。それが正しいと俺も思う。ありゃ、警戒してどうにかなるもんでもねえ。アクセアが言葉尽くして〝ギルド〟に厳戒態勢敷いてもらう方が先決だ」

何より、姿を隠しては時折襲い掛かる暗殺者らしき部外者。加えて、数多の亡霊。

それらを相手しながら奥へ奥へと進んでいた為、アクセアとサイナスの身体には疲労が確実に蓄積していた。

万全の状態であっても絶望的と思える相手を前に、今の状態で立ち向かうのは無謀に過ぎる。

そう自分自身を納得させた直後。

ざっ、と音が立った。

反射的に音のした方を向くと、そこには不自然に揺らめく炎の塊がひとつ。

あれは――――狼だろうか。

「…………なんだ、なんだぁ？」

まるで鬼火のように、揺らめく炎。

己の中でソレを観察し、程なくはたと気付く。

その事実を前に、大きくアクセアは目を見開いていた。

……そのような技を好んで使うようなヤツが、確か何処かにいなかったか、と。

やがてたどり着く答え。

確か名をなんと言ったか。

トラフ帝国に属していた野蛮気質な将軍。

ああ、そうだ。

名は確か――――、

「――――〝鬼火のガヴァリス〟」

「見つけた」

口を衝いて言葉が出ると同時。

時同じくして声が重なった。

それは、本来ここにいていい人間ではない者の声音。聞こえてきたのは野太い年を重ねた男の声ではなく、幼さが残った年若い女の声であった。

故に、その正体を看破するのに数秒ですら要さない。ただしかし、どうしてこの場でその声が聞こえて来たんだ。という疑問はいくら待てど解消されはしない。

そして炎狼（カグツチ）を視界に捉えた方角の――――ずっと奥よりやって来る二つの人影。

見知ったその姿に、アクセアは勿論、飄々（ひょうひょう）とした態度を貫いていたサイナスですら、オイオイマジかと苦笑い。

刻々と失われる互いの距離。

それから十数秒後。

満を持して口を開いた少女の言葉があまりに可笑しくて。あり得なくて。理解が出来なくて。

二人して、度肝を抜かれてしまう。

「遅ればせながら、助力をしに来ました」

「……レゼルネ」

「……事情は、後でちゃんと話すわよ」

どうして連れて来たのだと。

責め立てるような声音が聞こえてくるや否や、そんな事は分かっていると言わんばかりにレゼルネさんは半ばヤケクソに言葉を唾棄。

その態度から、私を連れて来たのはやはり彼女としても本意でなかった事は一目瞭然であった。

「……厄介な事が起こってたの。……だから、こうしてフローラさんを連れて来ざるを得なかった」

「厄介な事……？」

「ええ。……確たる証拠はないけれど、恐らくこの件に関して〝ギルド〟からの助力は得られない」

レゼルネさんのその言葉に、アクセアさんとサイナスさんはぎょっと目を剝いた。

「だから、あたしはフローラさんを連れて来た」

「待て待て。幾ら何でも端折り過ぎだろ。話がてんで見えねえ。百歩譲って〝ギルド〟から助力が得られないとしても、だからといってこの子を連れて来る理由にはなんねーだろ」

　焦燥感を顔に貼り付け、サイナスさんは至極当然とも言える言葉を並べ立てる。

「ええ、そうね。フローラさんがあたしよりずっと強い人でなければ、連れて来る理由は何処にもなかったわ」

　その言葉の直後、一斉に視線が集まった。

　私に、ではない。

　私のすぐ側で直立不動の体勢で炎の身体を揺らめかせる〝炎狼（カグツチ）〟に、である。

「……成る程、ね」

　視界に映され、存在するものだけで大方の事情を把握したのか、微かに顔を顰めながらあたかも得心したかのような返事をアクセアさんがこぼす。

　しかし、そうは言っても百％納得する事は出来ないのか。視線を逸らし、私とレゼルネさんが来た道を一瞥。

　ふらふらとあてもなく浮遊する亡霊が視界に入り込んだのだろう。ここで追い返すわけにもいかないと思ったのか。勘弁してくれよと言わんばかりに瞑目。やがて口を開いた。

「……引き返すなら今のうちだよ。もう遅い気もするけどね」

「いえ。今回の件は私が巻き込んでしまった事。だからこそ、知らぬ存ぜぬを通す気はありません。それに、亡霊の対処にはちょっとだけ自信がありまして」

　力になれると思いますと。

私は顔を綻ばせながら難しい顔を向けてくるアクセアさんに対して言い放つ。

伊達に前世、亡霊処理係みたいな面倒事を押し付けられていた私ではない。

基本的に「自信」という言葉と全く縁がない私であるけれど、亡霊の対処だけは唯一、例外的に「自信」があると言える程であった。

「――――あれは、グリムリーパーですか」

視線の先。

此処からはそれなりに遠く離れているにもかかわらず、これでもかと存在を主張する私の数倍は大きいであろう死神のような亡霊を前に、私は言葉を紡いだ。

恐らくはグリムリーパーの存在があったからこそ、アクセアさんとサイナスさんはこうして木陰に身を隠していたのだろう。勝手に自己解釈を始めながら私は思考を巡らせる。

大きな漆黒の鎌を片手に浮遊する巨大な亡霊。

私はソレをグリムリーパーと呼んでいた。

こりゃまた、面倒臭い亡霊がいたもんだ。

と、他人事のような感想を抱きつつ、

「でしたら、さっさと倒しておくべきでしょうね」

私は当たり前のようにそう宣った。

何より、見張りの男の言葉を鵜呑みにするならば、私にとってちょっとばかし思うところがある連中が絡んでいる。

亡霊如きに時間は掛けていられない。

というのが私の心境であった。

「あの、ここって、ちょっとだけ焼け野原にしちゃっても問題ありませんでしたか？」

「……は？」

倒せるものならば、とうの昔に倒していると目で物を訴えかけて来ていたサイナスさんに向けて、私はそう問うた。しかし、聞こえてくるのは素っ頓狂な声が一つ。何言ってんだあんたと言わんばかりの返事であった。

「亡霊を手っ取り早く片付けるなら、そうするのが一番なんですよね」

「いやいやいやいやいや、話飛躍し過ぎだろっ!?　それに、ここ一帯を焼け野原にでもしてみろ！　亡霊は勿論、そこらで潜んでる暗殺者共にも見つかって狙われる事になるんだぜ!?」

その言い草から察するに、どうやらアクセアさん達は見張りの男が言っていた〝華凶〟と思しき連中と既に交戦をしたのだろう。

故の、警告。

だが。

「ですけど、その暗殺者さんとあの亡霊を同時に相手取る方がよっぽど危険と思いませんか？」

「…………じゃあ、フローラはあの亡霊を倒し切れると？」

「周りへの被害を度外視しても良いならば」

「言うねえ」

微かに口端を吊り上げる。

面白おかしくて仕方がないと言わんばかりに、刹那の逡巡なく言葉を返した私に向けてアクセアさんは僅かに破顔していた。

「じゃあ頼むよ」

「アクセアっ!?」

「……どうせ、僕らじゃ対処のしようが無いんだ。だったら、出来ると言う人間に任せた方がいい。なにせ、レゼルネが強いと言った人間だ。僕は、仲間の言葉は信じる主義の人間でね」

「……良い関係ですね」

「褒めても何も出やしないよ」

そう言いながらも、アクセアさんの綻んだ顔は引き締まるどころか、一層緩んでいく。

「あと、周囲への被害は考えなくて良いよ。フォーゲルの一部が焼け野原になる事に目を瞑るくらい、あの亡霊によって生まれるであろう本来の被害を考えれば寧ろ安過ぎる」

「では、遠慮なく」

そして私は隣で控えていた〝炎狼(カグツチ)〟に命令を下そうとして────すんでのところで踏み止まった。

「……そういえば、先程暗殺者がどうのこうのって仰ってましたよね」

「あ、ん？」

「そいつ、身体にタトゥー入ってました？　クソ趣味の悪いタトゥーだと思うんですけど」

肩越しに振り返り、話を蒸し返す私の言動にサイナスさんはきっと疑問を抱いた事だろう。

しかし、ニッコリと気持ち悪いくらい屈託のない笑みを浮かべる私の表情が、どうしてという言葉を封殺していた。

「……い、一瞬だったもんで確実じゃあないんだが、恐らくあったような気がする。鎖みてーな刺青が」

「そうですか」

決定だ。

フォーゲルに隠れてる連中は間違いなく〝華凶〟であると、私はそう決め付ける。

何故か答えてくれたサイナスさんは何処か怯えていたような気もしたけどきっと気のせいだ。

「にしても、本当に〝華凶〟の連中でしたか。それは……本当に困りましたね」

アメリア・メセルディアとフローラ・ウェイベイアは分けて考える。

それは私だけが知る決め事であった。

だから、己がアメリアであるという事は可能な限り隠してきたつもりである。

ただ、それでも例外はある。

たとえば、アメリアの頃に借りを作ったままであった人間、とか。

基本的に私はやられたらやり返す人間である。

借りは勿論、キッチリ利子をつけてお返しに行くくらい私は律儀な人間であると自負している。

「――――とはいえ、まずは目の前のグリムリーパーを始末しない事にはどうにもならない、かな」

どうせ変わらずロクでもない連中。

十七年前の借りを利子付けて返してあげるべきだろう。何より、今、ミスレナにはヴァルターがいる。何があってもあんな連中に手出しをさせるわけにはいかない。

だから尚更、半殺しには最低でも追い込んでおくべきだ。恐らく、亡霊を生み出してるのもアイツらだろうし。

そう己の考えを正当化させてから、私は意識を〝炎狼(カグツチ)〟へと戻す。

「時に、アクセアさん達は亡霊の弱点をご存じですか？」

「弱点、だって？」

「勿論、塩をまけだとか、そういった類の話ではありませんよ？　本当に、戦う上で致命的と言える亡霊の弱点の話です」

そんなものがあるのかと。

アクセアさんは勿論、サイナスさんとレゼルネさんも驚愕に目を見開いていた。

しかし、それもそのはず。

馬鹿みたいにくる日もくる日も亡霊処理をやらされていた私が、暇だからという理由で色々な倒し方を試みていた際に偶々、見つけた弱点だ。

本来ならば、知る由はなかった弱点である。

「亡霊はですね、例外なく目が見えてないんですよ。赤くピカピカ光ってはいますけどね」

「い、や、でも、アイツらは俺らの事を寸分違(たが)わず狙ってきたんだぜ!?　目が見えてなきゃどう説明すんだよ?」

「亡霊(アイツら)の目は特別製でして。見えてないけど見えてるんです」

一見、矛盾としか思えない回答。

けれど、その発言の意図をレゼルネさんは一瞬にして酌み取っていた。

「……要するに、まともに見えてはいないけど、何らかの方法であたし達の居場所を掴んでるって事?」

「はい。その通りです。亡霊(アイツら)は、周囲の温度差で此方の居場所を察知しています」

だからこその、焼け野原。

だからこその、〝炎狼(カグツチ)〟。

故に――――。

「――――〝炎狼(カグツチ)〟」

隣で控える炎狼(カグツチ)の名を呼ぶ。

直後。ゴゥ、と音を立ててその姿は揺らめき、燃え盛る。そして、その姿はひと回り大きなものへと一瞬にして変貌した。

程なく、背を向けていた筈のグリムリーパーの意識が此方へと寄せられる。

突然、膨れ上がった熱源反応に、目ざとくグリムリーパーが反応したのだ。

「……おいおい、マジかよ」

「なので、不自然なまでに温度を上げてから、後は敵の意識を分散させて混乱している間に——数の暴力で押し込めば大抵の亡霊は消えてくれます」

ほら、致命的な弱点だと思いませんか？　と、笑む私の態度と眼前に広がる光景を前にして。

あり得ねぇと。

一瞬にしてグリムリーパーを囲うように出現していた鬼火のような炎の塊。次第に狼の姿へと変化するその物量に、その光景に、サイナスさんは感想を洩らしていた。

その数、目算二百ほど。

炎狼(カグツチ)の火が木々に若干移ってしまっているが、これは必要な犠牲であると割り切る。

脇役はとっとと退場しなよ。

そんな想いを根底に据え、私は紡ぐ。

さぁ、獲物は目の前だ。

存分に————、

「————喰らい尽くしてよ、〝炎狼(カグツチ)〟」

その言葉を始動の合図とし、立ち往生するグリムリーパーへと、目で追えない程の〝炎狼(カグツチ)〟が一斉に襲い掛かった。

＊　＊　＊　＊　＊

「おい、ヴァル坊。てめぇ……謀りやがったな」

「何の事だ？」

「ったく、平気な面して恍けやがって」

可愛さの欠片もねぇな。と愚痴を零す。

己の相貌を隠す為の外套すら身につけず、足早に先を歩く俺に向かってユリウスは顔を顰めていた。

「何が〝華凶〟をおびき寄せる為だってんだ。……ハナからフォーゲルに向かうつもりだっただろ」

淀みない歩調。

それは、早いところ〝華凶〟を始末しておきたいから。という感情から来るものかとユリウスは思っていたんだろうが、それは見当違いもいいとこである。

俺の行動原理は今も昔も変わらず単純明快。

たった一つの執着心だけが俺を動かしているというのに。

もう手遅れでしかないが、フォーゲルの方角に向かって歩いていた時点で察するべきであったとユリウスは目に見えて呆れ返っていた。

「そもそも、あの〝鬼才〟に助力なんてもんはいらねぇんだよ。ヴァル坊が心配せずとも嬢ちゃんは間違いなく何事も無かったかのように帰ってくる。それは間違いねぇ」

ユリウス・メセルディアは、アメリア・メセルディアの〝異質さ〟を誰よりも間近で見てきた人間だ。そして、メセルディア侯爵家歴代最強とも謳われたシャムロック・メセルディアが才だけならば、自身よりも数段上であると言ってのけた事も彼は知っている。

だから、言い切れてしまう。

情がないだとかそんな事ではなく、ユリウスはアメリア・メセルディアに対して絶大過ぎる信頼を置いてしまっているのだ。

故に、心配いらないと言い張ってしまう。言い切れてしまう。寧ろ、あの類の人間に助力という行為は却って邪魔にしかならないだろうと断じてしまっているから。

――――ただ。

俺はゆっくりと歩みを止め、後ろから追従していたユリウスへと肩越しに振り向き、口を開く。

「物事に、絶対はない。それはお前も知ってるだろ。ユリウス」

「…………」

その言葉に、ユリウスは口籠る。

彼だからこそ、何も言えない筈なのだ。

メセルディアの人間だからこそ、何も言えないのだ。絶対的強者とされていた者ですら、呆気なく死んでしまったという事実を知ってしまっているから。

「……だが、それは」

致命的過ぎる足手纏いがいたから。

……そんな事は知ってる。

指摘されるまでも無く、ちゃんと理解している。しかしだからこそ、

「だから、俺は剣を学んだ。もう足手纏いとは誰にも言わせんさ」

もう二度と、俺のせいで臣下が命を落とすのは嫌だから。それだけは許せないから。

故に、剣を学んだ。

ユリウスもまた、俺に剣を教えてくれた人物の一人であるからこそ、言い返す事は出来なくて。

「……言うようになったじゃねえか」

「あれからもう十七年も経った。当然だろうが」

足手纏いがいたからアメリアは致命傷を負った。暗にそう言おうとしていたであろうユリウスを牽制するように先んじてそう言い放った俺の言動に、彼は苦笑いを浮かべていた。

「俺を止める手段なんてものは最早、手足を縛るくらいしか無いぞ。どう言いくるめようと試みたところで俺は妥協をする気はない」

己がどんな地位にいるだとかそんな事は些末でしかないと逡巡なく切り捨てる。

あるのはただ、俺がどうしたいのか。

という根本的な思考回路だけ。

「……これじゃ、どっちが護衛なのか分かったもんじゃねえな」

「アイツは俺の護衛。俺はアイツの護衛だ」

「なんだそりゃ」

それじゃあ本末転倒もいいところじゃねえかと、ユリウスは力なく笑った。

恐らく、この様子だと説得は不可能であると判断したのだろう。何処か投げやりに、ガシガシとユリウスは髪を掻きあげた。

「……あーあ。やっぱこうなんのかよ。ま、ぁ、薄々だが分かっちゃいたんだがな」

はぁ、と深いため息を一つ。

「俺を置いて一人で先を突っ走らなかった事だけは褒めといてやるよ。だが、ヴァル坊は曲がりなりにも王なんだ。人並み以上に戦えるとはいえ、ちったあ自愛してくれや」

「無理だな」

「……だよな。言って直るんならあの眼鏡が胃薬を常備する事にもなってないわな」

犬猿の仲とも言える財務卿――ルイス・ハーメリアの心労を思い返しでもしたのか。

即座に返答した俺の行為を前に、再び顔にユリウスは皺を刻み、苦笑いを浮かべた。

「ただ、どうするよ。今、フォーゲルにゃ規制が入ってるらしいが、俺らは何も通行証だとかそんな類のもんは持ってねえぞ」

「罷り通る。何か問題が出るようなら、後からエドガーに言い訳をすれば良いだけの話だ」

「ま、そんな事だと思ってたがな」

やっぱり聞くだけ無駄だったかと。

ユリウスは投げやりに視線を落とした。

「つーわけだ。話は聞いてただろ？　悪りぃが此処、通してくんねえか」

そう言って、ユリウスは俺から視線を外し、己の視界の先に映る男に向けて言い放つ。獣の牙のような首輪型の魔導具を身に着けた男であった。

「心配いらねえって言ってんのに、ヴァル坊のやつ、全く聞いてくれなくてよ」

強引に引き留めても勝手に突き進むだけ。

ならば、多少危険が伴おうとも、側についていた方が何倍もマシ。

ユリウスがそんな結論を出したのも、俺と伊達に長い付き合いではないからだろう。

しかし。

「……おれはここの見張り役。素性も分からねェヤツを通すわけにゃいかねェ。特に、頼み事をしちまってる手前、怪しいヤツであれば今は尚更通す事は出来ねェ」

「ああ、そうだろうな。だが、悠長に許可を取ってここを通行する時間は生憎と俺には無いんだ」

そして俺はユリウスに目配せをした。

い、い、力ずくで押し通るぞ、と。目で訴えかける。

直後、やっぱそうなるよなぁと。呆れながらも何処か納得した表情が俺に向けられた。

「だから、許せよ」

そう告げて、俺は足に力を込めた。

「チ、ィ――――ッ、だ、から通さねェって言ってん、」

舌を打ち鳴らし、臨戦態勢に移る見張りの男。

だが、足りない。

その程度であれば俺にとって障害にすらなり得ない。

「悪いな。俺を止めたいのなら、もう少し人を揃えておけ」

何より、既に何らかの敵とやり合った後なのか。疲弊してしまってるその状態では、まともに姿を追うことすら難しいだろうと。

そんな感想を胸中で溢しながら、俺は先を走った。

たった一瞬。

一瞬のうちに、見張りの男が通行を制限していた入り口を素通りし、彼の十数メートルは後方の地点まで移動を遂げていた俺はそんな感想を胸中で溢しながら、再び先へと歩き出す。

「は、……？」

ぽかんと、何が起こったのか分からないと言わんばかりに呆ける見張りの男。

その間に、ユリウスはユリウスで立ち往生する彼のすぐ側を素通りしていた。

「一応、あんなんでもスェベリアの最高戦力なもんでな。役目を全うしようとするあんたにゃ悪いが、今回ばかりは相手が悪過ぎるわな。……言い訳は後でさせて貰う。だから、今はここを通らせて貰うぜ」

言い訳がましく言葉をあえて見張りの男に対して並べ立てるユリウスに俺は若干、不満げな表情を向ける。

どうせ後で事情を説明する羽目になるのだ。

今あえて時間を使って律儀に説明しなくても良いだろうが、と訴えかけながら俺は、

「早くしろユリウス。とっとと〝華凶〟の生き残りを叩き潰すぞ」

「嬢ちゃんを迎えに行くの間違いなんじゃねえの？」

「……さして変わらんだろ」

「お、漸く認めやがったな」

ほんの微かに熱気漂うフォーゲルへと、足を踏み入れた。


「ざっ、とこんなもん」

ふふん、と鼻を得意げに鳴らしながら私は眼前の光景に満悦する。

ちりちりと肌を刺すような熱気。

突撃させた〝炎狼（カグツチ）〟の炎が周辺の木々に燃え移り、所々黒焦げになってはいたが必要不可欠の犠牲であったと勝手に納得。

えげつねぇ……。

なんて感想がすぐ側から聞こえてきてはいたけれど、亡霊相手に手加減をしていては逆にこっちが命の危機に晒される恐れがある。

だから、亡霊は一撃決殺。

どかんと一撃で始末しなければならないのだ。

「………流石はスェベリア、って言えば良いのかな」

とんでもない人がゴロゴロいるね。

と、一瞬にして中々に見晴らしが良くなってしまった周囲をぐるりと見回しながらアクセアさんは若干、どこか引きつつもそう言葉を口にしていた。

そして自覚する。

……ちょっとだけやり過ぎたかも。

木っ端微塵となりパラパラとグリムリーパーの外套だったであろう残骸が砂煙と共に舞う光景を見つめながら私は心の中でちょっとだけ後悔した。

「……ぁ、えと、亡霊の対処だけは慣れてる、と言いますか」

ほ、ほら！　私の場合、人よりもずっと魔力保有量が多いので適任だったんですよ！

と、言葉と一緒に視線で必死に言い訳を続けるも、やべぇよこいつ。みたいな感情は依然として向けられたまま。

レゼルネさんだけは少し前に〝炎狼（カグツチ）〟で亡霊を瞬殺した光景を目にしていたからだろう。あまり驚いてはいなかった。レゼルネさんの存在だけが私の心のオアシスである。

「……ま、フローラの事情を深く聴くつもりはないけれど、お陰でレゼルネが君を連れて来た理由がよく分かった」

確かにこれ程であれば自分がレゼルネの立場であったとしても同じ選択をしただろうから。

と、勝手に納得をされる。

その点に限り、亡霊を容赦なく叩きのめした甲斐があったかな。って思ったけど、それ以上に距離が遠ざかった気しかしないのでやっぱりマイナスである。

「……そうですか」

得意とする事を認められる事は素直に嬉しい。

だけれど、なんか違うのだ。

これは、何か違う。

とはいえ、である。

「結構な数、潜んでましたね」

「……だから言ったろ。潜んでる、ってよ」

〝炎狼(カグツチ)〟をグリムリーパーに仕向けるや否や、黒い影がその場から離脱せんと散り散りに何処かへと駆け出していった姿を薄(うっす)らと私も視認していた。

数はおよそ七くらいだっただろうか。

「向かった先は恐らく、ここから北東の方角」

バラバラに散開するように潜んでいた気配は消えたけれど、淀みのない足取りで誰もが北東の方角に向かっていた事は先の攻撃の最中に確認している。

だから、どうしますか？

と、言葉はそこで止めて無言でサイナスさんからアクセアさんへと視線を移し、伺いを立てる。

「……〝ギルド〟からの協力が得られるのなら、一度戻るべきなんだろうけれど、それは無理なんだろう？」

「ええ。恐らく」

「……なら、選択肢はあってないようなもんだ——先を行く。何より、奥へ進んだBランクの人間と見張り役の人間が心配だ。助けられるのなら助けたい」

私の頼み事を二つ返事で了承してくれた時から思ってはいたけれど、アクセアさんは天晴れと言わざるを得ないレベルのお人好しである。

「分かりました。では、私も微力ながらついていかせて頂きます」

「助かるよ」

「……いえ。元はと言えば私が原因ですし」

私が〝千年草〟を手に入れたいからとクラナッハさんの依頼をアクセアさんに持ってきさえしていなければ、まず間違いなくこうはなってない。

勿論、その場合、今よりも酷い事になってはいただろうけれど、それでもアクセアさん達に迷惑を掛けるような事にはなっていなかった。

「それはもう、気にしなくて良いからさ。何より、フローラがいなかったらきっともっと大変な事になってた」

なぁ？　と言ってアクセアさんはサイナスさんとレゼルネさんに同意を求め——彼らがそれに応える。

そうされてしまっては、私からはもう何も言える筈がなくて。

「〝ギルド〟は頼れない。けれど手を貸してくれと頼まれてる。こうして一度関わってしまった以上、見て見ぬ振りは後味が悪過ぎる。だったら、僕達がやれる事はたった一つ。――さっさと終わらせに向かおうか」

＊　＊　＊　＊　＊

「――聞いてないぞ。あんな化け物がいるなんて話は」

「身なりから察するに、アイツはミスレナの人間じゃないと思うなァ。恐らく、他国の人間だネ」

「……ったく。ンな事は言われずとも分かってらァな!?　にしてもあの亡霊(死神)を一撃でぶっ殺すってそりゃもう人間技じゃねェぞ!?」

外套を頭からすっぽりと被った男達は身を包む外套をばさばさと、はためかせながらもそう言って口々に話し、疾走する。

……それはまるで、何かから逃げるように。

「……あの亡霊(死神)がたったの一撃だ。恐らく、他の亡霊を差し向けようがあの女の障害たり得ないだろう。とすれば、引くか隙を突いて始末する他ないだろう」

複数の切り傷が相貌に刻まれているのが特徴である痩軀(そうく)の男はそう言って歯噛みする。

「……だが、おれの勘を信じるのなら、あの女、剣も相当できる筈だ」

「……オイオイ。幾ら何でも冗談キツイだろうが!?　アレで剣まで出来るとなりゃ、いよいよ手がつけらんねェだろうがよ!?」

「腰に剣が下げられていた。恐らくはあれは名剣の類だろう。少なくとも、おれの目には見掛け倒しの装飾物には見えなかった」

隣を走る坊主頭の若年の男はあり得ねェ！　と言わんばかりに悲鳴染みた声を上げた。

「こりゃ、頭に言わなきゃいけないんじゃないイ？　流石に、あそこまでぶっ壊れてる奴の相手はボク達じゃムリムリ。加えて、あのアクセアまでいル。手に負えるレベルにないヨ、これはサ」

割に合わない相手どころの話じゃないヨと、独特のイントネーションで言葉を紡ぐ小柄な少年は諦念の感情を前面に出し、あらわにしていた。

「……確かにな。ただ、一つ、気になる点がある」

「あン？」

「あの女、おれの耳がイカれてなければ――〝炎狼〟と。そう言っていた」

「それがどうし――――ぁあ、そういう事かよ」

「あの女はどうして、トラフ帝国にいた〝鬼火のガヴァリス〟の技を使える？」

「どうしてってそりゃ、トラフ帝国の人間だから、って考えるのが普通じゃないかなア」

あぁ、そうだな。普通に考えるなら、そうとしか答えようがないなと、痩軀の男は己に向けられた言葉に同調する。

ただ、しかし。

「あの粗雑で傲慢の二文字が服を着て歩いていたようなヤツが、人に己の技を教えるとはどうやっても考え難い」

「だが現実、あの女は〝炎狼(カグツチ)〟を使ってたンだろ？」

「……嗚呼。だからそこでおれは一つ、仮説を立ててみた。頭(かしら)から昔、こんな話を聞いたんだが……先代の〝華凶〟の頭は、とある〝鬼才〟にぶち殺されたらしい。そしてそいつは、〝貪狼〟なんて二つ名を付けられた化け物を退けた事から、裏(こっち)の世界でも頭一つ抜けて有名になっていた」

「それがどうしたンだよ？」

「……考えたくは無いがあの女、あの化け物共と同じ類の人間の可能性がある」

彼らが亡霊(死神)と呼ぶとっておきを一撃で跡形もなく塵(ちり)にしてしまうような規格外。

その可能性は十二分にあると、背中を粟立たせながらも、男は言う。

「〝貪狼〟や、〝鬼才〟と呼ばれていた化け物共のように敵の技を盗めるような輩かもしれない」

『ハハハはハハハハはハッ!!!　ひゃははははハハはは!!!　堪んねえ!!　やっぱ堪んねえよあんた!!!

流石はあのヨーゼフ(クソ野郎)が勝負を投げた剣士だ!!!』

……頬が裂けたように唇を歪ませる一人の男。

耐え切れないと言わんばかりに彼は狂笑をあげる。

どこまでもそれは響き、耳朶(じだ)を打つ。

頭上を見上げる顔を手で覆い、身体を曲げ、震わせながらさながら悪魔のように男は声すら震わせる。

『あんたに盛ったのは魔物ですら昏倒する劇物だ!!!　だってのになんであんたは立っていられる!?

剣を振るうことが出来る⁉　なんで倒れねえ⁉　分からねえ、分からねえ!!　だが、だが、だが!!!　なればこそ、オレァあんたを認めねえといけねえ!!　歴代最高傑作と呼ばれたオレだからこそ、認めてやるよ⁉　この、イェニーが!!　〝華凶〟の歴代最高傑作であるこのオレが!!　あんたが世界で一番イかれてるってなァァァア⁉』

……そんな、不快でしかない記憶にどうしてか思考を塗り潰されていた私は漸く我に返る。

そういえば私、今何してたんだっけ。

一瞬、前後の記憶が思うように思い出せず、そんな疑問を抱いてしまうが、それも刹那。

……そうだ。

私は、〝華凶〟の下に向かっていたんだったと思い出す。

「……フローラさん大丈夫?」

側にいたレゼルネさんから心配の声がかかる。

どうしてか、意識が一瞬飛んでしまっていたのだが、それを言うと更に心配を掛けてしまうと分かっていたので私は気丈に笑う事にした。

「……あぁ、ちょっとぼーっとしちゃってただけです」

だから大丈夫ですと。そう伝える。

……恐らくは、近くに目当ての〝華凶〟がいるから、なのだろう。

お陰で過去の記憶が無意識のうちに勝手に浮上して私の意識を一瞬ばかり支配していた。

ヴァルターを始末する為にと寄越された暗殺者のひとり――――私に致命傷を負わせてくれたイ

エニーと名乗っていた男の事を思い返していたのだと自覚をし、盛大に私は顔を顰めた。

……お陰でヴァルターに泣かれるわ。死ぬ羽目になるわと散々な目にあった。あのクソ野郎と思うぐらいは許されて然るべきだろう。

「さ。さっさと倒しちゃいましょう！　あーいうロクでもない奴らはボコボコにしておかなくちゃいけませんからね」

そう言って私を心配してくれていたレゼルネさんに私は大丈夫です。と言わんばかりの姿を見せ、前へ進もうとして。

「……えっ、と、アクセアさん？」

私とレゼルネさんより先行していた筈のアクセアさんとサイナスさんが足を止めている事に私は漸く気付く。

どうしてか、一触即発の空気が場に満ちていた。なんだなんだとアクセアさん達の視線の先に私も焦点を当てると、そこには外套を頭からすっぽり被った男が一人と、疲れ切った表情を浮かべる知人が一人。

一瞬、私は夢でも見てるのかと瞬きをあからさまに行う。しかし、目の前の光景は変わらない。

……なんでこんなとこに、ユリウスとヴァルターがいるんだろうか。

別行動って言ってたじゃん。

てめえら私を置いてどっかに行きやがったじゃん。と思いつつも、私はぴくぴくと表情筋をピクつかせる。

「……あの、すっごい張り詰めた空気になってて申し訳ないんですけど、あの二人、私の知り合いです」

そう言うや否や、直立不動で目の前で佇む身内二人をよそに、「ほらね」とアクセアさんは警戒心を露骨にあらわにしていたサイナスさんに向けて言ってみせる。

そういえばアクセアさんだけは酒場でヴァルターとユリウスと会ってたっけ。

「……ただ、フローラの身内だとしても、一つだけ疑問がある。なんでそこのお二人はそっ、ちから来たのかな」

後ろから追いかけて来たならまだ分かる。

でも、アクセアさんが言うそっちとは、〝華凶〟が逃げて行った方角であった。

どうしてそっちからやって来るのか、理由が知りたいとアクセアさんは言外に尋ねていた。

程なく、疲れた表情を浮かべるユリウスではなく、外套を被った不審者スタイルのヴァルターが何故か私を右の人差し指で差した。

「そいつを探してたからだ」

抑揚のない声が響く。

……はて。私を探していた？

何か急ぎの用事でもあったかなと思考を巡らせる。けれど、心当たりはどこにも無かった。

「ヴァル坊のやつ、嬢ちゃんの性格からしてきっと先々行ってるだろうからって言って本気で走りやがってよ。お陰でこの有り様だ」

と、補足をせんとため息交じりにユリウスが言う。その姿をよくよく注視してみるとどうにもユリウスは肩で息をしていた。

スェベリアの騎士団長を務める人間が、肩で息をしているのだ。

……恐らくは言葉通り、本気で走ったのだろう。

で、先にいると思ってたけど案外私が先へ進んでなくていなかったから引き返して来た、と。

ユリウスの強さを知る私は嗚呼、成る程。と理解が出来るのだが、恐らくアクセアさんやサイナスさんにもソレを求めるのは酷というものだろう。

ヴァルターもそれは分かってるだろうに、どうしてか親切に説明しようとはしない。

それどころか、無言ですたすたと此方へと歩み寄って来ていた。

次いで、何を思ってか。

ヴァルターは身に纏っていた外套を脱ぎ、私の前に立つや否や、それを半ば無理矢理に押し付けてきた。

「これを着ておけ」

外套をとって隠れていた銀糸のような髪があらわになる。相変わらず、綺麗な髪をしているなと思う。

「お前は危なっかし過ぎる」

何故か、私は呆れられていた。

……意味がわからない。

全く以てその唐突過ぎる発言の意味が分からなかった。

「――――って、あんた……」

ちんぷんかんぷんになっていた私をよそに、サイナスさんはパクパクと忙しなく口を開閉しながら何かを言い掛けて、止まる。

「……は、ははっ、強いとは思ってたけど……成る程。そういう事か」

続くように、猜疑心を抱えていた筈のアクセアさんは何故か引き攣った笑みを浮かべていた。

まるで、つい先程の懸念は完全に無くなったと言わんばかりに。

「おーい。嬢ちゃん。ヴァル坊から渡されたそれ、ちゃんと着とけよ。一応、それはハーメリアの奴がヴァル坊に寄越した特注品でな。それさえ着てりゃ、余程のことでもねぇ限り、擦り傷すら食らわねえよ」

へぇ。この外套にそんな機能が。

と、納得しかけた私だけど、いやいやいや。と左右に首を振る。そんな上等な外套なら尚更私にじゃなくてヴァルターが着るべきじゃんと。

だから、受け取れないと返却しようとして。

「いらん気を回すな。お前は大人しくそれを着てろ」

有無を言わせぬキツめの視線がやって来る。

この様子だと恐らく、何を言っても無駄なのだろう。実際、ユリウスに何とか言ってよと視線で訴えかけるも、そりゃ無理な相談だと破顔するだけ。薄々分かっていた事だけど肝心なところで全く役に立たないユリウスである。

「さ、嬢ちゃんも揃った事だ。遅くなったが自己紹介でもしておくか」

あの空気の中じゃ自己紹介ですら、出来るような雰囲気じゃなかったしなと言葉を付け加え、ユリウスはアクセアさん達に向けて口を開いた。

「俺はユリウス。ユリウス・メセルディアだ。で、こっちの銀髪がヴァルター・ヴィア・スェベリア。そこのあんたが俺らが〝華凶〟かどうか気にしてたから一応言っとくが、俺らは〝華凶〟でも、ましてやあんたらの味方でもねえ――――そこの嬢ちゃんの身内なだけだ」

「……貴方の正体があのスェベリア王であった時点でそっちの騎士さんの正体については大方の予想はついていたけど、まさかユリウス・メセルディアだったとはね」

ぎこちない様子で、アクセアさんは微かに震え、驚愕に大きく目を見開いていた。見るからに居心地が悪そうにしている。

……そんな大仰な反応を見せる程、ユリウスは大物じゃないと思うけどなあと、思うも刹那。

驚く程の事ですか？　と、小首を傾げる私に対して、アクセアさんはそんな内心を見透かしてか、説明をしてくれる。

「……メセルディア卿に限らず、スェベリアの騎士団の長を務める人間に尋常な人間はいないよ」

「……まぁ、それは分からないでもないんですけどね」

私にとってのスェベリアの騎士団長といえば〝怪傑〟などという見るからにヤバそうな雰囲気しか感じられない二つ名を付けられていたアハト・ユグリアーテただ一人。

そんな彼は、周りから色々とヤバイ奴扱いされていた当時の私をして、〝超ヤバイ人〟という認識に落ち着いてた人間である。

故に、ユリウスは兎も角、アクセアさんのその言葉には頷ける部分があるのもまた事実であった。

とはいえ。

「ただ、それよりも私は言わなきゃいけない事が一つあったんでした」

そう述べてから私はヴァルターに向き直る。

「別行動って聞いてたんですけど？」

「偶々行き先がバッティングしただけだ」

「ユリウス殿は追い掛けてきたと言わんばかりの言い草でしたが？」

「……そうだったかもしれない」

致命的なまでに嘘がド下手である。

「……はぁ」

思わずため息を一つ。

「別に私、助けてくれと一言も言ってません」

「そうだな」

「陛下は王ですよ？　……ご自身の立場をきちんと弁(わきま)えて下さい。今回の件は心配いりませんから。

それと、ユリウス殿もユリウス殿です。ハーメリア卿から頼まれた護衛なんですからちゃんとその役目を果たして下さい」

だから、ほら。

助力とかそんなの良いから。

宿に帰った帰ったと私は彼らを促す。

何より、今回はあの〝華凶〟絡みだ。

〝北の魔女システィア〟から〝千年草〟の採取を頼まれているとはいえ、どうしても現状だと危険が付き纏ってしまう。

「特に、今の時期のフォーゲルは危ないですし、陛下はお戻り下さい。こういう危険が伴う行動を率先してこなす為に、臣下がいるんですから」

だから、〝千年草〟の件は安心して私に任せて。と、言ったところで何故かユリウスの声が聞こえた。

——見事と言う他ねえな。的確にヴァル坊の地雷踏みやがったよ。この嬢ちゃん。

それは何処か、同情めいた感情が内包された言葉であった。

そして程なく、

「————は？」

底冷えした低音が、私の鼓膜を揺らす。

それは本当にヴァルターの声なのかと、思わず疑ってしまう程、普段とは乖離（かいり）したものであった。

感情の削げ落ちた声を前に、私の思考も一瞬ばかり真っ白になる。

「……俺にとっての臣下とは、背を任せられる者の別称だ。側にいる事を許容した人間だけを、俺は臣下と認識している」

その言い方だとまるで、スェベリアの騎士を始めとした兵士の大半が臣下でないような言い草ではないか。それは幾ら何でも無いんじゃないのか。

そう言おうとして。

「――――その通りだが？」

表情から判断したのか。

勝手に内心を見透かされた。

……だから心を読むなって。

「あいつらの大半はスェベリアの騎士や兵士であるが、俺の臣下ではない。……生まれが生まれだからか、どうにも俺は人を信じるという事が絶望的なまでに苦手でな。お陰でロクに己の護衛すらつけられない始末だった」

それは、知ってる。

意外だ。どうして。なんで。と護衛に突然指名された私は色んな人から好奇の視線にこの数ヶ月間晒されていたから。

「だからこそ言おうか。俺の臣下が少しでも危険な目に遭うかもしれないと知ったならば、俺は何があろうと駆け付ける。お前は知らないだろうが、ヴァルター・ヴィア・スェベリアはそんな救えない馬鹿なんだ」

……自覚してるのなら、やめてくれ。

それが私の本音であったけれど、理屈をいくら並べ立てたところできっとヴァルターは納得しないだろう。私の言葉を微塵も受け取る気がない事は最早、明白であったから。

「諦めろ嬢ちゃん。こうなっちまったらヴァル坊は何を言おうと耳を貸そうともしねえ」

テコでも動かねえんだよと、私とヴァルターのやりとりを見ていたユリウスが呆れまじりに言う。

そして。

「これでもそれなりに名を轟かせた身。足手纏いになる気はない。それに、〝華凶〟は俺にとっても因縁ある相手だ。不穏分子はさっさと潰しておきたい」

だから引く気はないと。

……どこから情報を得たのかは知らないが、どうやらヴァルター達もフォーゲルに〝華凶〟の連中が潜んでいる事を知っていたらしい。

「背中は任せろ、フローラ・ウェイベイア」

不敵に笑いながらそう告げてきたので、私は嘆息し、諦めた。

これは私に説得は無理だ、と。

そもそも、ユリウスが投げてしまってる時点で薄々そんな気はしてたんだけれども。

「アクセアさん」

「……うん?」

「ここは、二手に分かれましょう」

すっかり蚊帳(かや)の外になっていたアクセアさんの名を呼んだ。

その理由は、ヴァルターとユリウスがいるなら〝華凶〟だろうと大丈夫だろうと私が判断したから。加えて、この三人だけの方がやり易いだろうと思ったから。

「〝華凶〟の連中を叩き潰しに行くグループと、フォーゲルの奥地へ向かったらしいBランクの方ともう一人の見張りの方を探すグループに」

そう述べてから、私はアクセアさん達の下から離れ、ユリウスのいる方角へと歩み進めた。

「……不本意ですが、私とユリウス殿。そして陛下の三人で〝華凶〟を含む亡霊共を叩きます」

「いやっ、そりゃ流石に……!!」

負担の度合いが違いすぎるだろうがと。

サイナスさんが慌てて声を荒らげるも、そうは言っても相手は〝華凶〟である。

外道非道はお手のものの連中だ。

……恐らく相手側の手の内を把握してるだろうユリウスとヴァルター、それと私の三人だけの方がどう考えても都合が良い。

だから。

「〝華凶〟の連中の事は私達に任せて下さい」

たった一言。

それだけ告げる事にした。

そして、その言葉に対し、観念したように反応を見せたのは、

「……………分かったよ」

アクセアさんだった。

「そこまで言うなら、別行動を取ろう。……不甲斐ない事に、僕らじゃさっきみたいな亡霊が出てきてもあまり力になれないだろうしね」

それに、メセルディア卿もいるしと。

どうしてか、アクセアさんは頻りにユリウスに視線を向けていた。

……もしかすると何かワケありなのかもしれない。

とはいえ、それで納得をしてくれるのなら私はなんでも良かった。

「それじゃあ僕らはこっち側を探して来るよ」

「お、ぃっ、アクセアっ!?」

むんず、と。

未だ納得出来てなかっただろうサイナスさんの首根っこを摑み、〝華凶〟が逃げていった方角とは別の方へとアクセアさんはレゼルネさんと共に歩き始めた。

出来る限り急がないと。

そういった考えが念頭にあるのだろう。

会話はそれだけで終わり、彼らは足早に歩き去っていった。

「……時にユリウス殿」

「あん？」

「アクセアさんに何かしました？」

場に残された私とヴァルターとユリウスの三人。折角だからと、私はユリウスに尋ねていた。

何となくだけれど、やけに物分かりの良い態度をアクセアさんが見せた理由はユリウスの存在ありきであったのではと思っていたから。

……何より、見るからに怯えてたし。

「おいおい、嬢ちゃん。人聞き悪い事を言ってくれるな。誓って俺は何もしてねえよ」

「……でも、アクセアさんめっちゃユリウス殿を警戒してましたけど」

「……あー。そりゃあれだ。恐らくはそのアクセア？　って奴が〝ギルド〟の人間だからだろうな」

……どういう事なのだろうか。

「あれは……もう五年も前か。名をあげてぇって叫び散らして単身でスェベリアに乗り込んでヴァルターを打ち負かすとかほざく馬鹿がいたんだ」

「確かに、それは馬鹿ですね」

「だろ？　で、流石にんなことは認めらんねえって俺が説得してやったんだが、逃げるのか、だなんだかんだと挑発すっから、段々俺もイライラしてきてな。俺を半殺しに出来たら取り次いでやるよって言っちまったんだよ」

「…………成る程」

悲しきかな、この時点で既に大体の事情は把握出来てしまった。

「で、二度とんな真似出来ねえように死なない程度にボコってやったんだが、そいつが何か〝ギルド〟のSランク？　SSランク？　よく分かんねえ階級持ってたらしく、半殺しの状態で部下にミスレナにそいつの身柄届けさせて以来、なーんか〝ギルド〟の連中に怯えられるんだよな。きっと原因それだろうなあ」

元々私もメセルディアの人間だったから分かるけど、メセルディアの人間は興味が無い事にはとことん興味が無い。

こうしてユリウスが本気で不思議がってるのが良い例だ。

恐らく、ユリウス的にはうるさい奴を始末しただけなんだろうけど、〝ギルド〟側からするとトップに近い人間を半殺しにするようなヤバイ奴扱いを間違いなく受けている。

「ま、気にする程の事でもねえだろ」

そして不本意ながら、ここでもまた、ハーメリアの腹黒さを垣間見てしまった。

……恐らく、ミスレナに行くならユリウスを連れて行けば滅多な事がない限り手出しはされないだろうと。〝ギルド〟を中心として広まっている噂を知った上で彼はユリウスを護衛の選択肢に加えていたのだろう。

…………恐るべし、ハーメリア。

「――――にしても、〝華凶〟が因縁のある相手、ですか」

ふと、ヴァルターの口にしていた言葉が私の脳裏を過った。

それはアクセアさん達と別れる直前に彼が言っていた言葉。

ただ、私にとってその発言は到底聞き過ごす事の出来ない内容であった。

「まぁ、陛下ほどの人間ともなれば暗殺者集団からの恨みの一つや二つくらい出来ちゃいますか」

私は。

フローラ・ウェイベイアは、ここ十七年間、ヴァルター・ヴィア・スェベリアが何をしていたかを全く知らない。

だから、ヴァルターのその発言を耳にした時、これ以上ない嫌な予感に見舞われた。

……私の過去の記憶は、強く気にしていないだけで、ところどころが灰色に霞んでいる。

印象深い記憶こそ、忘れないでいられてるけど、思い出そうとしてもうまく思い出せない記憶の方がはっきり言って多かった。

だから、顔を顰めてしまう。

特に、〝華凶〟は私とヴァルターが共に行動していた僅かな時間の中で、ヴァルターを殺さんと私達を追い回してくれていた追手の正体であったから。

「————そりゃあな。嬢ちゃんはあんま知らねえだろうが、ヴァル坊はこう見えて結構過激な考えを持ってるせいで多方から大小の恨み買ってんだ」

だから、ヴァル坊のいう因縁のある相手なんざ数え出したらキリねえぜ？

と、どうしてかヴァルターの返事を待たずにユリウスが半ば無理矢理に割り込んで、笑いまじりにそう言った。

「……何となくそんな気はしてました」

「応よ。だがまあ、それだけならまだ救いようはあんだが、ヴァル坊のやつ、色んなとこから恨み買ってる癖に一向に護衛ひとつ付けようとしやがらねえからな……だからほんと、嬢ちゃんみてえな存在が出て来てくれて心底助かったぜ」

私のような存在、というのは恐らくヴァルターが認めた護衛という意味なのだろう。

「特に、こういう場面だとかなり助かる。なにせ、嬢ちゃんがいればヴァル坊のやつが考えなしに先を突っ走る事はまずねえからな」

それだけでも、俺からすりゃ大助かりだ。

と、何故か私がいるとヴァルターを御せるみたいな言い草でユリウスが言葉を並べ立てる。

だから思わず私は首を傾げた。

護衛役の人間(私)がいるから安心。ではなく、何故かユリウスは私がいるからヴァルターは無茶をしようとしないと言った。

「……あの、それはどういう」

「気になるんならそこにいる本人に聞きゃいいと思うぜ？　きっと、嬢ちゃんの口から聞けばヴァル坊も特に隠す事なく答えてくれるだろうしよ」

そう言われ、言葉に従うように私の視線はユリウスからヴァルターへと移動。

「……臣下を死なせたくない。そう言った筈だが」

少しだけ不機嫌に、当たり前の事を二度も言わせるなと言わんばかりに彼は口を尖らせていた。

「――――そういうこった。嬢ちゃんは冗談か何かかと思ってたみてぇだが、ヴァル坊に冗談を言うセンスなんてもんはねぇよ」

どこまでも愚直な人間。

嫌なものは嫌であると一切の余地なくひたすら拒む姿勢を崩さない石頭である。

仮にヴァルターに、冗談を言えるセンスなんてものが備わっていたならば、もっと上手く世渡りが出来ていた事だろう。

それを誰よりも近くで見てきたユリウスだからこそ、ヴァルターが口にする言葉は滅多な事がない限り、嘘偽りのない真実であると言うのだ。

「…………」

背中は任せろ。

ヴァルターのその発言はてっきり、冗談か何かかと思ってた。

だって、サテリカの時はかなり適当だったし。

何よりヴァルターのやつ、一人で先々行ってたし。だから、今回も変わらずと私は思ってたんだけど、どうやら違うらしい。

「とはいえ、嬢ちゃんら、もう半年くらい一緒に行動してんのに、お互いの事を知らねえ部分がちっと多過ぎやしねえか？」

お互いがお互いに、何を遠慮してんのか、俺は知らねえ。ただ、今後の事を考えると一度くらい腹を割って話してみたらどうだ。

……そう、ユリウスは何を思ってか私とヴァルターに向けて言い放っていた。

「遠慮、ですか」

「発言がいちいち遠回しなんだよ。俺に向けて言った言葉じゃねえって事は百も承知だ。だが、聞いてるこっちがもどかしくなる」

メセルディア侯爵家は生粋の武家。

そしてその現当主であるユリウスは特に、武人気質な性格をしていた。

故の発言。

「あえて聞くつもりはなかったが、ついさっきの〝華凶〟についての話題振りも、何か別で聞きたい事があったから口にしたんだろ？」

昔からそうだった。

ユリウスは、変なところで鋭い勘をしてる。

……本当に、その言葉が図星過ぎて言い訳の言葉が浮かばないのは勿論、私は沈黙を貫くしか出来なかった。

本音を言うと、私はヴァルターに尋ねたい事があった。けれど、それは決してフローラ・ウェイベイアが尋ねるべき事柄ではない疑問。

〝華凶〟に対する因縁。

それ即ち――――過去の私の存在が、枷として今も尚、ヴァルターの中で残り続けてしまっているのではないのか。

本当はそう、尋ねたかった。

そうなのではと、懸念していた。

私以外の誰かが聞いたならば思い上がりも甚だしいと笑われた事だろう。でも、絶対に違うとはどうしても思えなかった。

あの時のヴァルターは、当時の私の目から見て心底、彼のような人間が王になるべきだと思ってしまう程に優しく、それでいて儚い人間に映っていたから。

何もかもを抱え込んでしまいそうな危うさが彼にはあったから。

だから、もし私の想像通りであるのならば、一言謝りたかった。でも、フローラ・ウェイベイアである限り、それは決して言ってはならない一言だ。

「深く詮索するつもりはねえが、それでも——いや、これ以上は余計が過ぎるか」

「…………」

頷く事も、否定する事もしなかった。

ただただ、沈黙という煮え切らない選択肢を私はひたすらに掴み取っていた。

でも、ずっと口を真一文字に引き結んでおくわけにもいかなくて。

「……色々と、考えておきます」

「そうかい」

どうしてか、短い返事をくれたユリウスは嬉しそうな笑みを浮かべていた。

……正直なところ、ヴァルターの護衛という役目はすぐに終わると思っていた。

ただの気まぐれ。暇つぶし。

どうせそんな事だろうし、何より相手は国王様で、色々と負い目もある相手。なので、まぁちょっとくらい付き合うのも吝かではない。ぐらいの気持ちで護衛の役目を全うしていた。

だから、私がアメリア・メセルディアとして生きた記憶を持っている事は伏せていたし、話す気もなかった。この身は既に、フローラ・ウェイベイアであるから。

「――――時に、陛下」

「……ん？」

「こんな時に聞く事じゃないんですけど、……陛下の護衛は、いつまで続ければ良いんでしょうか」

そう言えば聞いてなかったような気がして、つい、その場のノリと勢いでそんな質問をぶち込んでしまう。

「俺が、退位するまでだろうな」

返事は即座にやってきた。

ヴァルターの言葉を鵜呑みにするならば、長くて十年程。私の今の父親が進んで国王陛下の側仕えという地位を捨てろと言うとは思えないし、長い付き合いになる事は最早明らかであった。

どうせ、あの言い草からしてユリウスとヴァルターは私の秘め事について薄々勘付いているのだろう。

元々、私は文官の家の令嬢であるくせに剣を振れる、なんておかしなくらいチグハグなヤツである。おまけに〝華凶〟に対しての感情も隠し切れてないだろうし、私はフローラ・ウェイベイアと割り切ってしまってはいるけれど、一応話しておくべきなんじゃないかなと、ふと思ってしまった。

「そうですか」

可もなく不可もなく。

私の口から出てきた声音は言葉にするならまさにそんな感じ。

ただ、表面上は淡白であったけれど、内心は違った。近いうちに、話すかな。

……そんな感情が、私の中で渦巻いていた。

――二人して不器用なヤツら。

何処からか聞こえてくるそんな独り言。

たまたま拾えてしまったその声に、私は苦笑いを浮かべながら同意する他なかった。

「――で、〝華凶〟が逃げた方角ってのは本当にこっちでいいんだよな？　嬢ちゃん」

先程からずっと歩きながら話していたユリウスの足が、ゆっくりと言葉と共に止まる。

「はい、間違いなく」

「んなら、やっぱり彼処(あそこ)なのかねえ。ヴァル坊はどう思うよ？」

そう言うユリウスの視線の先には見るからに怪しい洞穴がひとつ。入り口にはただただ、見通せない闇が広がっていた。

「………」

ユリウスの言葉に反応して、険しい表情を浮かべるヴァルターは口を真一文字に引き結び、じっと静かに洞穴の先を凝視——観察。

そして無言の時間が十秒、二十秒と過ぎて行き、

「——人間かどうかの判別はつかないが、あの洞の奥から結構な数の魔力反応はあるな」

「なら決まりだな」

特別魔力に聡いヴァルターの一言によって今後の方針は決まった。

「ひとまず、まぁ、面倒事はとっとと終わらせるに限るよな？」

「そんじゃま、俺はちょいとここの外を見回りしてくっから、嬢ちゃんとヴァル坊は二人で先に中入っててくんねえか」

そう、ユリウスが言う。

「私が陛下と、ですか」

ここはユリウスがヴァルターと共に行くものだとばかり思ってた。

外の見回り程度なら私でも大丈夫だろ、みたいなノリで任されるんだろうなぁって。

「応よ。なにせ嬢ちゃんはヴァル坊の護衛、だろ？　俺は言っちまえば、オマケだからなぁ。ヴァル坊の隣には嬢ちゃんがいるのが本来の姿ってもんだ」

言われてみれば確かにと納得してしまう。

ユリウスとヴァルターがこれから先も二人一緒になって行動すると私が考えていた訳は、ユリウ

スの方が私よりも実力においても信用も信頼もあると私が無意識のうちに決め付けていたからか。

はたまた、ミスレナにやって来てからというもの、ヴァルターとユリウスが二人で行動していたからか。

「それに、ここは因縁のある奴等が行くのが筋ってもんだろ？」

全てを見透かしたように、訳知り顔で笑みを貼り付けながらユリウスがくつくつと喉を鳴らす。

「そら、外は俺が何とかしてやっからとっとと行ってこいよ」

少し強めに背中を押され、つんのめりそうになって、蹈鞴（たたら）を踏む。

「ヴァル坊の事、任せたぜ」

「……言われずとも分かってます」

「そりゃ重畳」

ヴァルターはといえば、俺に心配なぞいらんとばかりに半眼で私とユリウスを見詰めていたけれど、それについては構っていてはキリが無いので、見なかった事にする。

「当初の目的からは随分と離れちゃいましたが……行きますか」

〝千年草〟を採って来るはずが、気付けば暗殺者集団を始末するという事に目的がすり替わってしまっていた事に対し、「何やってんだろ私」とこの事態に呆れる。

ただ、あくまで私が仕えている相手はヴァルターである。ヴァルターに身の危険があるならば、何を差し置いてでもそれを優先する。

それが当然だから、この行動は間違ってはいないんだろうと勝手に自己完結を済ませ、私はヴァルターと共に歩を前へと進めた。

＊　＊　＊　＊　＊

「ったく、〝ど〟がつく程の不器用な奴らだよなぁ」

もどかしいったらありゃしねえ。

何度目か分からない抱いたその感情を、ユリウスは洞に続く道へ背を向けながら胸中で吐き捨てる。

「嬢ちゃんの方は大体予想出来るが、恐らく罪悪感があるから付き従っていて。ヴァル坊はそれを見透かしてるが故に強くは踏み込めねえ。嬢ちゃんに対して執着心見せてるくせに、いざ本人目の前にしたらただの遠慮しぃのヘタレじゃねえか」

ケタケタと笑う。

独身の俺を時折ネタにしてやがるが、てめぇらも俺と大して変わんねえよと、既にその場を後にしていた二人に向けて言葉を溢す。

「だがまぁ？　そんなヘタレだろうが実力は折り紙付き。片やスェベリア現最強と、もう一人は言質は貰ってねえが、十中八九、十の時に騎士団に入団した未だ破られてねえ最年少記録持ちのあの〝鬼才〟だ。てめぇらが幾ら束になろうが、勝てるわけねえだろうが」

笑う。

どう足掻こうが、その結果だけは不変なんだよとどこまでも面白おかしそうにユリウスは嗤う。

「んで、その事実はこっから挟み撃ちを試みたところで変わらねえ。だから、俺で満足しとけよ。なぁ？　〝華凶〟？」

何もない場所に向かってユリウスは傲岸に言い放つ。

つい先程、ヴァルターは洞の奥から魔力の反応があると言った。ただそれは、洞の奥からだけ、とは一言も言っていない。

故に、伊達に長い付き合いでないユリウスは察することが出来た。あえてその言い方を選んだという事は、外にまだ幾らか潜んでいる連中がいる、と。

言葉に従うようにじっくりと注意を向けてみれば、ごろごろといるではないかと確信した上で、彼はそう口にしていたのだ。

その一切の逡巡すら感じられない物言いに観念したのか。はたまた、先へ向かったヴァルター達の背後を突く機会を失うわけにはいかなかったのか。

どこからともなくガサリと音を立てて、ゾロゾロと黒の外套に身を包んだ者達が現れる。

その数、約二十。

「────そこを退け、ユリウス・メセルディア」

ユリウスの前に姿を見せるや否や、顔に傷痕を残しながらも精悍さが残る男が、無機質な声でそう言い放っていた。

「おいおい、なに寝ぼけた事言ってんだ？　そりゃ出来ねえ相談って分かんねえもんかね？　これでも俺はスェベリアの騎士でな。王を守るのは当然だろうが？」

「そこを退けばお前は特別に見逃してやろうと言ってるんだ。大人しく言葉に従っておいた方が良いと思うが」

「ほぉ？　なら、余計な世話だと言葉を返してやろうか」

明らかにそれと分かる嘲弄を表情に貼り付け、ユリウスはどこまでも挑発を続ける。

既に右の手は腰に下げていた剣へと伸びており、いつでも戦闘に移れる臨戦態勢。

そこに妥協する意思が入り込む余地はどこにも無かった。

「……どうやら、お前らは我々を随分と舐め腐っているようだが――」

「――ハ、てめぇらはどうにも随分と酷え勘違いをしてるらしい。この世界に、俺らほど〝華凶〟を高く評価してる人間もいねぇと思うぜ？」

高く評価してるが故に、捨て置かない。放置しない。確実に、殺して始末しようと試みる。

その理由は言わずもがな、後顧の憂いを断つ為に。

「……フン」

ユリウスと言葉を交わしていた男は呆れ混じりに鼻を鳴らす。

やがて、倒して進むしか道はないと悟ったのか、すらりと銀に輝く短刀を引き抜いた。

しかし、ところどころ毒々しい色合を持つその正体は恐らく――猛毒。

「はん、相変わらず狡い真似してんのな。ま、暗殺者集団なんだから当然と言やぁ当然なんだが、それでもやっぱ、程度が知れるとしか言いようがねぇわな」

ユリウスはまだ、侮辱をする。

彼らは陰の人間。

卑怯、外道はお手の物。それは分かっている。

だから、戦えぬ子供を庇う人間に対し、その隙を嬉々として突き、十数人で囲んで考え得る限り全ての手法を使って一人の規格外を道連れにまで持ち込んだその結果は、腹立たしくもあったがユリウスも認めるところであった。

しかし、認めたからといって恨みが全く無いわけではない。

寧ろ、感情として前面にこそ出ていないが、恨みだらけであった。

「いいぜ？　こいよ」

不敵に笑う。

そして、程なくすぅ、と大きく息を吸い込み、ユリウスは宣言するべく声を張り上げた。

「俺の名はユリウス・メセルディアッ!!　ヴァル坊の世話してるうちに多方から俺も恨み買っちまってでなァ？　自分でいうのもアレだが、この首には結構な値が付いてると思うぜ？　それこそ、卑怯な手を散々使った癖に、歴代最強とやらの頭とその腰巾着共を失いながらも得た実績よりもよォ？　いやぁ、お互いに残念だったたな、あの時の事はよ」

嘲り嗤う。

声音すらも調整して、それはどこまでも神経を逆撫でするように。

「……だま、れ」

その挑発に反応を見せる声が一つ。

ユリウスは知っていた。

二十年前まで栄華を誇っていた暗殺者集団――――〝華凶〟は当時、〝鬼才〟と呼ばれていた人間を殺した代わりに、頭領を含む上層部の人間の殆どを投じるも失ってしまうという失態を晒してしまっていた事を。

そのせいで衰退の一途を辿っていた事も。

極め付きに、数年前には〝華凶〟は残った戦力の大部分ですらもヴァルターに滅茶苦茶にされている。最早、虫の息。

故に声を張り上げてユリウスは言うのだ。

俺を倒せば、その流れは変わるかもしれねえぜ？　と。

直後――――。

ざり、と大地を擦るような音が僅かに場に響くと同時。

「この人数差を前に、余裕見せ過ぎなんだよユリウス・メセルディアァァァアッ!!!」

気付けばユリウスと対峙していたうち、一人が怒りに任せ、彼の目の前へと躍り出ていた。

手には毒が塗りたくられた凶刃が。

擦りでもすれば致命傷。

まるで瞬間移動をしたのではと錯覚する程の速度で肉薄した男であったが、

「――――まずは、一人。堪え性がねえやつは楽で助かるぜ。なぁ？　ええ？」

直後、斬られた本人ですら知覚するまでもなく、鮮紅色の液体が宙を舞っていた。

その場にいた人間の視線が一斉にユリウスの右手へと集まり、そこには引き抜かれた得物が握られていた。

いつ抜いたのか。

それすらも悟らせないまさしく神速の抜剣によって男の身体は泣き別れていた。

「そら、じっとしてねぇでとっとと挑発に乗ってこいよ〝華凶（雑魚共）〟」

左の手を突き出し、手のひらは上へ。

そして、相変わらず挑発を続けるべく、中指を立ててクイクイとそれを動かす。

「特別に、俺が力の差ってやつを教えてやっからよォ――――？」

九話

「……それで、さっきからなんでお前は俺の前を歩いてるんだ」

呆れ混じりに、ヴァルターはそう言っていた。

〝華凶〟が潜んでいるであろう洞は存外、外観からは考えられない程中は広く、視界は暗闇に覆われており、足音が忙しなく反響を続けていた。

「……危ないからですよ」

どうにも、この国王陛下は己の立場を忘れているのかもしれない。

恐らく此処は〝華凶〟の根城。

であるならば、既に此処は相手のテリトリー。

どんな仕掛けが待ち受けているか分かっていないというのに、ヴァルターを先に行かせるわけにはいかないでしょうがと。

呑気な発言をする彼に対して責めるように言い放つもこれと言って意に介した様子もなく、フン、と不満げにヴァルターは小さく鼻を鳴らすだけ。

「これでも、護衛一人付けずとも皆からある程度許容されるくらいには強い筈なんだがな」

「それでも、です」

ヴァルターの強さは私も知るところである。

だが、それとこれとは話が別である。

「世の中に、絶対だけは何があろうと存在し得ないんですよ」

だから、どれだけヴァルターが御託を並べようが、〝絶対〟が存在しない限り、こればかりは譲れないと私は言い切る。

「それに、『背中は任せろ』と私に言ってくれたのは何処の誰でしたっけ」

「…………、くくっ」

一瞬ばかり呆気に取られるも、己が私に向かって言い放っていたその発言を思い出したのか。

面白おかしそうに破顔しながら彼は喉を震わせる。

「嗚呼、そうだ。そうだったな。なら、今回だけはそういう事にしておこうか」

ヴァルターが弱いから私が先行するのではなく、私の背中を守るって言葉は嘘だったのかなぁ？

と圧を掛けて理由を思い出させる事で漸く、彼は納得してくれたらしい。

自分は守られる人間ではないと何が何でも言い張りたいのだろう。そして譲る気は、ないのだろう。

……実に面倒臭いヤツである。

「今お前、俺の事を面倒臭いヤツって思っただろう？」

「…………」

せ、背中を向けた状態で良かった。

間髪を容れずにやってきたその言葉に、動揺を隠しきれず、口を真一文字に引き結んでだんまりを決め込む私は心底そう思う。

「ま、俺自身ですらその事に関しては面倒臭いヤツであるという自覚がある。だから、たとえ誰であれ、その事であれば責めはせん」

自覚がある上で、それを貫き、直す気はこれっぽっちも無いと。これまでの言動から、その事実は透けて見えた。

「が、責めない代わりにこの考えを直す気は一生涯ない。とはいえ、お前は唯一の例外で、こうして護衛につけているわけだが……それでも、出来れば前には立たないで貰いたいものだ」

「……どうしてですか」

言葉に混じる悲愴感。

ヴァルターらしくないその感情を理解してしまったからか、思わず私はそう聞き返していた。

「それは、俺が護衛を拒む理由か？　それとも、お前を前に立たせたくないという理由か？」

「……前者です」

どうせ後者は、剣のみの仕合で俺に勝てもしてないやつが一丁前に前に立って俺を守るなどと言うな！　みたいな内容だろうし、聞かなくとも問題はないだろう。

それより、ここまで護衛を嫌う理由の方が私には気になった。

「……そう、だな。一番の理由は勿論、信頼してないからだろうな。既に言ったが、俺は殆どの人間を信頼していない」

国王陛下にあるまじき発言である。

……いや、ヴァルターの生い立ちを考えればそれが当然と言えるんだけれど、人前でそれを堂々と言っちゃうのは如何なものだろうか。

「そして、それと同じくらい目の前で死なれるのが嫌なんだ。……勘違いをするなよ。俺は人の死が嫌いなわけじゃない。俺は、俺を守って一方的に恩を与えた挙句、死んでく奴らが心底嫌いなんだ。だから、護衛は側におかないと決めている」

……言葉は、直ぐには出てこなかった。

その理由は、ヴァルターが口にした理由の一つに、私がピッタリ当て嵌まっていたからである。

「死んだらそれまでだ。助けて貰った恩があっても、何も返せない。……だから嫌なんだ。言っておくが、俺が国王という地位にある限り、この考えが変わる事はないぞ」

と。そこまで聞いたところで、ふと、一つの疑問が浮かび上がった。

では、なぜ私はこうしてヴァルターの護衛に抜擢されたのだろうか。

「……あの、それじゃあ私の存在って、」

「言っただろうが。お前だけは、例外であると」

そんな折。

突如として会話の中に割り込むように雑音が混ざる。……何かの足音、だろうか。

「ん、……どうにも、お話をして時間を潰すのも此処までらしいですね」

「そうだな。話の続きはまた後で、だな」

敵らしき存在が近付いているというのに、ヴァルターは緊張感の感じられない様子のまま、笑いついでに軽く頷いただけ。

……本当に、これで大丈夫なのだろうか。

そんな一抹の不安が私を襲うが、ともあれ、ひとまず戦うならばこの視界不良の状態をどうにかしなければならない。

相手はこの薄暗い洞を根城としているわけで、夜目に関しては相手側に若干のアドバンテージが生まれている。なら、近くに敵がいると分かったならば、早々にそれを退かしてしまうまで。

「陛下」

「ん？」

「……目、瞑っておいた方が良いですよ」

それだけ告げて、私はパンッ、と手のひらを合わせる事で音を打ち鳴らす。

そして紡ぐはたった一言。

「迸れ(ほとばしれ)――――〝白雷(はくらい)〟」


その昔。

ヨルドと名乗る武人がいた。

その者は武器を扱う事に関しては一切のセンスが無く、その代わり、体術においては右に出る者なしと謳われた正真正銘の傑物であった。

ただ、どうしても体術のみでは剣を手にする怪物共を相手にする事は難しい。

そう考えた彼は、己にどこまでも都合のいい魔法を編み出した。それが己の肢体に雷を纏わせる魔法————〝白雷〟。

しかしこれは言ってしまえばマナを身体に纏わせている事と何ら変わりはない。

ただ、不可視か、雷に変えて可視化させたか。それだけの違いである。

とはいえ、基本的な性能の底上げを図るだけのマナより、刃すら焼き溶かす雷を纏わせる方がよっぽど賢い使い方である。……恐ろしい速度で魔力を喰らう欠点さえなければ、本当に、完璧過ぎる魔法であった。

「ヨルドの〝白雷〟か」

「よくご存じで」

「ハ、武に関わっている者なら誰もが知る名だろうが。だが、天下のヨルドと言えど、己の魔法が明かり代わりに使われたと知れば、嘆くだろうがな」

叶うならば、是非ともその面を拝んでみたいものだとヴァルターはケタケタ笑う。

「使えるものは何だろうと好きなだけ使っておけと昔、教えて貰ったもので」

誰の教えであったか。

その記憶は靄がかかっており、上手く思い出せないんだけれど、その言葉は何故か覚えていた。

「確かに、それが正論だ」

「でしょう？」

「だがいいのか？　そんなに余裕を見せていても」

「問題はありません」

剣すら抜いていないヴァルターの前に立つ私は逡巡なくそう言い切る。まるで、勝負は既についていると言わんばかりに。

知覚出来ている限り、付近の敵の数は五人。

ここから一歩も動かずに敵を殲滅するのであれば、明かりの問題を含め、〝白雷〟を使うのが一番都合が良かったのだ。

「それ、と、凶刃を片手に殺意を向けてくる相手に、手加減はありませんから」

今度はヴァルターに向けてでは無く、眼前に潜んでいるであろう敵に向けての言葉。

女だから。子供だから。

私の容姿につられて甘い事を考えている輩もいるかと考え、私はあえてその言葉を選んでいた。

殺意を以て相対してきた者に対しては、殺意で返す。それが当然の摂理である。

故に、手加減はなし。

遺恨も、懸念も何一つ残す気はなかった。

右の手のひらを前へと突き出す。

「────!?　────!!!」

声にならない焦燥感に駆られた声が聞こえてきた。しかし、関係ない。

相手が殺意を此方に向けていた事は既に明らか。であれば躊躇する理由は何処にもなし。

「穿(うが)て──」

ばちばち、と音を立てて一際大きく光る〝白雷〟が揺らめく。

やがて、言葉に従うようにそれら全てが前へと傾き──一瞬にして落雷を想起させる青白い線が無数に奔(はし)った。

その速度は視認できる速さを優に超えており、生まれた稲妻は確かな指向性を以て機をうかがっていた者共へと襲い掛かる。

「──〝雷撃(シュラーク)〟」

視界は眩い光に包まれ、続くように鼓膜を揺らす断末魔。……恐らくこれで奥に潜む連中にも完全に気付かれた。

だが幸い、この洞は一本道。

故に、後ろに敵一人、攻撃一つ通す気のない私からすれば押し寄せたところでそれで？　と、思うだけ。

「多芸だな」

「それほどでも」

上には上がいる。

それを知る私だからこそ、その賛辞を素直に受け取る事は出来ず、苦笑いを浮かべてしまう。

「そうか。……それと、先の話の続きだが、お前がひどい勘違いをしているようだから言っておく。

俺は、俺にとって譲れない理由がない限り、側に人を置く事はあり得ん」

「譲れない理由、ですか」

「ああ、そうだ」

残念ながら、その理由についてはいくら思考を巡らせようと、心当たりがなかった。

だからユリウスあたりに聞けばその手掛かりが掴めるかなと思いつつ、私は先を進む事にした。

――――……特にお前なんかは、側に置きでもしなければ助けてくれた事に対する恩一つ受け取ろうとはしないだろうが。

直後、聞こえたその言葉。

そう言われては最早、言い逃れが出来るはずもなくて。

……私の知るヴァルターの性格。そしてこれまでの出来事を踏まえれば、分からないフリをする事すらも難しかった。でも、その言葉に対する相応しい返事が思い付かなくて。

「…………」

……私は、聞こえなかったフリをした。

でも、こんな事をずっと続けられない事はちゃんと理解している。お互いに色々と勘付きながらも明言だけは避けてきたこの関係について、そろそろ腹を割って話さなきゃいけない事くらい。

……その考えを言葉に変えれば良いだけの話なのに、今はまだ、どうしてか私にはそれが出来なかった。

＊　＊　＊　＊　＊

「――――……そうですか。ヴァルター・ヴィア・スェベリアが此処に向かっている、と」

暗い、昏い空間。

消え入りそうな光源が点在するだけの視界不良の洞の奥にて、ぽつりと、消え入りそうな声で色素の抜けた白髪の男性がそう呟いた。

「……まさか、あのクソ国王と此処に来ても出会っちまうとは。どーすんですか。聞けば、相当な腕利きもあのクソ国王の側に二人いるとか」

「らしいですねえ。ですが、それは我々からすれば好都合というものでしょう。あの憎きスェベリア王を殺す機会が転がり込んできた。そうは捉えられませんかね？」

そう言いながら、ニマニマと白髪の男は不気味な笑みを浮かべつつ、ある一点に視線を向ける。

そこには鉄格子越しに肢体を鎖で繋がれ、膝をついて項垂れた状態のナニカが一つ。

「まだ完成と言える段階にありませんが、まぁ、あの王を始末出来るのであれば、此方にある程度損害が出ようが許容範囲内です」

「――――成る程。〝魔人〟を使う、と」

「実に業腹ではありますが、あの王は強い。轟いている勇名は伊達じゃありません。それも、その武勇は〝華凶〟を一方的に壊滅に追い込める程。であるからこそ、手段は選んでられない。そうでしょう？」

　一見すると草臥(くたび)れただけの人間にしか見えないソレであるが、見るものが見れば、その恐ろしさに気付くことだろう。

　その男のナリをしただけの人間に内包される魔力の質。その異常性に。

「お陰で〝亡霊〟がわんさかと生まれてしまいましたが、まぁこればかりは仕方がありませんねえ。色々と勘繰る輩はいましたが、あの方がちゃんと此方の要望通りに動いてくれたお陰でここまでは恙(つつが)無(な)く進められました」

　白髪の男が脳内で思い浮かべたのは一人の男性の姿。ミスレナ商国において、最上の権力を与えられた『豪商』と呼ばれる三人。そのうちの一人であった。

「時期尚早。そんな事はわかっていますがこうなった以上、コレを彼にぶつける他ないでしょう。とある東の国の言葉を借りるとすれば――――〝飛んで火にいる夏の虫〟ってところですかね」

「オレらが火で、あいつらが虫って事っすか。まぁなんというか、上手い言葉を考える奴もいたもんだ」

「そうですねえ。……ただ、一つだけ懸念が」

「懸念、っすか」

　白と赤の入り混じる仮面をつけた男が怪訝そうに首を傾げ、そう問い返す。

「ええ。貴方の耳にも届いていたでしょう？　先程の轟音が」

「それは、まあ」

白髪の男が指摘したのはつい数十秒前の出来事。彼らが根城とする洞に響き渡った轟音についてであった。

「恐らくあれは魔法の仕業でしょう。誰かがここで暴れでもしてるんでしょうね。しかし、それは一体、誰の仕業なんでしょう」

「…………」

そう言われ、仮面の男は口籠る。

「ヴァルター・ヴィア・スェベリアは言わずと知れた人嫌いです。仮に、側に人をつけるとしても妥協出来る人間というのはかなり限られている。しかし、スェベリアの騎士団長であるユリウス・メセルディアを始めとして、彼に比較的近しい人間の大半が剣士です。決して彼らは魔法使いではありません。とすれば、先の轟音は、一体誰の手によるものなのでしょう？」

彼らは〝華凶〟の人間。

故に、ヴァルターに対する恨みも計り知れず、その為に色々と調べ尽くしている。

だからこそ、分からなかったのだ。

あのヴァルター・ヴィア・スェベリアが素性の知れない魔法使いを己の側に置くだろうか、と。

内情を知り尽くしている人間だからこそ、疑問を覚える。

故に、底知れないナニカを感じてしまう。

「鬼が出るか蛇が出るか。やはり、〝魔人(アレ)〟を使う他ありませんねぇ」

ケタケタと笑い、白髪の男は身を震わせた。

「……しかしまぁ、とんでもねえ事を考える奴もいたもんすねえ？　まさか、実体の存在しない〝亡霊〟を人の中へ無理やり強引に取り込ませ、〝魔人〟として更なる高次の存在に昇華させる。そんな考え、普通の人間じゃ思いつきもしませんって」

「ま、流石の僕もそれにには同意ですね。ただ、そうまでしなければ、倒せないような化物が過去にはいたんでしょう」

だから、〝魔人〟のような得体の知れないモノの造り方が遺されていたのだろうと彼は言う。

数多の〝亡霊〟と母体となる人間のキメラ。

それが彼らが〝魔人〟と名付けるナニカの正体。その悍ましさの片鱗は、魔法を封じる手枷足枷をつけられ、鉄格子に囚われていて尚、感じる事が出来る程。

「しかし、案ずる事はありません。完成でないとはいえ、〝魔人〟はそういった化物を倒す為に生み出される筈だったモノです。いくらあのスェベリア最強と謳われるヴァルター・ヴィア・スェベリアであろうと、勝ち目は万が一にもありませんよ」

「……それは、まぁ、分かるんすけど、果たしてアレがオレらの言う事を素直に聞きますかね。いやそもそも、聞く耳が機能してるかもありゃ不明っすよ」

ぴくりとも動かない人間だったモノに仮面の男は焦点を当てながら呆れ半分に宣う。

しかし、白髪の男はその発言に対してため息を一つ。君は何も分かっちゃいないと呆れていた。

「僕の魔法を忘れたんですか？　他者の精神を弄る事を得意とする僕の魔法を」

魔法には様々な種類があるものの、過去に存在した規格外――――〝貪狼ヨーゼフ〟のような例外を除いて基本的に、人は多くても二つ三つの種類しか魔法は扱えないとされている。

そして、そこには天性の適性というものが存在しており、火の魔法を扱いたくても適性がなければどれだけ努力を重ねようが、使える日は一生涯やってくる事はないのだ。

「……あれを、洗脳出来るんすか？」

「さぁ？　ですが、出来ない事はないでしょう」

信じられないと言わんばかりに言葉を紡いだ仮面の男に対し、白髪の男はそう言い切る。

「……ただ、問題が一点」

「というと？」

「僕の魔法は、内包された魔力に作用して効果を発揮するタイプの魔法なんですよ。なので、洗脳を試みる場合、魔力を封じ込んでいる手枷足枷を外さなくてはならないんですよねえ。せめて先代が生きていれば取り押さえ……いえ、それを今言っても仕方がありませんか」

白髪の男。

名を――――カザフス。

彼は、数年ほど前にヴァルターが〝華凶〟を滅さんと荒らしに荒らした一件から逃れた生き残りの一人であり、現在の〝華凶〟の頭領であった。

しかし、カザフスは実力で選ばれたわけではなく、ヴァルターにぶち殺された先代の〝華凶〟頭領の側近であったが故に選ばれた人間。

だからこそ、そんな弱音が口を衝いて出てきてしまう。先代がいてくれていたならば、と。

「――――と、言ってる間に残された時間も僅かとなってしまったらしいですねえ」
二、三、繰り返し響く轟音。
その音は確実に大きくなっていた。

恐らくもうすぐ近くにまで来ている。そんな確信がカザフスの中にはあった。そして、それは仮面の男の中にも。

「さ、どうなるかは分かりませんが、急ぐとしますか。……僕みたいな悪党が言うような言葉じゃありませんが、此処からは弔い合戦とでもいきましょうかねえ？」

くひひっ。

色素の薄い唇の端を吊り上げながら目を細め、カザフスは嗤う。

そんな彼の瞳の煌めきは危うく、あえて言葉に変えるとすれば、それは正しく歪んだ瞳であった。

「――――出番ですよ、〝魔人〟」

ゆっくりとした足取りで歩み寄り、カザフスは南京錠を外す。そしてキィ、と音を立てて鉄格子は開かれた。

やがて、青白く光る輝きを双眸に薄らと纏わせながらカザフスは告げる。

まるで刷り込むように、ゆっくりと、手枷を外しながら、念入りに。

「僕と、そこの男」

そう言って仮面の男を指差してから、

「この二人を除いた全てを――――殺して下さい。貴方の中で際限なく湧き上がる殺戮衝動に全て、身を委ねて」

がしゃり、と〝魔人〟の右手を拘束していた手枷が音を立てて地面に落ちる。

「容赦はいりません。徹底的に、殺して下さい」

次は、左手。

刹那、ぴくりとも動かなかった〝魔人〟の身体が小刻みに震え始めていた。

「いいですか。特に男。銀髪の男は刺し違えようが、絶対に」

そして、右足。

〝魔人〟を縛り付けていた枷はあと一つ。

これを外せば、魔力を根こそぎ奪い、魔法を使えなくするという効果が完全に消滅する。

肉食獣を野に放つようなものである。しかし、カザフスは誰よりもそれを望んでいた。

故に、〝魔人〟を縛り付ける最後の枷――――左足へと手を伸ばす。

手に掛けると同時、言葉に魔力を乗せて彼は言葉を紡いだ。

洗脳魔法特有の代償。

己よりも上位の存在に対して洗脳を試みた場合、特に顕著にあらわれてしまう頭の内側を灼くような痛みに苦悶の声を噛み殺しながら、

「さぁ、貴方の力を見せて下さい。獲物は目の前です。さぁ、さぁさぁさぁサァサァサァサア――――」

悠然とした足取りでやって来る二人の人間。

その姿を尻目に捉える彼は、愉悦に相貌を歪め、嗜虐の声音で紡いだ。

「————アイツらをコロセ」

直後。ぶわり、と辺りを覆い尽くす突き刺すような殺気の発露。

程なく、その身体の何処にそれだけの力があったのだと思わず叫びたくなる程の獣の如き敏捷性を以て、〝魔人〟と呼ばれていたモノが跳び上がる。

次いで、行われるは残像を残す踏み込み。

そして、肉薄を試みる。

まさしく、〝魔人〟としか形容しようのないその異質さに。異常性に。規格外さに。それら全てを前に、カザフスは身体を、喉を、盛大に思わず震わせてしまっていた。

「……ハ、ハハハッ、ハハハハハハハ————ッ!!!」

見覚えのある銀髪の男——ヴァルター・ヴィア・スェベリア。そして、カザフスにとって見覚えのない剣すら抜いていない亜麻色髪の少女————フローラ・ウェイベイアの姿を視線で射抜きながら何度も、何度も繰り返し嗤う。

抗え、抗え、抗え。

抗った果てに、無様に死んで逝けと。

その想いは笑い声に変わり、際限なく場に轟いていた。

「────ん」

やって来る違和感。直後、理解する。

その正体は、全身を突き刺すような殺気であった。

洞に足を踏み入れてから一度として感じなかった死神もかくやという段違いの殺気。その発露。

ただ、同時に疑問も抱いた。

ここまで露骨に殺気をあらわにするという事は余程の自信家であるか、考えなしの馬鹿と相場は決まってる。しかし、私達は今、暗殺者集団の根城にいる。ならば、油断はしないが賢明だろう。

「迸れ────〝白雷〟」

やがて、一言。

魔力の節約を考えながら使用していた魔法を再度発動。ばちり、と音を立てて私の腕の付近で白い火花を散らす〝白雷〟によって暗がりの視界が薄く照らされる。

あれは、なんだろうか。

そう考えた一瞬の間に、ナニカは恐るべき速度で此方に接近。

黒い塊。そう、辛うじて認識が出来た。

殺意の出どころは間違いなくアレから。

危険度も先程までの下っ端とは比べるまでもない。そして、ナニカの矛先は私────ではなく、ヴァルターだろうか。

カタチは人型。

けれど、人間というには些か異質に過ぎる。

魔力の質、加えて魔力量。

人間の域を遥かに凌駕し、最早、〝亡霊〟のような魔物と言われた方が納得がいく。

そして気付けば既に間合いは十数メートル。

私という存在は眼中になく、相手の双眸はヴァルターに焦点をあてて離さない事は足取りから容易に察することが出来る。

幽鬼を思わせる程の顔色の悪さ。

見え隠れする肌は灰色。

……気味が悪い。

思わずそんな感想を抱かざるを得なかったが、それよりも今の私の心境は苛立ちの方が優に上回っていた。

あの得体の知れないナニカは易々と私の側を通り抜けられると思っているのだろうか。

私を無視してヴァルターを殺せると、そう本気で思ってるのだろうか。

————……ふざけんな。

「申し訳ないけど、ここから先へ通すわけにはいかないんだよね」

ゆったりと、精一杯の苦笑いを浮かべながらも呑気にそう告げる私であったが、右の手はユリウスから譲り受けた無銘の剣へと伸びていた。

シン、と静まり返った洞の奥。

それ故に私の声はよく響いたけれど、言葉が返って来る気配は一向に感じられない。

そしてつまり、それが答え。

「前から一体。魔力の質からして、人間ではないだろうな」

「……分かってますよ」

微塵も己が殺されると思っていないのか。

普段と変わらぬ様子でヴァルターが私の背後からそう指摘してくれていた。

程なく抜剣。

手に纏わりついていた〝白雷〟が、とぐろを巻くように螺旋状にぐるぐると手にする無銘の剣にまで伝播する。

そして、あと数秒もせずに私の下付近にたどり着くと予想して、躊躇うことなく思い切り踏み込む。

続け様、コンマ以下の速度にて振り抜く凶刃(やいば)。しかしながら、私のその一撃は、防がれる。その証左と言わんばかりに甲高く響き渡る衝突音。

「魔力、剣――――?」

抱いた感情は驚愕。

けれど、それは決して防がれた事に対する驚愕ではなかった。

「ッ、おっ、と……!!」

だが、その疑問を丁寧にどうしてだろうかとじっくり吟味している余裕はない。

……いや、吟味するまでもない。その答えは単純明快だった。ヴァルターも言っていた事だろうがと私は自分自身を無理矢理に納得させる。

「人間」のナリをしておきながら、〝亡霊〟しか扱えないとされる魔力剣を扱えてる理由。それは目の前の人間ぽいものの正体が〝亡霊〟であるからに他ならない。

「————!!!」

直後、言葉にならない呻き声と共に極限とも言える殺意が私に向けられる。

気付けば、私の脳天を叩き割らんと直ぐそこまで剣は迫っていた。……だけど。

「……バレバレの一撃ほど、怖くないものは無いんだけど？」

明らかにソレと分かる嘲弄を顔に貼り付け、私は左へ身を翻して回避。

やがてやって来る地面を叩き割る轟音と、勢いよく周囲へ飛び散る砂礫を一顧だにせず、横一直線に剣を走らせる。

「っ、て、まじ、で……？」

二度目の驚愕。

走高跳のような要領にて、相手は跳躍し、身を虚空に躍らせる事で私の一撃を回避。

……なんつー、挙動してんのコイツ。

思わずそんな感想を抱いた私は悪くない。

そしてそのまま足が地についていない状態で、身体を捻り、勢いを少しでも多く乗せた状態を作って放たれる一閃。白い軌跡が、迸る。

「……まぁ、でも、関係ないんだけどね」

余裕綽々と私は言葉を紡いだ。

剣を握る右手は振り抜いた直後。迫る一撃を防ぐには僅かに時が足らない。

けれど、ならば左手で対処すれば良いだけの話。

私は迫る一撃に備えんと左の手を翳し、魔力剣の刃を片手で白刃取り(しらはど)り。

尋常でない膂力(りょりょく)にて放たれた一撃であるからか、ずしん、と受け止めた私に圧が加わり、地面が僅かに陥没。

「――――〝雷撃(シュラーク)〟」

しかしそれに構わず、一呼吸入れる間すら惜しんで私が言葉を紡ぐと同時、眩い雷光が轟音を伴って無数に眼前に迸る。

「む」

直後、白刃取りした魔力剣が随分と軽くなっていた事に気付く。

どうにも、直前で剣を手放して〝雷撃(シュラーク)〟の回避を優先したらしい。

獣染みた危機察知能力である。

「…………へえ、やるね。でも、」

そこで言葉を止める。

「――――そこは通さないって言ったよねえ?」

先の一瞬とも言えるやり取りにて、楽に排除出来る存在でないと判断したのか。

〝雷撃(シュラーク)〟を回避してみせた相手は私の存在を無視してヴァルターを先に始末すると答えを出したのだろう。

しかし、それを私は拒む。

限界まで圧搾した殺意を言葉に変換して言い放ちながら、ヴァルターに殺意を向けるソレを嫌悪する。嫌悪して、威嚇する。そして威嚇して、

「人の忠告は聞いておこうね」

柄へと更に力を込める。

勿論、手加減はなし。

程なくスゥ、と私は息を吸い、〝雷撃(シュラーク)〟を撃ち放った直後に姿を晦(くら)ませた敵の位置を予測。そして、緊張感など知らんと言わんばかりに堂々と面白おかしそうに笑うヴァルター。

その直ぐ側の何もない空間目掛けて――――剣を振るう。

そしてその予測は、

「……ッ、……っ!!」

見事に的中。

確かな感触が剣越しにやって来ると同時、火花が私の眼前の景色を鮮やかに彩った。

なれど、それに構わず休む間もなく次を敢行。

新たな魔力剣を創造していた敵に対して袈裟斬り、逆袈裟と、間断のない攻めを一呼吸の間で試み、大気をズタズタに斬り裂いてゆく。

相手が「人間」のナリをしていようと、私の中に僅かな曇りも存在しない。

私にとっての守るべき対象を殺そうとするのであれば、そこに躊躇など入り込む余地はない。

たとえそれが、私とそう変わらない「子供」のナリであろうと。

やがて、上限知らずに苛烈さを増してゆく剣戟の音に、不協和音が混じり込んだ。

「――――硬、い？」

それは、私の攻撃ですら満足に防ぎ切れなかった敵の肌に、刃が走ったと同時に漏らしてしまった私の感想。

まるで鋼に向かって剣を走らせたような感触に、眉根を寄せる。

元より、「人間」のナリをしているだけだと判断していたものの、硬い皮膚ともなれば顔を顰めざるを得ない。それも、本気で斬ろうと試みて僅かに刃が肌に食い込む程度の強度を持った肌であるならば。

そして、私の攻撃がほんの少し鈍くなったその瞬間を見逃す事なく敵は一目散に飛び退き、距離を取っていた。

そんな折。

「恐らく、魔法か何かだろう。魔力剣が扱えてるんだ。他に何かがあったところで不思議でも何でもないだろうが」

ヴァルターの言葉がやって来る。

その的確な指摘に、私は胸中で同意する。

まず間違いなく彼の言う通りであったから。

「とはいえ、その疑問は恐らく直ぐにでも解消されるだろうがな」

何を思ってか。

ヴァルターはそんな事を言い放つ。

その言葉に何処か嘲りの感情が含まれているような、そんな気がしたのはきっと気のせいではないのだろう。

「前から二人。今度は正真正銘の人間だ」

後退した敵に注意を全て注ぎ込んでいたからか。ヴァルターが言葉を口にするまでその気配に気付く事が出来ていなかった。

やがて、くひひひひ、と気色の悪い笑い声が聞こえて来る。その笑い声は思わず、背中が粟立つ程の気持ち悪さであった。

「今度は、〝華凶〟ですかね」

「だろうな。魔力は相変わらず大した事ないが、気は抜くなよ」

「分かってますって」

なにせ、私は一度殺されている人間。

ヴァルターのその言葉があろうとなかろうと、気が抜けるはずもなかった。

「いやぁ、お見事ですねえ。この〝魔人〟は割と僕の自信作だったんですが、傷ひとつ与えられないとは」

暗闇に覆われた視線の先。

そこからやって来る声音。

それはどうしてか、何処か愉しげでもあった。

「これは完全な完成品とはいえませんが、恐らく、貴女相手であれば、たとえ完全であったとしてもこの結果に変わりはなかったでしょうねえ」

「なら、諦めて首切ってくれると此方(こっち)としては大助かりなんだけどね」

「いえいえ、ご冗談を。とはいえ、もし仮に僕が死ぬとすれば、首を切るのではなく、あなた方を巻き込んで自爆しますがねえ」

はっはっはっは！

と、演技めいた快活な笑いが場に響く。

勿論、笑えるところなんて何処にも存在していない。お陰で急激に頭が冷えていく感覚に見舞われた。

「ま、この僕が勝てる見込みはないと判断すればまず間違いなく自爆という手段を選んだ事でしょう。ですが、今はまだ、そうする必要性は感じられない。そもそも、あなた方は一つ勘違いをしていらっしゃる」

よく喋る。

そう思いつつも、わざわざ手の内を晒してくれるのであればと、先ほどまで剣を交わしていた「人間」のナリをした敵の一挙一動を見逃すまいと私は注視し続けていた。

「貴女が戦っていた〝魔人（コレ）〟は、今の段階であれば万が一にも貴女に勝てる筈もないでしょう。ただ、ヴァルター・ヴィア・スェベリア。貴方は疑問に思いませんでしたか？　どうして、〝華凶（我々）〟が、拠点にこの場を選んだのか、と」

　強く疑問に思わなかった事実であるが、あえてそう指摘され、漸く不思議に思う。

　見つかり難い場所だったからなんじゃないのかと、勝手に納得していたけれどあまりにそれは理由としては安易過ぎやしないだろうか、と。

　そして側でヴァルターは周囲に視線を一度巡らせる。彼の表情は何処か険しく、細められた目がその印象を助長していた。

「……成る程な。この洞からは、微量ながら魔力が生まれていたか」

「ハ、ハハっ、流石はスェベリア王ですねえ!!　魔力に対する聡さは随一だ。でしたら、もう僕が何を言いたいのか、ご存じなのでは？」

　本来、魔力というものは生物にしか備わっていないものであるという認識が広まっている。

　ただ、その中にも時折例外が存在しており、偶に魔力を生み出す鉱物といった無機物も存在しているのだ。

　しかし、未だ話は見えてこなかった。

　そんな私をよそに、

「……ここの魔力を吸収してるのか。それも、若干ではあるが、魔力の保有量が膨らんでいるな」

　そう、ヴァルターが述べていた。

けれど言葉はそれだけで終わらない。

「だが、それがなんだ？　時間をかければかけるほど強くなるとでも言いたいのか？　で、それで？」

嘲る。

盛大にこれでもかと言わんばかりにヴァルターは彼らを嘲弄する。

「見たところ、人体実験でもソイツに施したか？　だが、言わせてもらうがそれはただの浅知恵に過ぎん。その程度で俺を殺せると？　もし、本当にそう思っているならば、幸せな頭をしていると言わざるを得んな」

そして、ヴァルターは前へと一歩踏み出した。

二歩、三歩と続き、私より前に出ようとしたところで制止を試みる。

「陛下」

しかし、私のその声は届かない。黙殺し、更に前へ出られるだけ。

まるで今度は俺の番と言わんばかりに、やがてヴァルターは私の前に立つ。

「不服か？　なら試せば良いだろうが？　子供でもたどり着く簡単な話だ」

つい先程までは愉悦に表情歪めて、楽しそうにケタケタ笑っていた白髪の男であるが、ヴァルターに全否定を食らい、挙句、盛大に嘲られたものだからか。

すっかりその鳴りを潜めてしまっていた。

暗闇のせいで判然としないが、その相貌は怒っているようにも見える。

などと思った次の瞬間。

終始、私が注意を向けていた敵――〝魔人〟の姿が一瞬にして掻き消える。

それに気づいた私が慌てて割って入ろうとするも、そうするより早く声がやってきた。

「いらん」

主語はない。

だから、何に対しての「いらん」なのか。

その正確な答えは分からないけれど、きっと、「心配」はいらんという事なのだろう。

次の瞬間。

私の心配は、轟音と共にとんでもない光景に上書きされる。

「折れろ」

「――――……ァ、ガッ!?」

……正しく、神速。

目にも留まらぬ速さで抜剣。

そこから、間合いをゼロへと刹那の時間で縮めようとした敵の攻撃を避けるや否や、たった一撃当てただけで、敵の姿はくの字に折れ曲がり吐血。

そしてそのまま遥か後方へと敵の姿が勢い良く飛ばされて行き、程なく凄まじい衝突音が響き渡った。

スェベリア最強。

決してそれを疑っていたわけではない。勿論、立場上必要である事は分かるけれど、護衛（私）っていらなくない？　などとつい、思ってしまった私はきっと悪くない。

「……あぁ、もう」

協調性なんてものにハナから期待はして無かったけれど、自分勝手にも程がある。

己の立場ってものをやっぱり理解してないよコイツ。

などと胸中で愚痴りながらも、私はもう一度、剣を握る右手に力を込める。

そしてため息交じりに、

「ま、何となくこうなる気はしてましたけどね」

ヴァルターに背を向け、そして再び剣を振るう。刹那、生まれる火花。響く衝突音。

程なく、闇に身を溶け込ませ、機を窺っていたにもかかわらず、当然のように私に防がれた事実が信じられなかったのか。

一瞬だけ姿が視認出来た仮面の男は「……これを防げちゃうんすか……ッ!?」などと声をもらす。

「――――っ、」

「これでも何度か貴方達みたいな人と私、戦った経験があるので」

だから、同じ手口の奇襲は通じないよと言ってやる。なにせ、そのお陰で十分過ぎるほど、痛い目をみた。同じ技に二度もやられてやるほど、私も馬鹿じゃない。

「冗談……!!」

信じられないと言わんばかりの言動。

しかし、それでも必殺を期した一撃が防がれたという事実に変わりはないと冷静に判断したのか。仮面の男はそのまま飛び退いて後退。

やがて、キィン、と魔法発動の兆候でもある甲高い音と共に視界に映り込む白色の魔法陣。

どうにも、暗殺者のナリをしておきながら彼は魔法使いでもあったらしい。

そんな感想を抱いているうちに魔法陣が完成。

そしてそれを私は目視。

どういった魔法陣であるかをこれまでの経験から導き出し、頭の中で理解。

「天貫け────!!」

魔法の行使を試みる仮面の男を見遣りながら、私もそれに対抗するように、白い魔法陣を足下に浮かばせる。狙ってやった事だから当然なんだけれど、それは仮面の男が浮かばせた魔法陣と遜色ないもの。

……そんな馬鹿な話があるものかと。

仮面越しにも、その動揺は手に取るようにわかったけれど、出来ちゃうんだから仕方がないじゃんと胸中で言い訳。

直後、紡がれる魔法。

まるで生き物のように洞の表面がボコボコと音を立てて変形。

やがて突出し、槍のような形を形成したのち、

「ッ、────〝大地の槍(カルネージ)〟────ッ!!」

紡ぎ終わる魔法発動の言葉。

心なしその一言に、ほんの僅かな逡巡が入り混じっていたが、それでもやはり、一瞬のうちに模倣を終えて対抗するなんて行為はあり得ないと。

己にとっての常識が後押ししたのだろう。

でもそれは、私に言わせれば間違いなく悪手であった。

「〝大地の槍（カルネージ）〟」

彼に続くように、私も魔法を紡ぐ。

そしてそれは、彼と殆ど同じ魔法。

ただ、一瞬で見て模倣したが為に若干の違いはあるがそれでも、言葉と共に私達目掛けて撃ち放たれた槍に対抗するように、私が生み出した〝大地の槍（カルネージ）〟が迎え撃つ。

間もなくぶつかり合い――綺麗に相殺。

壮絶な衝突音の後にはパラパラと、砂煙が僅かに舞うのみ。

「…………」

生まれる一瞬の静寂。

そして、驚愕でもしていたのか。

身体を硬直させる仮面の男であったが、それも刹那。その姿は一瞬にして掻き消える。

一定間隔で聞こえてくる接地の音。

肉薄を試みたのだと理解。

やがて瞬く間に生まれていた距離をゼロへと変えられ、私に迫る銀の軌跡。

なれど、

「攻撃が直線的過ぎるんですよね」

バレバレの脳天目掛けた一撃に対して、私は身を翻す事で危なげなく回避。

続けて二度、三度と剣を振るわれ、それらに対して的確に防いでみせたところで仮面の男は何を思ってか、再び私から距離を取った。

「は、ははっ……」

引きつったような苦笑いが仮面越しに聞こえてくる。

「……あんた、一体何者なんすか？」

程なく投げ掛けられる問い。

そこに秘められた感情は、嫌悪か、困惑か。

何にせよ、負の感情に近い何かである事に変わりはなかった。

「さっきまでのやり取りでそれなりに理解したんすけど、魔法や剣の技量は勿論の事。あんたを支えてるその精神性。邪魔をするなら容赦なく殺すっつー姿勢はどちらかといえば裏の人間側に近い。にもかかわらず、新参であるはずのあんたはそこの王様から全幅の信頼を置かれてる。このオレですら、あんたの事は得体がしれねえと思ってんのに、だ」

恐らく、事前にヴァルターの事に関しては情報を集めていたのだろう。だとすれば、私が新参だなんだと知っている事にも納得がいく。

仮面に遮られているせいで、分かり辛くもあるけれど、彼のその視線はヴァルターを一顧だにせず、私にのみ注がれていた。

「何者なんですかって、どうせ既に調べ終わってるんでしょう？　それが答えですよ」

「その上で、分からねえから聞いてるってあんたも分かってんでしょうに」

無駄に質問を繰り返させるなと責められる。

しかし、そうなると彼が納得出来る答えというやつは何処にも転がっていないという事になってしまう。

死んだ筈の人間が気が付いたら転生していた。

なんて話を誰が信じると言うのだろうか。

きっと信じる人間は……ヴァルターとか意外と信じてそうなのでこれ以上は考える事を私は放棄した。

「こうして話してるとより顕著に分かっちまうんすけど、一見、隙だらけに見えて油断や慢心は何処にも欠片すら見当たらねえ。どんな人生を送ってりゃ、その歳でそうなれるんすかねえ……？」

そりゃ勿論、油断をしていないのは〝華凶〟に私は一度殺されたからだよと心の中で返事をする。

己を殺してくれた相手に対して、どうして無防備に、無警戒に対応してやらないといけないのか。

そんな当たり前の事を聞くものだから、私は白けたように表情を消した。

その反応に、これ以上、この話題を続けてはいけないと思ったのか。

唐突に投げ掛けられる言葉の話題が変わる。

「時に、あんたはどうしてそいつを守ってるんすか？」

「守っちゃいけないんですか？」

「いやいや、別にそうは言ってねえっすよ。ただ、あんたはそこの王に特にこれといった義理は抱いてねえでしょうに。なのにどうして守ってんのか気になったんすよ、フローラ・ウェイベイアさん？」

名前を言い当てられる。

しかし、動揺はなかった。

相手はあの〝華凶〟。

情報に関しては抜かりはないだろうし、そもそも知られて当然であると思って考えていたから、私が声に出して驚くこともない。

「それを貴方に言う必要が何処にあります？」

罪悪感があーだこーだと誰かに聞かせるつもりはないので、たとえここで「ある」と言われようが、そんな事知るかバカ！　で済ませるつもりだった。

けれど、仮面の男はその私の反応を公言出来るほど確固たる揺るぎない理由はないと判断してか、

「────金貨六千枚」

突如として、彼はそんな事を宣った。

「下手すりゃ城ひとつ丸ごと買えちまうようなこの額が、何を表す金額かご存じで？」

「さあ？」

「あんたが守るそこの王様に、裏で付けられてる懸賞金。その総額っすよ」

そう言われ、私が初めに抱いた感情は随分とヴァルターのやつ、やんちゃしたんだなあ。で、あった。

王位継承の際に、色んな方面から恨みを買ってしまっていると既に知っていたし、だからこそ、その繋がりで多くの人間から恨まれていようが別段、驚くような事でもない。

それに、武が突出し過ぎているが故にヴァルターに対してのみ、武力的な脅しは一切通用はしないので恐らくここ近年では例を見ないほど扱い辛い王であることは言わずもがな。

退位して欲しいと願う人間が一定数存在するのは考えるまでもなく明らかであった。

「で、それが何なんですか？」

「いや、率直に疑問に思っただけっす。なにせ、特にこれといってそこの王様に恩義もねえ筈のあんたが、実の肉親である大叔父を殺した奴にどうして付き従ってんのか。それが理解出来ねえんすよ」

予期せぬ情報に、少しだけ眉根が寄る。

ただ、この場合はフローラ・ウェイベイアにとっての大叔父なのだろう。

「その様子を見る限り、知らなかったみたいっすねえ？　それとも、あえて伝えられてなかったんすかね？」

神経を逆撫でしてくる気味の悪い声が聞こえる。

仮面の男の声は、喜色に弾んでいた。

確かに、私が本当にフローラ・ウェイベイアであるならば、その一言は致命的な一撃になり得たかもしれない。

だけど、この場にいるのは十七年前の当時を知る人間である私。フローラ・ウェイベイアであって、フローラ・ウェイベイアでないような曖昧な存在だ。

故に、ヴァルターの性格は勿論、彼が大勢の身内や貴族を排除した事も、アレばかりは仕方がない事だと私は既に答えを出してしまっている。

当時の上層部連中に、腐った奴が多かった事も。中立を貫いていたハーメリアのような人間が重用されている事も。私は全部知ってる。

ヴァルターが、意味もなく誰かを殺すような人間でない事も。ぜんぶ。

「あんたの大叔父を殺したのは他でもねえ、そいつっすよ？」

だから、なんだというのか。

喉元につきつけられた言葉をどこまでも私は軽んじる。そして、侮蔑する。そんな言葉には何の意味もないのだと言わんばかりに。

「下手すりゃ、あんたの身内はその王がいる限りまだ殺されるかもしんねえ」

あー、あー。煩い煩い。

色々と限界が近いから黙ってくれないかなぁといくら私が思おうと、仮面の男は口を閉じない。

それどころか、捲し立てる始末。

「だというのにあんたはそんなロクでもねえ王に付き従ってるってわけだ。守ってるわけだ！」

感情任せに叫ばれる。

あと一押し。

もしかすると、そんな下らない事でも考えているのかもしれない。

閉口をして、その突きつけられた事実に対して葛藤の感情が頭の中に渦巻き、硬直している。

傍から見たら今の私はそう見えるかもしれないけどその実、心の中では早く黙らないかなとしか思っていない。というより、最早言葉に耳を貸してすらなかった。

そもそも、あの時の事を何も知らない奴が語ったところで私の琴線には一切響かない。

私は、私が正しいと思う道を貫くだけ。

だから。

だからいい加減、そろそろ黙れよ。

「浮かばれねえっすねえ!?　あんたの大叔父も!!!」

威勢よく鼓舞するように叫ばれた後、仮面の男の空いていた左手が懐に伸びる。

取り出した物は、短剣だろうか。

そして、会話を挟む事で揺さぶり、私の隙を突こうと試みた仮面の男に対して、明らかにそれと分かる嘲弄の感情を貼り付けた表情を向ける。

「元気いっぱいに叫んでくれてるところ悪いんだけど……あのね、そもそもそんな事は私の知った事じゃないんだ」

詰まる間合い。

誰に聞かせるわけでなく、そうひとりごちながら、私は力いっぱいに剣の柄を握り締める。

「────ッ!!!」

肉薄し、迫り来る仮面の男の姿を見据える私に対して毒か何かが塗りたくられたナイフが投擲さ
れる。けれど、それを難なく私は叩き落とし、そのまま袈裟懸けに、一閃。

色々と聞かされて苛立っていたからか、剣線が弧を描くその速度はここに来て最速。

満足に対応できなかった仮面の男の手から剣が弾かれる。

それを好機と捉えて私は続け様に一閃。

男の身体から、赤い飛沫があがる。

「っ、ぁぐ、ッ!?」

追い討ちをかけるようにそのまま二撃、三撃と、斬りつけた場所をなぞるように斬り上げ、再び
袈裟に斬り下ろす。

「それに、本当にロクでもないヤツならハーメリアやユリウスからあんなに世話を焼かれるわけな
いし」

サテリカの王や、スェベリアの騎士達の反応を見ればよく分かるけど、本当に救えない暴君のよ
うな王様であるならば、間違ってもあんな対応はされない。

当初、私に食ってかかって来ていたライバードさんなんて、ヴァルターに思いっきり意見してた
し。暴君なら間違いなく打首死刑ものである。

てか、そもそも。

「というか、もう知ってるかもしれないけど、私、〝華凶(貴方達)〟の事大っ嫌いなんだよね。一人残らずぶっ殺しときたいくらいに」

　勿論、私怨百%の恨みである。

「だから――貴方はここでさようなら」

　苦悶の声を上げる仮面の男に対して私は無情に頭部目掛けて刃を振り下ろす。

　その瞬間、苦し紛れに何か言葉を漏らしていたような気がしたけれど。

「……ごめんね。今、なんか言った?」

　最早、言葉に耳を貸す気はなくて。

　前のめりに崩れ落ちる仮面の男に向かって、そう言葉を吐き捨てた。

「……いやはや、お見事です。そこの男はそれなりに優秀な人間だったのですがねえ」

　味方が殺され、さらに不利な状況に立たされたというにもかかわらず、白髪頭の男は若干の驚きの感情だけを瞳の奥に湛(たた)えてこうも容易く無力化されてしまうとは。と、言葉を付け加えながら、ぱちぱちと軽く手を叩いていた。

「その割に、むざむざと無駄死にさせるんですね」

　そこまで評価をしてるのならば、手の一つくらい貸してやれば良かったのに。

　私は抱いた感想をそのまま言葉に変えて言い放つ。

「ええ。幾ら優秀な人間とはいえ、己の命を懸けてまで助けるものではありませんからねえ」

〝華凶〟である貴方なら、そうだろうねと素直にそう思った。

一応、気を向けてはいたけれど、私とあの仮面の男が戦っている最中、白髪頭の彼は私どころか、ヴァルターにすら一切の手出しをしなかった。

……ううん。この場合は、したくても出来なかったと言うべきか。

ヴァルターから一瞬でも気を逸らした瞬間に己の命が終わる。そんな確信があったのだろう。

ゆえに、手が出せなかった。彼らが〝魔人〟と呼んだモノの回復をただじっと待つしかなかったのだ。

「……しかし、困りました。どんな心境の変化があったのか。今の貴方に、五年前の時のような隙なんてものは微塵も見当たらない」

ならば大人しく諦めてくれるのかと。

彼の言葉を耳にし、思わずそんな感想を抱いてしまう私だけれど、すぐさまその考えを否定する。

〝華凶（あいつら）〟は、そんな物分かりのいい人間ではない。それは、私が一番誰よりも理解している筈だろうが。

「本来であればあの〝魔人〟一体で全て事足りると思っていたのですが……とはいえ、計画に想定外は付きものでもある」

やがてニィ、と男の口角が僅かに吊り上がった。

————まだ、何かあるのか。

私がそう思ったと同時、男の足下が明滅。

そしてその光は、魔法陣を確かに描いていた。

「であるならば、貴方を片付けた後、スェベリア本国に回す予定であった戦力を全て此処で注ぎ込ませて頂きますかねえ……？」

「スェベリア本国にだと？」

「ええ。あなた方を始末した後で、貴方が〝華凶(我々)〟にしたように、今度は〝華凶(我々)〟が貴方を含め、スェベリアを滅茶苦茶にしてやろうかなと思った次第なんですよ。ま、その予定は既に頓挫。それ用の戦力は全てここに注ぎ込む事にしましたがねえっ!?」

立て続けに発光。

それも一箇所だけでなく、ありとあらゆる場所が一斉に明滅を始め、そこから黒い影がずずずと這い出てこようとしていた。

それは何処かで見た覚えのあるシルエット。

嗚呼、そうだ。あれは――――、

「――――グリムリーパー」

口を衝いて出てしまったその言葉こそが答え。

それも、その数は二桁をゆうに超えている。

召喚か。はたまた何処からか転移させたのか。

それは分からない。まだ判別しようがない。

だから、ヴァルターに危険が及ぶ前に、即座に術者を殺すという思考に切り替える。

しかし直後。

「あれ全て、お前に任せてもいいか」

これっぽっちも動揺していない普段通りの平淡なヴァルターの声が私の鼓膜を揺らす。

こちとら、今すぐにでも術者を始末しなくちゃ。と焦ってたのに、なんでヴァルターはそんなに余裕そうにしてるんだよ。

そう言ってやりたかったけれど、その一言のせいで、一瞬にして気持ちが霧散する。

「お前のその選択が間違っているとは言わない。だが、あいつはスェベリアに回すと言っていた。だとすれば、あいつを始末したところであれらの〝亡霊〟が綺麗さっぱり消えてくれるとは限らない。下手すれば俺達がいないスェベリアを襲う可能性すらある。だから、出来るならば懸念はここで断ち切っておきたい」

それは、ぐうの音も出ない正論だった。

そして、国の事を第一に考えているからこそ、出てくるその考えに私はほんの一瞬だけ瞠目（どうもく）してしまう。

「……成る程。そういう事でしたら、分かりました。〝亡霊（あれら）〟は全て、私が何とかしましょう」

「弱音を吐く事もなく、逡巡なくこれだけの数を前にして出来ると言い切るか」

「では、出来る筈がないと。陛下は私にそう言って欲しかったんですか？」

「そんなわけがあるか」

にべもなく一蹴。

この状況下に置かれて尚、無駄口を叩き合う。けれど、悠長に構えられる時間は限られていて。

「国の事を考えるのは勝手ですが……あなた方にそんな事を考える余裕があるんですかねえ？　この〝亡霊〟達はあなた方が知るような下級の〝亡霊〟とは違――――」

黙って私とヴァルターの会話を聞き流していた白髪頭の男が割り込んでくる。

けれども、そんな彼の発言なぞ知るかと言わんばかりに私は黙殺して言葉を紡ぐ。

「――――喰らい尽くせ、」

突として響く遠吠え。

それが幾重にもなって重なり、重なり、重なり、無数に浮かび上がっていた相手の魔法陣に対抗するように、出現した揺らめく炎は一つの形を形成する。そして、分離を始めた。

「――――〝雷炎狼（カグツチ）〟」

しかも、今回は特別製。

トラフ帝国元将軍――〝鬼火のガヴァリス〟の〝炎狼（カグツチ）〟の魔法に、無理矢理ヨルドの〝白雷〟を混ぜ込んだ即席の複合魔法。

その分、魔力消費は桁違いに多いけれど、そんなもの関係は――――、

ない。

「――――……む」

そう言い切ろうとしたところで、ツゥ、と何処か生暖かい感触が口元付近に広がった。

やがて口に入り込む液体。

それは何処か鉄のような味がして。

思わず左の手の甲で拭ってみると鮮紅色の液体が付着していた。

……恐らくは、魔力の使い過ぎだろう。

身体が発するこれ以上はやめておけという危険信号。でもまぁ、このくらいの無茶ならアメリアだった頃によくやっていたし、きっと大丈夫でしょとこのまま敢行。

白髪頭の男が発現させた数多の魔法陣から姿を覗かせるグリムリーパーを消滅させせんと、私が言葉で指示するまでもなく、〝雷炎狼〟が四散する。

「……まさか、あの〝鬼火のガヴァリス〟の〝炎狼〟を使えるとは。しかし、実に残念ですねえ。言ったでしょう？　この〝亡霊〟はスェベリアを襲わせる為に用意した特別製。洞の外に放っていた〝失敗作〟とはそもそもの格が――」

違うんですよねえ。

と、明らかにそれと分かる嘲弄を表情に貼り付ける白髪頭の男であったけれど、そんな事は知らんと言わんばかりに、雷を纏った炎狼が一斉に駆け走る。

そして、呆気なく――――グリムリーパーの姿が霧散した。それも、〝雷炎狼〟によるたった一撃で。

「――――は？」

聞こえてくる素っ頓狂な声。

その声が、彼の心境をありありと物語っていた。しかし、惚けた表情を浮かべたのも束の間。

「……殺って下さい」

ヴァルターに斬り飛ばされていた〝魔人〟を一瞥したのち、紡がれる殺意を孕んだ一言。

やがて後方から一際大きな轟音が響き渡り、まるで瞬間移動をしたのではと錯覚する程の速度を以て、私の眼前に〝魔人〟の姿が現れる。

虚ろな双眸は私を射抜いており、いつの間にやら手にしていた魔力剣を片手に振り上げる。

だけれど、

「俺を無視してくれるな」

割り込む影が一つ。

程なく、私に向けられていた一撃が薙ぎ払われ、続け様、二撃、三撃と凄絶な衝突音が響き渡る。

「ヴァルター・ヴィア・スェベリア……ッ」

「悠長に名を呼ぶ暇がお前にあるのか？」

白髪頭の男に対してそう問うた時、既に〝魔人〟の身体からは、決して少なくない量の鮮血がこぼれ落ちていた。

しかしまだ止まらない。

それどころか、苛烈さを増す剣戟の応酬。

〝亡霊〟にしか扱えないとされる魔力剣を片手に、持ち前の人並外れた膂力と、硬質な身体を十全に利用した立ち回り。

並の兵士であったならば、まず一合として保たないであろう怒濤の連撃。

しかし、雨霰(あめあられ)と降り注ぐその猛攻を、ヴァルターは平然と受け止め、受け流し、それどころか、反撃すらも織り交ぜる。

　一見すると互角にも見えるその攻防。

　なれど、一秒経るごとに浮き彫りとなって行く経験や技術の差。

　天性の才だけでは埋め切れない決定的な差が傷として〝魔人〟の身体に刻まれて行く。

「……お前の境遇には同情するがな、それでもこの世界では、弱ければ何一つとして守れない。自己も、友人も、臣下も。何も、かも」

　それは、〝魔人〟に向けられたであろう言葉。

　意思疎通など、見るからに不可能であると、きっとヴァルターも分かっているだろうに、その上で彼は苛烈極める打ち合いの最中にそんな言葉を溢していた。

「だから認められない未来があるのならば、どうにかして力を付ける他に道はない。己の力で以て否定しなければ、その未来を〝絶対〟に避ける事は決して叶わない。俺は、それを身をもって知った」

　だから、強くなったのだと。

　だから、負けられないのだと。

「〝華凶(お前ら)〟に、身をもって教えて貰った」

　どこまでも静謐(せいひつ)に、冷酷な瞳で〝魔人〟を射抜きながらヴァルターは告げる。

　直後、ぴしりと壊音が響いた。

　綻びを見せたのは〝魔人〟が手にする魔力剣。

そのせいで加速を続けるヴァルターの一撃に対し、あの〝魔人〟は新たに剣を創造しなくてはならないという致命的な一瞬の隙を作らざるを得なくなってしまう。

ひび割れた剣で受けられる程、ヴァルターの一撃は生易しいものではないから。

「だからこそ、力を以て全てを否定させて貰おうか。……嫌とは死んでも言わせんぞ」

その最後の一言だけは、〝魔人〟ではない他の誰かに向けられていた。

そして感情がこれでもかと言わんばかりに込められていたからか。

大声で怒鳴り散らされたわけでないのに、ヴァルターのその一言は脳髄深くにまで染み込んだ。

同時、理解する。

どうして、ヴァルター・ヴィア・スェベリアという人間が、どこまでも力を求めていたのか。

王という地位にありながら、武力を求めていたのかが。

とどのつまり、彼は純然たる〝力〟にしか信用を寄せていないのだ。

だから、己が身で剣を執り、こうして振るっているのだろう。

「二度は言わん――――どけ」

やがて、迸る白銀の軌跡。

実際に剣を振るい、ロクに通らなかった硬質な皮膚。それをまるで脆い薄氷でも割るかのように、ヴァルターはあっさり斬り裂いてみせる。そして斬り捨て、崩れ落ちる〝魔人〟を捨て置いて足を進め始める。一歩、二歩と前に進むたび、その間隔が小さくなり、加速。

〝魔人〟も斬り伏せられ、出現させた〝亡霊〟ですら〝雷炎狼（カグツチ）〟によって掻き消された現状。白髪頭の男を守るものは何処にも存在しておらず、最早ただの案山子(かかし)と化していた。

そして、そんな彼目掛けて肉薄し、ヴァルターは逡巡なく、一切の容赦を省いて虚空に銀の円弧を描いた。到底視認する事など出来ない一撃。

音すら置き去りにして、それは振り下ろされた。

虚空に舞う、鮮血。

袈裟懸けに振り下ろされたヴァルターのその一撃は、私の目から見てもまごう事なき致命傷を与えていた。

臓器にまで届いたであろう容赦ない一撃。

しかし、どうしてか胸騒ぎがした。

〝亡霊〟を倒した。切り札だったであろう〝魔人〟も倒した。外にいる〝華凶〟も恐らくユリウスが始末している。けれどもあの〝華凶〟がこれで終わりにするはずが無いと。

最後に一手、何かを残しているのではないのか。そんな予感がすべての手段を尽く(ことごと)打ち砕かれたにもかかわらず、不敵な笑みを浮かべる白髪頭の男の表情を見ていると無性に掻き立てられる。

そして次の瞬間。

その懸念は現実のものとなった。

「……道連れですか」

ヴァルターが彼を斬りつけた瞬間、ピシリと音を立てて洞の至る場所に亀裂が生じたその音を聞き逃す私ではなかった。やがて、がらがらと何かが崩れ落ちていく音が何処からともなく聞こえて来る。

そして、〝華凶〟のやり口を知る私だからこそ、瞬時にその答えにたどり着いていた。

つまりは、〝生体リンク〟。

ヴァルターと対峙した場合、どれ程策を講じようと絶対に勝てるという確信がどうしても持てなかったのだろう。

故に、彼は仕掛けを施した。

己の命が果てる瞬間、この洞も崩壊させる事で対峙した相手を道連れに出来る様に、無機物と己の命を一蓮托生として。

「ふ、っ、ふふふふふッ、そこの貴女はやはり、随分と聡いですねえ……」

身体から垂れ流れる鮮血を押さえるように、胸部に手を当てながらも蹌踉(よろ)めきながら二歩、三歩と白髪頭の男が後退。

けれども、そんな彼に対してヴァルターはトドメの追撃を行おうとして、

「…………」

しかし、すんでのところでその手を止めていた。

私の声が届いたというより、恐らくヴァルター自身も気付いたのだろう。私達のいるこの洞が、崩壊を始めたという事実に。

次いで、ヴァルターは天井を見上げた。

「————くひひ、くひひひひ、無理ですよぉ？　この洞は貴方じゃあ壊せない造りに僕が変えて

ますからねえ」

あの一撃はまごう事なき致命傷であった筈だ。

しかし、白髪頭の男はにもかかわらず不気味な笑いをこれでもかと言わんばかりに響かせる。

ヴァルターが壊せない造りに変えている。

その一言のお陰で私の頭の中で一つの可能性が浮かび上がった。

もしや、この洞にはあれが含まれているのではないのか、と。

脳裏に浮かぶとある鉱石、その名称。

「……ウェル鉱石ですか」

通称、衝吸石。

マナや魔法を除いた攻撃による衝撃を吸収してしまう世にも珍しい鉱石。

それが、ウェル鉱石。恐らく、それらがこの洞に数多く意図的に組み込まれているのだろう。だとすれば、ヴァルターでは壊せないという物言いにも納得がいく。

「……おや、それも分かってしまいますか。しかし、であるならば私が貴女に多くの〝亡霊〟を相手させた理由も分かったのではありませんかねえ？」

ニタニタと、不快感を催す笑みが私に向けられた。血の気も失せ、もう立ってるだけでも限界だろうに、よくやる。

基本的に、実体を持たない〝亡霊〟を倒す手段はたった一つ。魔力を用いて消滅させる。それ以外に手段は存在しない。

そして、衝吸石などと呼ばれるウェル鉱石を破壊する手段も同様にたった一つ。

魔力を用いて魔法もしくはマナをぶつける。たったそれだけ。

だから普段であれば何一つとして問題はないんだけれど……しかし、今の私はガス欠状態だ。

殆ど、魔力が残っていない。

そして同時、悟る。

あの白髪頭の男は激情して〝亡霊〟を私達にぶつけたのではなく、彼の本当の目的は、私の魔力を消費させる為だったのでは無いのか、と。

「ええ、ええ。そうですとも。〝亡霊〟を持ち出したのは貴女の魔力を根こそぎ使わせる為ですからねえっ!?　……しかし驚きましたよ。余裕を持って用意した筈の〝亡霊〟を貴女ひとりで倒し切ってしまったのですから」

内心で押し留めていた感情が無意識のうちに顔に出てしまっていたのか。満悦な様子で男は言葉を並べたてる。

その通りである、と。

「ですが、貴女の魔力は底をついた。いやぁ！　残念でしたねえ!?　あれだけの〝亡霊〟に対して貴女は良くやりましたよ。ですが、それでも！　僕の方が一枚上手――」

しかし、それでもこれだけは言わせて欲しい。

〝華凶〟に対して、私ほど警戒している人間もいないと。

だから、

「――それは、どうでしょうね」

食い下がる。

お前の思い通りに事が運ぶわけがないでしょと、相手を小馬鹿にしたような笑みを貼り付けながら、私は言葉を続けた。

私が〝華凶〟を前にして、魔力を全て使い切る。なんて馬鹿な真似をするわけないじゃん。と。

「……おや。それは、一体どういう」

戦う最中、一番隙を見せてしまう瞬間というやつはいつだろうか。

答えは、決まってる。

相手の行動を、己の常識に当て嵌めて考えてしまったその瞬間である。

常に、相手は何かしらの予想外な手段を手に、虎視眈眈と相手が隙を見せるその瞬間を待ち望んでいる。そう考えなければ間違いなく足をすくわれてしまう。

そしてその考えを持ち得ていなかったが故に、彼は誤認した。

顔は蒼白。魔力が欠乏しているのは火を見るより明らか。そんな状態にもかかわらず、まさか魔力を残しているとは思いもしなかったのだろう。

ヴァルターのように特別魔力に対して聡くはないから、彼は分からない。

だからこそ、

「――魔力凝縮砲」

この一手が通じてしまう。

対策をしていたとは夢にも思わない。ううん、思えないのだ。

白髪頭の男の言葉を待たず、私は手のひらを洞へと向けてそう言い放つ。

続け様、響く轟音。

魔力を込めた必殺の一撃が、白髪頭の男の脇を通過した。狙い穿とうと試みた場所より少しだけ右を魔力凝縮砲（ソレ）は通過した。

「……おっしい。ちゃんと、狙ったつもりだったんだけどな」

疲労が正確さを欠かせた。

外した理由が一目瞭然であったからこそ、私は自嘲するようにそう呟いた。

「…………」

言葉は一向に聞こえてこない。

鼓膜を揺らすのは崩壊を知らせる壊音だけ。

万全を期したと判断した策が打ち破られ、挙句、僅かな誤差で己の生死が分かれた。その事実が何処までも白髪頭の男から冷静さを欠かせていたのだろう。それは、表情から見て取れた。

「でも、次は当てる。だから、」

呆然とする彼に対して、再度焦点を合わせ————しかし、

「……って、……ぇ、ちょっ、」

私の視界がぐるんと動き、地についていた足が何故か離れてしまう。

突然のその出来事に、驚愕の声をあげたのも束の間。

そういえば、あの白髪頭の男に魔力凝縮砲(マナバーン)を撃つ際、まるで撃つと知っていたかのように私の視界から外れていたヴァルターは一体何処にいったのだろうかという疑問がふと、思い浮かび

――――そして次の瞬間、否応なしに理解させられる。

「……もう少し周りを見ろ。さっさと此処から出るぞ」

先の魔力凝縮砲(マナバーン)により、ポッカリと空いた丸型の穴を見遣りつつ、呆れ混じりに私の側で彼が言う。

それも、私の身体を左の腕で強引に脇に抱えながらの一言。恐らくは、魔力の使い過ぎ故に独特の倦怠感に襲われていた私を気遣っての行為なのだろうが、それをあえてヴァルターが口にする事はなく。

私の意見など、知らんと言わんばかりに本格的に崩壊を始めた洞から脱出するべく、彼は駆け始めていた。

「……で、すが」

抱き抱えられた状態。

それでも尚、私は〝華凶〟のような連中は、ちゃんとトドメを刺しておかないと後々に大きな懸念となり得る。だから、ここで――――。

……そう、言おうとして。

けれど私は、直前で喉元まで出かかっていた言葉を飲み込んだ。

「……い、え。何でもありません」

〝華凶〟には、ヴァルターも少なくない因縁があるとは知っていた。けど、そのヴァルターが捨て置くという選択肢を取ったのだ。

……なら、助けられた私がどうこう言うべき事ではない。

だから私は、口を噤(つぐ)む事にした。

これが前世の頃であったならば。

きっと、何事もなくあの男を斬り伏せられていたのだろう。しかし現実、アメリア・メセルディアだった頃の私はもう何処にもいない。

仮にあのまま白髪頭の男に二度目の魔力凝縮砲(マナバーン)を撃ち込んでいた場合、始末こそ出来ていただろうが間違いなく私は逃げ遅れていた事だろう。

だからきっと、ヴァルターはこうして半ば強引に私を洞から連れ出したのだ。

優先順位を、見誤るなと言わんばかりに。

十話

「……あの、もう、大丈夫ですから」

崩壊を始めた洞から逃げ果せた後もまだ、ヴァルターの脇に抱えられていた私は、控え目にそう口にする。

自分で歩けないほど重傷を負ってるわけでもないし、流石にもう下ろしてと。

しかし、私が幾ら懇願しようとも、それに対する肝心の返事は中々かえっては来ない。

……というより、完全にガン無視されていた。

お前の言葉を聞く義理はないと言わんばかりに。だから私は、この事に関しては何を言っても無駄かと割り切り、脇に抱えられたまま、別の話題を振る事にした。

「……ユリウス殿を放っておいて良いんですか」

洞から脱出した筈のヴァルターであったが、どうしてか、彼は来た道を戻るどころかミスレナとは正反対の道を現在進行形で進んでいる。

その理由は不明であったが、何にせよ、ユリウスと合流する事が先決なのではないのかと私は尋ねるも、

「心配ない。いつもの事だ」

ヴァルターが好き勝手に行動するのはいつもの事であると。だから、心配など必要ないし、その事はユリウスも十二分に分かっている、と。

……私もそれなりに普段のヴァルターを見てきていたからだろう。その言葉に対し、それもそっかと思わず納得をしてしまう。

ユリウスだって、ヴァルターの性格を誰よりも理解してるだろうし、まぁ、大丈夫かなとひとまず納得しておく事にした。

「……ところで、何処に向かってるんですか」

「山頂。折角ここまで来たんだ。用事はとっとと済ませておいた方がいいだろうが」

その言葉で思い出す。

そういえば、私達は〝北の魔女システィア〟から〝千年草〟を採ってきてくれと頼まれていたんだった、と。

「……ですが、それならお荷物になってる私をユリウス殿に引き渡して山頂に向かった方が労力は少なく済むような気がするんですが」

ヴァルターが一人になってしまうけれど、荷物になっている私はこの場合、いない方がマシだろう。そう考えての発言だったんだけれど、

「ユリウスを探す方が手間だ」

「……さいですか」

ばっさりと一蹴される羽目になっていた。

そして会話は途切れ、無言の時間が数十秒と流れた後、

「にしても、陛下って随分と過保護ですよね」

微かに顔を綻ばせながら、私は話を切り出した。

「魔力を使い過ぎた事に対して否定するつもりはありませんが……、それでも、ここまで過保護だとどっちが主でどっちが従者か分からなくなりますね」

冗談まじりに、そう口にする。

魔力が尽きかけなので多少、身体が気怠く感じたりはするけれど、歩く事には一切の問題はない。なのに、こうして脇に抱えて運んでくれてるあたり、過保護と言わざるを得なかった。

そして、ふと思う。

今まで一人として護衛を付けなかった筈の人間がどうしてここまで一人の人間に対して過保護になれるのか。そのワケは一体どのような理由なのだろうかと。

「……あの、陛下」

「なんだ」

「一つだけ、お伺いしたかった事があるんです」

〝華凶〟との戦闘の前。

ユリウスに、色々と考えておくと私はそう言った。きっとそのやり取りがあったからだろう。

少しだけ踏み込んでみよう。なんて考えを抱いてしまったワケは。

この機会を逃せば、たぶんまたなーなーな感じで時を過ごす事になってしまうだろうから。だから、散々悶々とさせられていた事実に対してはっきりと答えを尋ねてみようと思った。

「私を女官に取り立てた事や、こうして連れ回す理由は、それは私が私だからですか？」

山頂を目指して歩んでいたヴァルターの足が、止まる。

「……言葉の意味が分からん」

引き返すのであれば、きっとこのタイミングが最後のチャンス。

けれど、私は引くという行為を許容しなかった。それどころか、それでも尚、どうしてか嘯こうとするヴァルターに対して私は、

「……私が、アメリア・メセルディアだからですか」

そんな言葉を突きつけた。

何も知らない人間がこの発言を聞いたならば、まず間違いなく頭のおかしい奴と思われていた事だろう。

なにせ、アメリア・メセルディアとは、既に死んだ筈の人間であるから。

けれど、ヴァルターだけは、そうは思えない。

どんな手段を用いたのか、私がアメリアであると知っているであろう彼だけは、否定する事が出来ないのだ。

なんと返事をしたらいいのか悩んでいたのか。

少しだけまた間が空いて。

やがてやってきた言葉に対し、

「仮にそうだとして、何か問題があるか？」

……問題だらけだよ。

そう、胸中で言葉を返す。

そもそも、私がヴァルターの女官を務める件について了承した理由は、罪悪感があったからだ。

だというのに、ヴァルターは私がアメリアと知った上で、己の護衛を務めろと言っていたと言っている。

元より、ヴァルターはアメリア（私）に対して怒っていると思っていた手前、どうして自らの意思で私を側におこうと思ったのか。

その理由がどうしても理解出来なかった。

「……俺も、前々から言っておきたかった事があった。きっとお前は一つ、勘違いをしているだろうから」

どう言葉を返したものかと言い淀む私を見かねてか。ため息まじりにヴァルターは言葉を続けた。

「なんでお前が……いや、貴女が、そんな顔をするんだ」

……すぐには、その言葉の意味が分からなかった。

「どうしてそんなに、罪悪感に駆られたような顔をする必要がある。俺は、貴女を責めた事など、一度としてないんだがな」

そして、補足されたその言葉のおかげで漸く理解する。ヴァルターは、私がどうして〝罪悪感〟

を抱く必要があるのかと指摘したかったのだと。

「お前」から「貴女」に呼び方が変えられた事すら気に留めず、私は心の中でそんなの当たり前じゃんと必死に言葉をまくし立てる。

「だって私は――――」

守ると約束したにもかかわらず、それすらも守れなかった人間だから。

そう言葉を並べ立てようとして。

「うるさい」

少しだけ苛立ちの込められたヴァルターの言葉のせいで強制的に、発言を遮られてしまう。

「生きる事すら半ば諦め切っていたあの頃の俺は、アメリア・メセルディアという騎士によって救われた。それが全てだ。誰がなんと言おうと、俺にとっては、それが全てなんだ」

やってくる言葉。

舌に乗せられた言葉の重さの違いに、私は驚愕の感情を上手く隠す事が出来なかった。

「だから、分かるか。貴女がそうやって〝罪悪感〟を抱く事はそもそもお門違いだ。俺は貴女を責めてはいない。責める筈が、ないだろうが……ッ」

その発言のおかげで、不本意ながら何となく己の感情というやつが理解出来てしまった。

きっと私は、責められたかったのだ。

最後まで守るという約束を貫けなかった私は、責められたかったのだ。責められて、楽になりたかったのかもしれない。

積み重なった慚愧の念を、己なりの刑罰という形で贖（あがな）いたかったのかもしれない。

だからこんなにも、もどかしい。

だからこんなにも、釈然としない。

十八年越しに伝えられた事実に対して、だから私はこんなにも納得がいかないのだろう。

……けれど、相手はあのヴァルターだ。

今でこそ、性根が少しばかり捻くれてしまっているけれど、相手はもの凄く意固地で、それでいて、人一倍義理堅いあのヴァルターだ。

故に、私はこれ以上どれだけ言葉を重ねようが無駄かと諦める事にした。

「……殿下は、変わらないですね」

そういうところが、特に。

そう言おうとした私だったけれど、つい、敬称を間違えてしまう。

過去のヴァルターと重ねてしまっていたせいか。口を衝いて『殿下』という敬称が出てきてしまう。

でも、あえて言い直す事はしないでおいた。

「お前もな」

どこが。

つい、そんな感想を抱いてしまったけれど、それを尋ねてしまったが最後、色々と知りたくない事実もちらほらと出てくる予感しかしなかったので触れずにいようと思った。

「でも、悪くないものですね」

どうして、私という人間が前世の記憶を所持したまま転生したのか。その理由についてはまだまだ謎だらけ。

けれど、悪くないと思った。

あの時とはお互いに立場が違うけれど、こうして腹を割って話せる機会を得たというだけでも、転生をするのも悪くないと思えた。

「気に食わないあーいう輩もまだ、変わらずいるみたいですけども」

つい先ほどまで私達にこれでもかと言わんばかりに殺意を叩きつけてくれていた〝華凶〟の連中の事を思い返しながら、小さく笑う。

あの後、洞の崩壊から免れ、生き延びたかどうかは知らないけれど、それに限らず他にまだ残党がいる可能性だって十分にある。

「……そう、だな。あいつらは十七年前と変わらずのロクでなしだ。次、会ったら今度こそ、後腐れなく叩き潰すか」

まだまだ、溜まりに溜まった借りを〝華凶(あいつら)〟に返し切れてないしなと私達は顔を見合わせて、笑い合った。

『ふふふ、私、分かっちゃいましたよ陛下。やっぱりあれが〝千年草〟です!!』

『……あの毒々しい色の花がか。どう考えても毒花だろうが』

『でも、〝千年草〟ってフォーゲルの山頂付近に生えてる薬草って私は聞きましたよ？　さっきからもう十五分くらい探してますが、薬草っぽいのってあの毒々しいやつしか見当たらないんですけど……』

『…………。と、兎に角、それだけは違う。どう考えてもあれは毒花だ』

つい数分ほど前。

現在進行形で毒花であると断じている花を嗅ごうとするや否や、花からあまりに酷過ぎる異臭を吐き出された事により、すっかり警戒心剝き出しとなってしまったヴァルターを相手に、フローラはそうですかねえ？　と首を傾げながらその毒花？　をじっくりと観察しつつ、絶えず言葉を交わしていた。

「……ったく、楽しそうな面(つら)しやがって」

そして、その様子を眺めていた第三者(ユリウス)は堪らず破顔しながら言葉をこぼしていた。

心配になって追い掛けてみたはいいものの、この通り、取り越し苦労。それどころか、面白おかしそうにぎゃーぎゃー二人で騒ぎ立ててる始末。

普段であれば、誰かが後をつけていたならば即座に気付く筈のヴァルターが己の存在に全く気が付いていない事こそが、彼が楽しんでいる何よりの証拠である。

「幾ら何でも気ぃ抜き過ぎだろうが」

そして、出来の悪い子供を見詰めるような慈愛に満ちた眼差しを向けた後、ユリウスは苦笑いを浮かべながら彼らに背を向けた。

「……とはいえ、今日ぐらいは大目に見てやるか」

一国の王が、自国でもねえところで気を抜いてんじゃねえよ。

責め立ててやりたい気持ちを何とか押し留め、来た道を引き返さんと歩を進める。

多少消耗しているとはいえ、今のあの二人が揃ってるのなら余程の事があろうと死にはしないだろう。

それよりも今邪魔をして、ヴァルターの機嫌を損ねちまうと後々が面倒極まる。

そう判断をしたユリウスは、ヴァルターの後をつけていた己のその更に後をつけていたであろう連中に向けてその事を言い放つ事にしていた。

「————つーわけで、あいつらの事なんだが、今はほっといてやってくんねえか」

気配を極力消し、木陰に身を潜ませている複数の人の気配。

その正体がアクセア達であると判断出来ていたユリウスは、どうしたものかとフローラとヴァルターの様子を窺っていた彼らに向けて、笑い混じりにそんな言葉を投げ掛けていた。

「あぁ、安心してくれ。もう敵は全員始末してある。そっちの心配はいらねえよ。だから、まあ、今は二人きりにしといてやりてえんだわ」

どこか気恥ずかしそうにぽりぽりと、軽く髪を掻きながら具体的な内容の明言を避けつつ、そう述べる。

こっから先へは行ってくれるなと告げるユリウスの言葉を酌み取ってか、アクセア達は足を完全に止めていた。

そして、続け様、

「……一つ、お尋ねしたい事があるんだけど、いいかなメセルディア卿」

何を思ってか、アクセアはユリウスに向かってそんな言葉を投げかけていた。

まるでそれは、この先へと向かわない代わりに教えてくれと言っているようで。

「構わねえ。特別にこの場に限り、つまんねえ質問じゃねえ限り答えてやるよ」

その意図を察してか。

二つ返事にユリウスは構わないと言葉を返した。

「それじゃあ遠慮なく。……彼女は一体、何者なのかな」

アクセアの言う彼女がさす人物。

それは言わずもがな、フローラ・ウェイベイアである。ただ、少しだけとはいえ、フローラと行動を共にして尚、アクセアにはさっぱり分からなかったのだ。

それどころか寧ろ、共に行動をしたせいで逆に謎が深まってしまっていた。

帝国所属であった元将軍の技を己の手足のように扱い、スェベリアの重鎮とも見るからにその関係は深く、極め付きにあの技量である。

はてさて一体、フローラ・ウェイベイアとは何者なのだろうか、と。

「こりゃまた、随分と曖昧な質問だ」

アクセアの質問の仕方であれば、回答はそれこそ、ごまんと存在する。

故に、どれがアクセアが求めている答えであるのか。その判断が付かず、思わずユリウスはそんな返し方をしていた。

　しかし、逡巡したのも刹那。

「だがまあ、答えると言っちまった手前、答えねえってわけにもいかねえ。なら、別に隠してるわけでもねえし……いいか。あの嬢ちゃんはな、ヴァルター・ヴィア・スェベリアの護衛役なんだよ。スェベリアの王の、たった一人の、な」

　そう、述べる。

　だが、それがどれだけ、頭のおかしい回答であるのか。まともな思考回路をしていれば誰もが理解出来るところであるだろう。

　ただの人間であれば、まだ納得が出来たかもしれない。けれど、フローラは帝国の人間の技を扱う上、見た目通りに判断するなら、間違いなく年はまだ十代。加えて、あのスェベリア王の護衛ときた。

　誰であろうと頑なに護衛役はいらないと拒み続けてきたあのヴァルターのたった一人の護衛であると。

「なに、そんなに驚く程の事でもねえよ。ヴァル坊の護衛役は、この十七年間、ずっと変わってねえんだからな。ただ、ヴァル坊がひたすら代役を立てる事を嫌がってただけだ。あいつの強情な性格を変えでもしねえ限り、もう後にも先にも変化なんてもんは訪れねえだろうなあ」

　あれだけ執着を見せているヴァル坊の事だ。

　どうせ、心の中じゃあきっとそう考えていたんだろうよと、驚愕の感情を瞳の奥に湛えていたアクセアに向かってけらけらと笑い混じりにユリウスは言い放つ。

何より、そうでなければ周囲から間違いなく反感を買うと理解した上で己の側に無理矢理にでも置こうとしたヴァルターの行動に説明がつかなかった。

「……成る程。あのスェベリア王の護衛、か。道理で強いわけだ。道理で、底知れないわけだね」

スェベリア最強と謳われるヴァルター。

その護衛役を務める人間が弱いわけがない。

どうしてフローラがヴァルターの護衛役を務める事になったのか。その他にもまだ尋ねたい事はあっただろうに、これ以上は欲張り過ぎとでも考えたのか。はたまた、それ以外を聞く気はなかったのか。アクセアからの質問はそれただ一つだけに留まった。

「はっ、底知れねえとは言い得て妙だわな。なにせ嬢ちゃんの行動原理ってやつは良くも悪くも真っ直ぐだからよ」

計り知れない実力を持っているが、それは決して得体の知れないものではなく、底知れないだけのもの。だからこそ、フローラ・ウェイベイアという人間を、ユリウスもそう称す。

そして言うべき事は言ったと言わんばかりにアクセアが背を向けようとして、そんな折。

「あー……、それと、俺からも一ついいか。と言っても、質問というよりこれは頼み事なんだが……」

どこか言い辛そうにユリウスが言う。

「もし、でいいんだ。もし、今回のようなロクでもねえ連中の噂や、情報を得る事があった場合、手紙でも何でもいいんだが、俺に知らせちゃくれねえか。勿論、そん時は礼だって弾む」

「……どうして、と尋ねても？」

足を止めて肩越しに振り返る。

アクセア達が拠点としているのはミスレナ商国であり、スェベリアではない。

だというのに、スェベリアの人間であるユリウスに知らせてくれとはどういう事なのだろうかと。

「簡単な話だ。もしあの時、こうしていたら。もう、そういう事を考える羽目になりたくねえんだ」

ぞんざいに言葉を吐き捨てる。

ユリウスの表情にはどこか、薄らと憂愁の影が差していた。

絶望があった。悔恨があった。怒りがあった。そして、悲しみがあった。

ただ、ひた隠しにしてるだけ。

偽りの感情(仮面)を被って、取り繕っているだけ。十七年前の出来事は、きちんとユリウスの中の致命的な何かをごっそりと抉(えぐ)り取り、大きな傷として今も尚、残り続けていた。

たった、それだけの話。

「世の中っつーもんは何があるのか分からねえもんでな。万が一にもねえって思ってた事でも、その一を引いちまう事だってある。おっかねえよ、本当に」

そして、万が一と軽視していたせいで、掛け替えの無い何かを失ってしまう事もある。そのせいで、何かに憑かれでもしたかのように、強くなる為に己を殺し続けてきた人間だってユリウスは知っている。

だから、今度はそうならないように。

二の舞にだけはしないように、たとえどれほど小さな可能性であれ、ユリウスは手を打とうとしていた。

「……分かった。じゃあ、その時はメセルディア卿。貴方に連絡をさせて貰うよ」

「そうしてくれると助かる。それと、引き止めて悪かったな」

「いや、いいよ。どうせこれからの予定なんてものはクラナッハの野郎をとっちめてやるくらいのものだったしね」

ニコラス・クラナッハ。

それはフォーゲルでの調査依頼を出していた依頼主であり、鍛冶屋の店主をしている人物の名前であった。

流石に今回の〝亡霊〟の件に至っては己らも命の危険に晒されており、絶妙なタイミングで依頼を出していたクラナッハは全てを知っていたのだろうと勝手に自己解釈をし、アクセアは彼の下に押しかけるつもりでいたようであった。

そして、今回ばかりは本当に偶々なんだよと必死に言い訳をするも、主にレゼルネにその言い訳はもう聞き飽きてるのよ……!!　と、物理的に灸を据えられる事になるのは今から数時間後の出来事であった。

エピローグ

「『さぁっ!! 武闘大会も大詰めッ!! 残すところこの決勝戦のみとなりましたッ!!』」

拡声器に乗せられた声が大きく場に轟く。

〝華凶〟との一件から約二週間後。

ミスレナ商国を訪れる事にした本来の目的である武闘大会。その様子を、私はヴァルターと共に観客席で眺めていた。

どうにも、ユリウスは別の用事が出来てしまったらしく、武闘大会の観戦には結局、最初から最後までこなかった。

一体、何をしてるのやら。

そんな事を考えている折、すぐ側から声が掛かる。それは、ここ二週間ですっかり親しみ深くなった声であった。

「や。隣良いかな」

私に声をかけた者の正体は、ギルドランク〝A+〟で知られるアクセアさんであった。

「ええ。どうぞ、アクセアさん」

快く許可をすると、それじゃあ失礼して。

と言って彼は私の隣の席に腰を下ろした。

「にしても、惜しかったですね。あの一戦に勝ててさえいれば、決勝戦に進めていたのに」

十数分前の出来事を振り返る。

この武闘大会には、アクセアさんや彼のパーティーメンバーであるレゼルネさん達も参加しており、つい先ほど準決勝にてアクセアさんは敗れてしまっていた。

相手の名は、ジョン・ドゥ。

鉄製のヘルムを被った大柄な男であった筈だ。

……恐らく偽名なんだろうけれど、顔をヘルムで隠しているあたり、何か訳ありの人物なのかもしれない。

「……まぁね。二つ名が付けられてる人物とは一度、手合わせをしてみたかったんだけども、今回は運がなかったみたいだ」

アクセアさんを倒し、決勝戦に進んだジョン・ドゥの相手は灰色髪の男であった。

名前は、バミューダ。

『豪商』エドガーの護衛役として雇われている人間らしい。

〝血塗れのバミューダ〟という二つ名で知られた傭兵であると数分前、実況者らしき人物が軽く紹介してくれていた。

「大鎌とは珍しいですね。あんな使い辛い武器を好んで使う人がまだいただなんて」

大鎌の全長は二メートル程だろうか。

刃の部分だけでなく、柄までも全てが黒塗りにされた鎌であった。

「ところで、フローラ達はメセルディア卿とは一緒じゃないんだね」

珍しそうに、アクセアさんが言う。

基本的にここ二週間は私とユリウス。そしてヴァルターの三人で常に行動する羽目になっていた。

偶に私が一人になる事はあっても、ユリウスとヴァルターはどちらかが一人でいる場面に出くわしたのは私でさえも数回あるかないか。

だから、彼が珍しがるのも無理はなかった。

私だってこんなにも長時間、あのユリウスがヴァルターの側を離れている事には疑念を抱いている。本当に、何をしているんだか。

「どうにも、用事があるらしく武闘大会が始まる直前から何処かに行っちゃってて」

「…………用事、か」

どうしてか、アクセアさんの表情が途端に険しくなる。まるでそれは、ユリウスの行き先に心当たりがある。そう言わんばかりの様子であった。

「あの、スェベリア王」

何を思ってか。

今度は私でなくヴァルターに声をかける。

「なんだ」

「もしかして、あのジョン・ドゥという甲冑男、その正体はメセルディア卿ではありませんか」

そんなまさか。

ユリウスは武闘大会なんて俗な催しに興味はないだろうし、何より、私と同様、見せ物になる事を嫌う側の人間である筈だ。

だから、確かに体格は似ていると思ったけどそれだけはあり得ないと私は即座に否定する。

けれど、肝心のヴァルターの口からアクセアさんの質問に対する返事が中々やって来ない。

十秒、二十秒と沈黙が続き、そして漸く、

「……事情があるんだ」

少しだけ気まずそうな表情で、ヴァルターはアクセアさんの質問に対し、不承不承と言った様子で肯定をした。

「……二週間前。〝華凶〟の下に俺とユリウスが駆けつけただろう。あれはとある人物からの情報提供のお陰で駆けつけられたんだ。……数日前にその借りを返せと言われてな。やむなくだ」

他国とはいえ、国王陛下であるヴァルターに真正面切って借りを返せとは中々に根性がある人だなと思ったのも刹那。

「なんと、情報を提供してくれた人間がユリウスに個人的な恨みがあったらしくてな。あいつが武闘大会だなんてイベントに参加する事を嫌うと知った上で、ユリウスを参加させてくれれば、あの時の事はチャラにすると言ってきたんだ」

ユリウスに個人的な恨みがある。

その一言のおかげで、何となく事情が見えてきた。この二週間は殆ど、私はユリウスとヴァルターと行動を共にしていた。

だから、新たに恨みを買うなんて出来事に見舞われていない事を知っている。

だとすれば。

きっと、その借りを返せと言ってきた人物は、終始、ユリウスをクソ野郎呼ばわりしていた何処その酒場の店主ではないだろうか。

であるならば、ユリウスが嫌がる事を熟知していた事にも頷ける。

何かとミスレナにやって来る以前にユリウスのせいで痛い目を見ていた私的には心の底から良くやってくれたと称賛の言葉を送りたい。

流石はリッキーさん。

「勿論、俺は恩讐は忘れない人間なんでな。恩にはちゃんと報いる事にした」

――――おいいいいいぃぃぃいいい!? オイッ、ヴァル坊!? てめ、ふざけてんじゃねえぞ!? なんでリッキーの言う事聞くんだよ!! そこは頷くとこじゃねえだろうがよおおおぉ!!

……なんか幻聴みたいなものが聞こえたような気がしたけどきっと気のせいだろう。

でも、きっとそんなやり取りがあったんだろうなあって事は容易に想像がついてしまった。

「……陛下、ちょっと笑ってます。ユリウス殿が見てたらめっちゃ暴れてますよきっと」

なんか義理堅い良い人感溢れるセリフを口にしてるけど、ヴァルターがめちゃくちゃ現状を楽しんでる事は火を見るより明らかであった。

相変わらずの性悪っぷりである。

「それにしてもアクセアさんもよく分かりましたね。あの甲冑男がユリウス殿って」

「……まあ、僕、瞬殺されたしね。あんな事が出来る人間が何人もいたらそれこそ自信無くすから」

言われてもみれば、さっきのアクセアさんの試合時間は十五秒くらいだった気がする。

ヴァルターが溜まりに溜まっているであろう政務をどうやってハーメリアに押し付けるか。

などと、本気で悩んでいたので頑張って説得してるうちに確か試合は終わってたっけ。

「でもまあ、決勝の相手はあのバミューダだ。僕の時のようにはいかないだろうね」

「……そんなに強いんですか？　あのバミューダさんって人」

私がそう尋ねたのが意外だったのか。

心底驚いたような表情を向けられる。

最近、ヴァルターの女官をするようになって他国の知識をつけ始めたけれど、人に関する知識は十七年前でぴたりと止まってしまっている。

なので、私がバミューダという名前に心当たりがないのはある意味当然であった。

「通称――――〝血塗れのバミューダ〟。本当かどうかはさておき、五年ぐらい前に傭兵として参加した戦地にて、一人で千人近く敵兵を殺したらしいよ。それで付けられた名が、血塗れ」

アクセアさんの話を聞く限り、あの大鎌使いの方は随分と強い人らしい。

「メセルディア卿が強い事は僕も知ってるけど、相手はあの血塗れだ。もしかすると、って事もあるかもしれないね」

少しだけ、ヴァルターとは違う意味で楽しそうな表情を浮かべて言葉を口にしていた。

まあ、折角の催し。

ワンサイドゲームほどつまらないものもないだろう。だから、アクセアさんの気持ちもよく分かるところであった。

それに、二つ名持ちといえば、以前リッキーさんの前で名前を挙げた〝貪狼ヨーゼフ〟だってその一人だ。

バミューダもそのうちの一人と考えれば、ユリウスが負ける可能性だって割と高いのかもしれない。

「……成る程」

だとすれば、面白いものが見られるかもしれないなと思い、私は隣で座るヴァルターに一つ、尋ねてみる事にした。

「じゃあ、陛下はどっちが勝つと思います？」

「ユリウス」

即答だった。

「馬鹿にする気はないが、所詮は商人の護衛だ。才能や技量もそうだが、何より潜ってきた修羅場の数が違いすぎる」

だから相手にならんと、ヴァルターは逡巡なく言い切っていた。

なんだかんだと彼が一番実力を信頼しているのはユリウスだろうし、ヴァルターに尋ねればそう返って来るのが当然か。

そんな事を思いつつ、意地悪する割に、やっぱり結局、明確な言葉にこそしないけれどユリウスの事を心底信頼しているヴァルターの姿が微笑ましくて。

「確かに、それもそうですね」

破顔しながら私はヴァルターの言葉に同意をした。


ミスレナ商国にて開催されていた武闘大会も恙無く終了し、スェベリアに帰国した私とヴァルターは頼まれていた〝千年草〟を抱えてある場所へと訪れていた。

やって来た先はもちろん、

「やあやあ。待ってたよ、お二人さん」

〝北の魔女〟という異名で知られる人物――――システィアの下である。

相変わらず病的なまでの濃いくまを目の下に拵えていた彼女は椅子に座り、何やら作業をしていたが、その手を止めて立ち上がる。

「で、頼んでおいた〝千年草〟は……っと」

そして、採ってきた〝千年草〟を抱えていた私と目が合う。

「うんうん、それそれ。流石は陛下。助かるよ」

渡してくれと言わんばかりに、手を差し伸ばされたので私はシスティアに抱えていた〝千年草〟

を手渡す。

するど程なく、

「その様子を見る限り、ワタシからのお駄賃は気に入って貰えたようだねえ」

「……お駄賃？」

そんな言葉がやってきていた。

ヴァルターと私の顔を見比べながら何より何よりと、笑みを深めるシスティアであったが、何の話なのかが私にはてんで分からなかった。

しかし、どうにもシスティアの言葉の意味をヴァルターは理解をしていたのか。

横目で確認をすると、あからさまに彼の表情は険しいものへと一変してしまっていた。

「……フォーゲルに何がいたのか思い出してみろ」

頭上に疑問符を浮かべていた私を見かねてか、ヴァルターにそう言われ、思い返す。

フォーゲルには頼まれていた〝千年草〟を採りに向かい、そして、その道中に〝亡霊〟と出会った。後は、忘れもしないムカつく連中——〝華凶〟と遭遇したくらい。

と、己の考えを纏めたところで言葉が割り込んだ。

「どうせシスティアは、フォーゲルに〝華凶〟が潜んでいると知っていたから俺達を向かわせたんだろう」

……相変わらず気に食わんヤツだ。

言葉にこそされていなかったけれど、いつになくぞんざいな物言いからその感情は容易に酌み取る事が出来た。

「……いえ、ですが、」

だけど、素直にその事を認めることはできなかった。幾ら何でもそれは深読みをし過ぎなのではないのか。そう口にしようとして、

「前にも言った筈だ。〝北の魔女〟は伊達じゃないと。……それに、これまでにも何度か似たような事があった。俺に言わせれば、今更でしかない」

ヴァルターが並々ならぬ執着心を〝華凶〟に抱いていると見越した上で、あえて〝華凶〟のいるフォーゲルに自生する〝千年草〟を採ってきてくれと私達に頼んでいたのだと、彼は平然と口にする。コイツはそういうやつだ、と。

でも、そうであると仮定したならば、システィアが私達にお駄賃と言った事にも合点がいった。

……だけど、その場合、今度は違う疑問が浮かび上がってしまう。

〝北の魔女システィア〟がヴァルターにそこまでして恩を売ろうとする理由とは、一体何なのだろうか。

「そういう事。だからお嬢さんがそんなに深刻そうな顔をする理由は何処にもないってわけだ。ワタシの気まぐれは今に始まった事じゃあないからねえ」

……顔に出てしまっていたらしい。

「それに、心底信じられなくなった時は、斬れば良いだけの話だよ」

そうだろう？　と首を傾げて私に同意を求めるシスティアの反応に、少しばかり困る。

私の役目はヴァルターを守る事。

だから、システィアが害を与える存在であるならば、剣を抜くことも吝かではなかった。

だけど、何も起こっていないどころか、ヴァルターの言葉が真に正しいならば彼女は間違いなく恩人だ。

にもかかわらず、本人を目の前にして、いざという時は斬ると口にする事は流石に憚られてしまう。

「……こいつを本気で相手にすると疲れるだけだ。話半分に聞き流しておけ」

そんな折、側から呆れ混じりのアドバイスがやってくる。事実、ヴァルターは一切相手にしておらず、今にも帰らんとばかりに出口へ向かい始めていた。

以前やってきた時もそうだったが、ヴァルターはあまりシスティアが好きではないのだろう。

……ううん。一緒に行動してるから忘れがちになってるけど、ヴァルターって大の人嫌いなんだった。

と、私はふと思い出す。

「はぁあ。陛下は相変わらずツレないねえ？」

システィアがそう言う。

でも、言葉とは裏腹にその声音からは、楽しさのような感情が見え隠れしていた。

……付き合ってられん。と、小声で呟きながら頭(かぶり)を一度振った後、ヴァルターはなげやりに、

「頼まれていたものはもう渡したんだ。文句はないだろ。俺は帰らせて貰う」

長居しても時間を無駄にするだけ。

そう決めつけてか、ヴァルターはそのままドアを押し開けて出て行く。

「……ちょ、っ、陛下っ」

〝華凶〟の討伐に一役買ってくれたのだから、お礼の一つでも言ったら良いのに。

そんな事を思いながらも、私は慌ててヴァルターの後を追いかけようとして。

「――――あ、ちょっと待ってよ。混ざりもののお嬢さん」

「……？」

どうしてか、引き止められる。

そして同時、まただ。という感想を抱いた。

以前会った時も、どうしてか私は「混ざりもの」と呼ばれていた。

その時はあまり気にはしていなかったんだけれども、どうして私が「混ざりもの」なのだろうか。

気にならないといえば、嘘になる。

「そういえば、まだキミにはお礼をしてなかったと思って。陛下へのお駄賃はアレで良いとして、でも、〝千年草〟の採取にはキミも一役買ってくれたんだよねえ？　だったら、ワタシはキミにもお礼をしなきゃ」

そして、一拍、二拍と空白の時間が過ぎ、

「でも、キミへのお礼と言っても一体、何が良いのか思いつかなくてねえ。だから、さ。陛下がいると邪魔されそうだったし、一人になった時に訊こうと思ってたんだよ。キミは、何が、何が知りたいのかなってねぇ」

どういう事だろうか。

「陛下が五年前にワタシの下を訪ねてきた理由。ワタシがキミを『混ざりもの』と呼ぶ理由。何でもいい。これはワタシからキミへのお礼だから言葉通り、何でも答えてあげよう」

彼女の表情が、喜色に笑む。

……嗚呼、そういう。

システィアが何を言いたかったのか。

それを理解する。そして、であるならば、やはり私は首を横に振らなければいけない。

「いえ、そういう事であれば結構です」

「おや。それはまた、どうして」

不思議そうに見つめられる。

きっとその理由は、私が彼女の言葉の数々に疑問を抱いていた事を見透かしていたからだ。

ただ、それでも私が断ったワケは、決して謙虚になりたかったわけでも、興味がなかったからでもない。

システィアはお駄賃と言った。

であるならば、私もヴァルター同様に、既に貰っている。

だから、断ったのだ。

「既に貴女の言うお駄賃を私も貰っているからです」

それはつまり、〝華凶〟と引き合わせてくれた事こそが、今回引き受けた頼み事に対する報酬である。という事実の肯定であった。

「………………」

私のその発言を受けて、システィアの唇が真一文字に引き結ばれる。

「それに、本当に知らなきゃいけない事はどれだけ避けようときっと、嫌でも知る日がくる事でしょう」

それこそ、今日ここでシスティアに色々な事を尋ねずとも、知る必要がある事柄はどうやっても知る羽目になるだろう。前世の時も、そうだったから。

だからあえて、無理に知る必要はないと思った。

「まぁ、うん。そうだねえ」

「だから、遠慮しておきます。それに、たとえどんな理由や事情があれ、今で十分すぎるほど満足していますので」

今の私は、ヴァルター・ヴィア・スェベリアの護衛であり、女官。

それ以下でも、それ以上でもない。

だから、これで良いのだ。

……と、そんな事を私が思っていると、

「ふふっ、ふふふっ、成る程。成る程ねえ」

何故か笑われた。

「ま、そういう考えもあるかなあ。知る気がないのなら、それはそれでいいんだろうねえ。うん。それに、考えてもみれば確かにそれは実に、キミらしい」

どうしてか、私らしいと言われる。

顔を合わせた事なんて、これが二回目でしかないというのに。

もしかして、私が気付いていないだけで何処かで会った事があっただろうか。

と、考えを巡らせても、やはり覚えがなく、システィアの言葉に対する違和感は拭えなかった。

「ごめんよ、引き止めてしまって。ワタシの用事は済んだから、早く陛下を追いかけてあげてくれ」

その言葉で、我に返る。

そういえば、ヴァルターのやつ、一人でさっさと出て行ったんだった。

「……失礼します」

礼を一度。

次いで私は踵を返し、慌ててヴァルターの後を追いかけんと、駆け出した。

――事なかれ主義というか。欲がないのは相変わらずだねえ。アメリア。

その際、どうしてか。

近くにヴァルターはいないのに、私の名を呼ばれたような、そんな気がして。

……不思議と無性にそれが、何処か懐かしく感じた。

あとがき

この度は『転生令嬢が国王陛下に溺愛されるたった一つのワケ２』をお手に取っていただき、誠にありがとうございます！

第二巻は、第一巻ではあまり登場回数のなかった主人公の前世兄であるユリウスの登場回数をマシマシにした巻となっております（笑）。

なので、ユリウスとヴァルター。ユリウスとフローラ。この二組の関係性も含めて楽しんでいただけたなら幸いです。

特に、作者自身が気の良いおっちゃんキャラが振り回されまくる内容が好きでして、作者的には大満足の一冊となっております（笑）。

第一巻の終わりの「幕間」では、ユリウスでない気の良いおっちゃんキャラも登場させちゃってるので、機会があればそっちも絡ませたいなあと思いつつ……（笑）。

主人公の人柄の良さを、こういうおっちゃんキャラたちを通して伝えていけたらなと思っております！

また、本作は第二巻でも、イラストレーターであるひろせ先生の素敵なイラストで彩られていますので、ぜひぜひイラスト面でも楽しんでいただければなと!!

最後になりましたが、担当編集者様をはじめとして、今作に携わって下さった方々にこの場を借りて感謝を述べさせていただきます。ありがとうございました！

それでは、次巻等でも皆様にお会い出来る事を願い、この辺でお暇させていただきます。

アルト

あとがき by ひろせ

「転生令嬢」② お読みいただき、
どうもありがとうございます!!
イラストの ひろせ です。

物語が大きく動いた今巻…!!
今後がとても気になります!!!
フローラは17歳ということで、現代だったら
JKを なので制服verを描いてみました。
今流行の短い靴下が好きです。。。

ひろせ

(文字を書くのがとても苦手で…少し恥ずかしいのですが今回は手書きしてみました。字も練習していこうと思います。)

h.hiroze
2021.05

霊峰黒嶽へようこそ
は、
ひた隠す
転生した大聖女は、聖女であることをひた隠す
A Tale of The Great Saint
3
コミカライズ3巻
大好評発売中!!!
漫画:青辺マヒト
コミックアース・スターにて
連載中!!
https://www.comic-earthstar.jp/

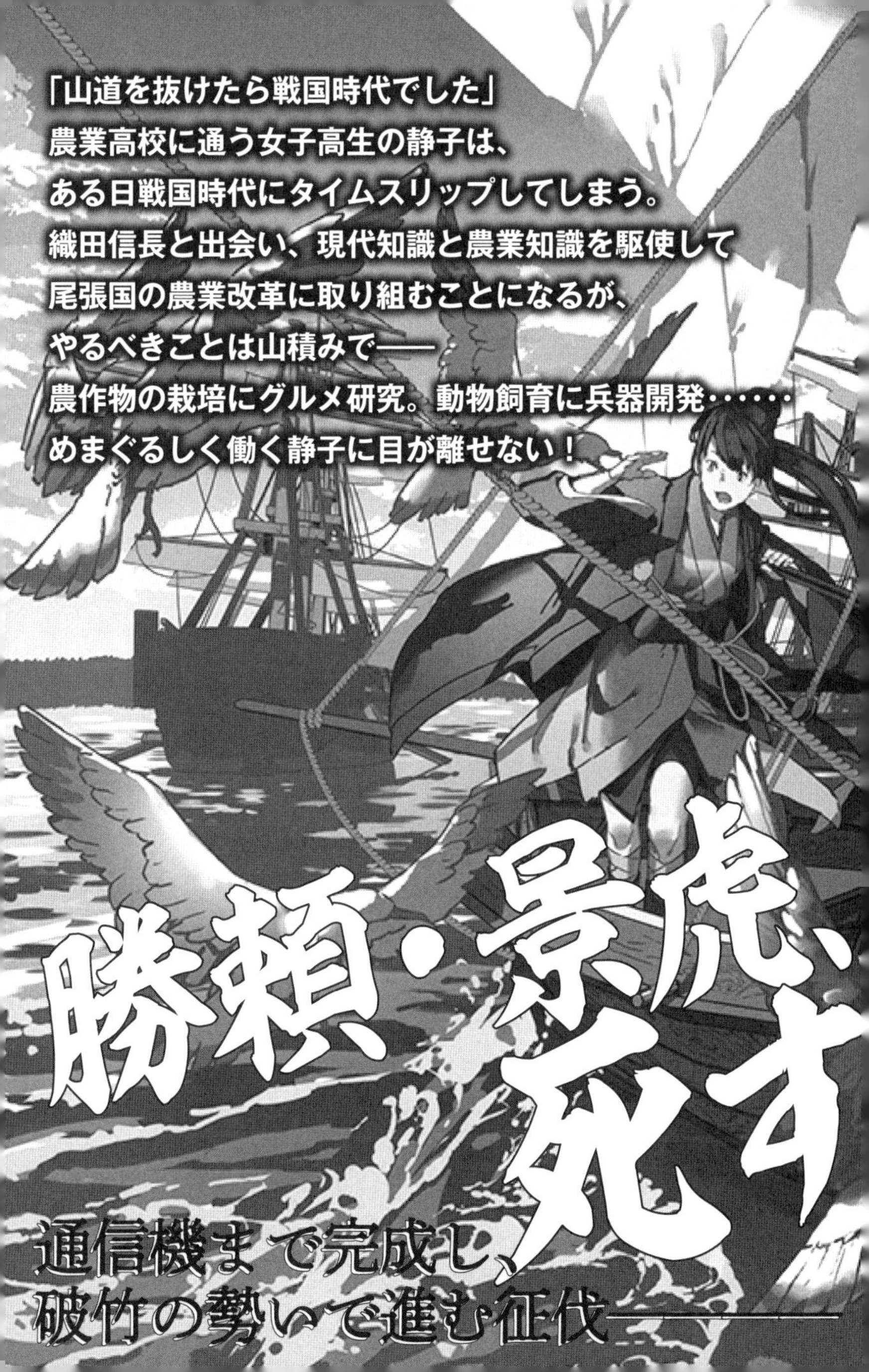
「山道を抜けたら戦国時代でした」
農業高校に通う女子高生の静子は、
ある日戦国時代にタイムスリップしてしまう。
織田信長と出会い、現代知識と農業知識を駆使して
尾張国の農業改革に取り組むことになるが、
やるべきことは山積みで——
農作物の栽培にグルメ研究。動物飼育に兵器開発……
めまぐるしく働く静子に目が離せない！
勝頼・景虎、死す
通信機まで完成し、
破竹の勢いで進む征伐——

転生令嬢が国王陛下に溺愛される たった一つのワケ　2

発行 ―――――――― 2021年6月16日　初版第1刷発行

著者 ―――――――― アルト

イラストレーター ―――― ひろせ

装丁デザイン ―――――― 山上陽一（ARTEN）

発行者 ――――――― 幕内和博

編集 ―――――――― 筒井さやか　及川幹雄

発行所 ――――――― 株式会社 アース・スター エンターテイメント
〒141-0021　東京都品川区上大崎 3-1-1
目黒セントラルスクエア　7F
TEL：03-5561-7630
FAX：03-5561-7632
https://www.es-novel.jp/

印刷・製本 ―――――― 図書印刷株式会社

ISBN 978-4-8030-1532-4